FANPRO

Yvonne Gees (geb. 1973 in Salzkotten bei Paderborn) studierte Restaurierung in Hidesheim. Die Diplom-Restauratorin ist verheiratet, bekennende Christin und lebt heute in Bielefeld.
Sie schreibt seit ihrem elften Lebensjahr und hatte sich einst das Ziel gesetzt, die jüngste Autorin Deutschlands zu werden. Obwohl ihr dies nicht gelang, hat sie bereits verschiedene Gedichte und Kurzgeschichten veröffentlicht.
Todeswanderer ist ihr erster Roman.

Yvonne Gees

Todeswanderer

Ein Roman in der Welt von
Das schwarze Auge©

Originalausgabe

Fanpro
Band 11007

Titelbild: Peter Goodfellow, Arena
Agentur Schlück, Garbsen
Karte: Ralf Hlawatsch

Redaktion: Catherine Beck
Lektorat: Britta Herz/Catherine Beck
Satz und Layout: Sarah Nick
Umschlaggestaltung: Ralf Berszuck
Druck und Bindung: Ebner & Spiegel, Ulm

Besuchen Sie unsere Website *http://www.fanpro.com*

Printed in Germany 2004
1 2 3 4 07 06 05 04

ISBN 3-89064-518-6

Dank sei an dieser Stelle meinem ›privaten Lektor‹ Marvin gesagt, der besonders im Endspurt meinen Monitor mit bunten Farben gefüllt hat. Außerdem hat er mir seinen bezaubernden Charakter ›Gordon‹ geliehen, den er nun mit bestem Dank etwas ramponiert zurückerhält.
Als ausdauernd und geduldig mit seiner nervenaufreibenden Frau hat sich Richard erwiesen, der einige Abstriche an unserer gemeinsamen Zeit hinnehmen musste. Auch er war mir bei Erstellung des Manuskripts eine große Hilfe.
Für verlässlichen Rat und nützliche Tat danke ich außerdem Nicole und Oliver.
Auch Heiko gab bei der Konzepterstellung noch sein Sahnehäubchen hinzu.

Ffirns Ozean
Yeti-Land
300 Meilen
Das Eherne Schwert
Paavi
Riva
Norburg
Orkland
Tiefhusen
Festum
Neersand
Baliho
Trallop
Thorwal
Lowangen
Andergast
Wehrheim
Warunk
Nostria
Havena
Beilunk
Gareth
Perricum
Meer der Sieben Winde
Grangor
Fasar
Zorgan
Vinsalt
Khunchom
Mherwed
Kuslik
Wüste Khom
Thalusa
Tuzak
Maraskan
Zyklopen-Inseln
Al'Anfa
Altoum
Brabak
Perlenmeer
Waldinseln
Aventurien

Prolog

Kein Leben regte sich mehr an diesem heimgesuchten Ort.

Die Häuser lagen in Schutt und Asche, als hätte eine mächtige Naturgewalt hier gewütet. Von der ehemals sehr hübschen Villa standen nur noch zwei Außenwände auf dem Hügel. Ein Teil des Daches lag auf den schwelenden Trümmern des vormals so stolzen Anwesens. Der Wind verursachte wimmernde Laute, als er durch leere Fensterhöhlen blies.

Der Vorgarten der Villa sah aus, als wäre eine ganze Horde Trolle hindurchgestapft. Vom Kräutergarten war nicht mehr übrig als platt getretene Pflanzen und aufgewühlte Erde.

Die meisten Menschen waren in ihren eigenen Häusern verbrannt. Verkohlte Leichen waren unter rußschwarzen Steinen, Holzbalken und Schindeln begraben. Die Kadaver von mehreren Rindern lagen zerfetzt auf einem runden Platz inmitten der kleinen Ansiedlung. Geronnenes Blut klebte überall auf dem festgestampften Lehmboden. Es sah aus, als hätten wilde Tiere die Rinder bei lebendigen Leib mit ihren Zähnen zerrissen und sie danach halb aufgefressen liegen gelassen.

Die drei Reiter, die den schmalen Pfad entlang sprengten, der noch vor zwei Tagen in ein friedliches, kleines Dorf hineingeführt hatte, waren der Verwüstung schon von weitem ansichtig geworden. Kein Stein stand mehr auf dem anderen, dort, wo sie ihr hastiger Ritt nun hinführte. Schreckensbleiche Gesichter starrten auf die Überreste einer ehemals vertrauten, beschaulichen Welt. In ihre Nasen stieg der Gestank von Tod und Verwesung und der üble Geruch verkohlten Fleisches, noch bevor die Reiter den zerstörten Ort erreicht hatten.

Der Klang der Hufe verlor sich im Heulen des Windes, als die Reiter mit verlangsamtem Tempo ihre Pferde um die grausam abgeschlachteten Rinder herumlenkten. Der Gestank der herausgerissenen Gedärme war Ekel erregend, der Wind hatte ihn noch nicht fortzutreiben vermocht.

Der Ritt hügelan wurde wieder schärfer, die Reiter strebten der in Trümmern und Asche liegenden Villa entgegen. Als Erste erreichte eine junge Frau auf einem schnellen Fuchshengst die Kuppe des Hügels. Sie brachte ihr Pferd recht abrupt zum Stehen und stieß einen kurzen, spitzen Schrei aus. Vor den Hufen ihres Pferdes lag, mit ausgestreckten Armen und Beinen, ein nackter menschlicher Körper auf dem hölzernen Tor der Villa. Lange Eisennägel waren durch Arme und Beine in das Holz getrieben. Ein Gesicht, von furchtbaren Qualen verzerrt, starrte mit toten Augen in den grau bewölkten Himmel. Getrocknetes Blut klebte zwischen den Schenkeln der ermordeten Frau. Der Körper wies die Spuren heftiger Schläge auf, Wunden und Blutergüsse zeigten sich auf der durchscheinenden Haut.

Die anderen beiden Reiter zügelten ihre Pferde neben der zuerst Angekommenen. Über ihre Lippen kam kein Laut, als sie die grausam zugerichtete Tote sahen. Einzig ihre völlig fassungslosen Mienen sprachen für sich.

Die Augen der jungen Frau füllten sich mit Tränen. Der Mann zu ihrer Linken stieg vom Pferd und kniete sich vor der Toten in die Asche. Die Hände zum Himmel gereckt, gab er einen heulenden Klagelaut von sich, der bis an die Ohren der Götter drang.

Fernes Donnergrollen kündete vom nahenden Gewitter.

Scherben

Auf unsicheren Beinen stolperte das Karen-Kitz am Rand der niedrigen Felsen entlang. Immer wieder blieb es stehen, gab einen hohen, klagenden Laut von sich und spitzte die Ohren nach einer Antwort. Doch um das nur wenige Tage alte Tier herum blieb es still.

Am Himmel zog ein einsamer Greifvogel seine Bahn. Er schien nur darauf zu warten, dass die Beine unter dem erschöpften Kitz nachgaben und er seine Mahlzeit ohne jegliche Anstrengung genießen konnte. Das Kitz schien sich seiner gefährlichen Lage durchaus bewusst, obwohl es sicherlich nicht ahnte, dass der schnelle Tod über ihm in der Luft lauerte. Die Mutter, ja, die gesamte Herde hatte es bereits vor geraumer Zeit verloren. Ein unerwartet heftiges Unwetter hatte sie auseinander getrieben, in dieser Zeit des erwachenden Frühlings.

Witternd hob das Kitz den kleinen Kopf, die Augen weit geöffnet. Die schmalen Flanken bebten. Sein Schrei gellte scheinbar ungehört durch die Weite der Landschaft.

Die dünnen Beine trugen das Karen zu einem niedrigen Felsüberhang. Im Stein war der Eingang einer kleinen Höhle zu sehen, wo das Tier Unterschlupf suchte.

Am Himmel stieß der Greifvogel seinen schrillen Schrei aus, als die leichte Beute aus seinem Blickfeld verschwand.

Zitternd drückte das Kitz sich gegen die schroffe Wand seines Verstecks. Abermals gab das Tier ein klagendes Blöken von sich.

Plötzlich regte sich etwas dort draußen. Deutlich war die Stimme eines jener anderen Wesen zu vernehmen, die dem jungen Tier außer der eigenen Art sehr vertraut waren. Es war eine menschliche Stimme, die dem verängstigten Rufen antwortete.

»Wo könnte das dumme Tier sich bloß versteckt haben?«, fragte der junge Nivese, der die Spur des Tieres nach dem kurzen, aber heftigen Unwetter aufgespürt und über eine erstaunlich lange Strecke verfolgt hatte. Das Kitz drückte sich jedoch, noch immer voller Angst, weiter gegen den Fels seiner engen, dämmrigen Höhle. Die Ohren waren hoch aufgerichtet, der Kopf verharrte regungslos. Nicht einmal ein Zwinkern hätte ein eventueller Beobachter wahrnehmen können.

»He, ich hab' doch was gehört ...«, sagte die dem Kitz vertraute Stimme in einem gedämpften Tonfall, doch das Tier fasste noch immer kein Vertrauen. Die Angst saß einfach zu tief in seinem Herzen.

Adjok hieß der eifrige, halbwüchsige Spurenleser, der das Kitz aus der Herde seines Stammes nicht hatte verloren geben wollen. Begleitet wurde er von seiner Mutter Ylista. Gemeinsam waren sie der Fährte des verloren gegangenen Tiers bis hierher gefolgt. Doch nun waren sie an eine Fläche gelangt, wo die Sonne bereits ein Loch in die Schneedecke gerissen hatte und erste grüne Halme sich zum Licht des Himmels reckten. Nur bei sehr genauem Hinsehen waren die von den schmalen Hufen des Tiers zerdrückten Gräser zu erkennen.

»Hier entlang«, sagte Ylista zu ihrem Sohn und wies auf einen niedrigen Felsüberhang.

Die beiden Menschen mussten sich ducken, um in die kleine Höhle schlüpfen zu können. Adjok war beinah so groß wie seine zierlich gebaute Mutter.

Bei dem Anblick der beiden Menschen wich das Kitz erschreckt einige Schritte zurück, prallte dann aber gegen die rückwärtige Felswand. Die Höhle führte kaum zwei Schritt weit in den Stein hinein.

Indem Adjok und Ylista gemeinsam in die kleine Höhle krochen, versperrten sie dem Kitz den Fluchtweg. Sie ahnten, dass das Tier nach der langen Zeit des Umherirrens sehr verängstigt sein musste.

Vielleicht würde es versuchen, ihnen zu entkommen, wenn sich ihm auch nur die geringste Möglichkeit dazu böte. Nun fing Adjok das hektisch strampelnde Tier mit einem geschickten Haltegriff und die beiden Nivesen traten rückwärts den Rückzug an. Platz zum Umdrehen gab es in dem engen Unterschlupf nicht. Langsam schoben sich die beiden Menschen wieder aus dem Felsspalt hinaus, den vierbeinigen Winzling behutsam haltend.

Als sie sich draußen wieder aufgerichtet hatten, wandte Ylista ihren Blick zum Himmel: »Na, mein gieriger Kamerad dort oben«, sprach sie laut zu dem Vogel, der noch immer über ihren Köpfen kreiste. »Diesmal waren wir schneller als du. Zwei neugeborene Kitze hast du uns schon genommen, seit wir aus dem Winterlager aufgebrochen sind.«

Adjok drückte das unruhige Tier an seinen Körper, während auch sein Blick dem kreisenden Raubvogel folgte. Voll Hohn rief er hinauf: »Du fliegst so hoch oben, weil du Angst vor meine Pfeilen hast, was?«

Der Vogel war ein Graugeier, den die Nivesen Haomjukuuk, Bruder des Todes, nennen. Er war der Karenherde seit dem Aufbruch aus dem Winterlager gefolgt. Ein hässlicher Geselle mit kahlem, langem Hals und wuchtigen, dunkelgrauen Schwingen.

Er und seine Artgenossen schlugen nur sehr kleine, kranke oder junge Tiere. Gerne machten sie sich aber auch über Kadaver her. Waren sie zu mehreren, konnten sie gar einem fähigeren Raubtier die frisch erlegte Beute streitig machen.

Das Karen auf Adjoks Arm blökte jämmerlich. Die dünnen Beine schlugen gegen den Bauch des Jungen.

»Lass uns gehen, Adjok«, sagte Ylista. »Das Kitz braucht die Milch seiner Mutter.«

Die beiden Nivesen schlugen den Rückweg ein, ihrer eigenen Fährte folgend. Doch der Junge konnte eine ganze Weile nicht den Blick von dem großen, über ihren Köpfen kreisenden Vogel wenden und achtete dabei kaum auf den Weg. Die hellen Bernsteinaugen blitzten zornig und in seiner Miene war Entschlossenheit zu lesen. Er wollte dem feigen Räuber den Garaus machen, sobald sich die erstbeste Gelegenheit dazu bot.

In solchen Momenten erinnerte er Ylista sehr an seinen vor vielen Jahren verstorbenen Vater, ihren Mann. Dessen hervorragendster Charakterzug war auch der brennende Ehrgeiz gewesen, und seine liebste Beschäftigung die Jagd. Mit einem fähigen Jäger im Zelt gab es kaum einmal Zeiten des Hungers. Es sei denn, der Winter war außergewöhnlich hart und lang – dann konnte selbst der beste Jäger zum Tode verurteilt sein ...

Auch die bernsteinfarbenen Augen hatte Adjok von seinem Vater geerbt. Ebenso wie seine kleine Schwester Celiska, die im Dorf auf Mutter und Bruder wartete. Alle drei, Ylista, Adjok und Celiska, trugen den für die Nivesen typischen roten Haarschopf. Während Celiskas Haare einen sehr hellen Ton besaßen und schon beinah blond zu nennen waren, strahlten die Zöpfe der anderen beiden in intensivstem Kupferrot.

Abrupt blieb Adjok stehen, biss die Zähne zusammen, senkte den Blick zum Boden und hob den linken Fuß an.

Er gab ein leises Ächzen von sich und winkelte das Bein an, um über das strampelnde Kitz auf seinem Arm hinweg seine Fußsohle betrachten zu können. Ein Blutfleck zeichnete sich an der Ferse auf dem zerschlissenen Leder seines Schuhs ab. Ylista legte die Stirn in Falten und nahm ihrem Sohn gleich darauf das kleine Karen ab.

Adjok streifte das Leder von seinem Fuß und zog mit Daumen und Zeigefinger einen Splitter aus der blutenden Wunde. Doch als er den vermeintlichen Splitter ins Licht hielt, konnten Ylista und er erkennen, dass es sich um eine Art scharfkantiges, durchsichtiges Kristall handelte, das in der Sonne blinkte.

»Ein Eisstück?«, fragte Ylista.

»Es ist nicht kalt genug dafür«, erwiderte Adjok. »Und es schmilzt nicht in meiner Hand.«

»Dann ist es Glas«, stellte seine Mutter fest.

Der Junge bückte sich und untersuchte den Boden, wo erst nach genauem Hinsehen noch mehr von den kleinen, glitzernden Kristallen zu entdecken waren, unterschiedlich groß, aber allesamt mit gefährlich scharfen Kanten.

Adjok hob einige dieser Stücke auf und verstaute sie in einem Fellsäckchen, das er am Gürtel trug. Bei der darauf folgenden, kurzen Begutachtung seiner Fußsohle stellte er fest, dass die Wunde stark blutete und schmerzte.

Schnell hatte er den Schuh wieder angezogen und schenkte seiner Mutter, die Mühe hatte, das strampelnden Tier zu bändigen, ein spitzbübisches Lächeln. »Na, der dumme Geier hätte sich gewundert, wenn er das Kitz angegriffen hätte«, meinte er. »Wahrscheinlich hätte es ihn in die Flucht geschlagen.«

Mutter und Sohn setzten ihren Weg fort, doch Adjoks Verletzung machte sich durch ein immer stärker werdendes Hinken bemerkbar. Bald musste Ylista nicht nur das Tier tragen, sondern auch noch ihren Sohn beim Gehen stützen. Adjok biss sich angestrengt auf die Unterlippe und verzog bei jedem Schritt schmerzhaft das Gesicht.

Das Zeltdorf des Nivesenstammes lag in einem vorwiegend felsigen Gebiet, wo nur vereinzelt hohe Nadelbäume in den noch winterlich grauen Himmel ragten. Auf einige Entfernung hörte man die Stimmen spielender Kinder und sah die dünnen, sich kringelnden Rauchschwaden, die aus den Dächern der Jurten aufstiegen. Nur die feine Nase eines Raubtieres oder die unzweifelhaft hervorragende Spürnase eines Nivesen konnte neben dem schwachen Geruch des Rauches noch die vielköpfige Karenherde wittern, die sich unter einem Felsüberhang niedergelassen hatte, um Schutz vor dem nun längst vorbeigezogenen Unwetter zu suchen, bei dem das Kitz von seiner Mutter getrennt worden war.

Das Unwetter hatte keine nennenswerten Schäden im Dorf hinterlassen. Die Nivesen waren das wechselhafte, raue Wetter gewöhnt und bauten robuste Zelte, die so manchem harten Wind standhielten. Auch die Karene, in deren Begleitung die normadisch lebenden Menschen gen Norden zogen, hatten während des kurzen Unwetters die Ruhe bewahrt. Nur dieses eine Kitz war wohl in Panik geraten und voller Schreck davongaloppiert.

Umso erfreuter war das Muttertier jetzt, da es den verlorenen Sohn wieder in Empfang nehmen konnte. Es gab quäkende Laute von sich, als es das Kitz auf Ylistas Arm entdeckte, stellte die Ohren auf und reckte den Hals. Dann kam es mit einige Galoppsprüngen angelaufen, um gleich darauf mit der großen, klebrigen Zunge das Fell des Ausreißers kräftig zu lecken. Die raue Zunge erwischte auch mehrere Male Ylistas Hände, die das Kitz noch nicht abgesetzt hatte. Doch bald stand das kleine Karen wieder auf seinen eigenen, dünnen Beinen unter dem schützenden Bauch der Mutter und saugte gierig an den Zitzen. Wenn der erste große Hunger gestillt wäre, würde es sicher erschöpft einschlafen.

Ylista schlug zusammen mit ihrem Sohn den Weg zurück ins Dorf ein. Sie wollte gerne an der Jurte der Schamanin Halt machen, um der weisen Frau Adjoks Wunde zu zeigen. »Sie wird dir sicher am besten von allen helfen können«, vermutete Ylista. »Und wenn sie sich zusätzlich noch die Splitter ansieht, die dich verletzt haben, wird es nicht schaden.«

Adjok schenkte der besorgten Mutter ein angestrengtes Lächeln: »Es tut doch kaum weh. Ich habe gerade überlegt, wie ich es schaffe, dem dummen Geier einen Pfeil in sein Hinterteil zu jagen ... sonst wird er ständig eine Bedrohung für unsere Jungtiere sein.«

»Das zähe Vieh könnten wir höchstens unserem Kleinen Wolf zu fressen geben, Adjok«, erwiderte Ylista. »In einem harten Winter vor langer Zeit habe ich einmal einen Geier gegessen. Sie lassen sich nur schwer erwischen und geben kein gutes Mahl ab. Doch in schlechten Zeiten gibt es von ihnen mehr als genug.«

Adjok schnaubte: »Ich spieße seinen Schädel auf eine Stange und stelle sie als Mahnmal für seine Sippe auf. Was mit dem Rest von ihm geschieht, ist mir völlig egal.«

»Seine Sippe schreckt nicht davor zurück, selbst das letzte Stück Fleisch von dem toten Schädel zu reißen«, erklärte Ylista. »Damit kannst du sie nicht erschrecken. Du kannst sie so nur weiter anfüttern.«

»Ekelhaftes Pack!« Adjok spie auf den Boden. »Kein bisschen Ehre im Leib!«

»So ist die Natur«, erwiderte Ylista mit einem nachsichtigen Lächeln. »Und wir Menschen können uns davon nicht ausschließen. Wir schaffen es auch nicht immer, die edlen Jäger zu sein, die wir gerne sein möchten. In manchen Zeiten ist der Mensch froh über ein Stück Aas. Und auch Menschen sollen schon andere Menschen gegessen haben.«

Adjok verzog voller Ekel das Gesicht: »Das meinst du doch nicht ernst?«

»In höchster Not ist auch unsere Sippe zu so manchem fähig. Alle paar Jahre kommt ein harter, bitterkalter Winter, in dem wir Menschen furchtbar hungern müssen. Der letzte dieser schlimmen Winter war in deiner frühen Kindheit.«

»Aber unser Stamm hat zu dieser Zeit kein Fleisch von Menschen gegessen«, warf Adjok mit fester Stimme ein. »Der Körper eines Toten muss dem Feuer übergeben werden, sonst bricht Unheil herein über seinen Geist und über diejenigen Lebenden, auf die er sich stürzt ...«

»Ach, weißt du ...«, sagte Ylista gedehnt und wandte das Gesicht ab. »Ein menschlicher Arm schmeckt immerhin besser, als ein Stück Geierfleisch ...«

Adjok blieb abrupt stehen. Sein Miene spiegelte Entsetzen wider. Er starrte seine Mutter aus großen Augen an. Der Mund stand offen, die Lippen bebten.

Ylista blieb ebenfalls stehen. Über ihren schmalen Rücken fielen dicke Strähnen des leuchtend roten Haares. Langsam wandte sie sich wieder ihrem Sohn zu. Zuerst erblickte Adjok das Profil mit der kleinen Nase, deren Spitze leicht nach oben strebte. Er musste sich geradezu dazu zwingen, die Mutter so lange anzusehen, bis sie ihm das Gesicht vollständig zugewandt hatte. Als sie ihn nun anblickte, waren ihre blauen Augen ein Abbild der reinen Unschuld. Adjok ballte die Hände zu Fäusten, konnte seine Wut kaum noch zügeln. Gleich würde er laut schreien ...

Doch da erschien zuerst ein kleines Lächeln, dann ein breites Grinsen in Ylistas Gesicht. Ein helles Lachen perlte aus ihrer Kehle. Die schmalen Hände fuhren zum Mund, doch sie vermochten das Lachen nicht aufzuhalten. Die blauen Augen blitzten ihn voll Schadenfreude an.

Es war nicht gerade einfach für Adjok, sich unter diesen Umständen wieder zu beruhigen. Er fühlte sich gekränkt durch den augenscheinlichen Spott der Mutter. Doch diese kam nun zielstrebig auf ihn zu und schloss ihn in die Arme.

»Bitte, sei mir nicht böse«, brachte sie, noch immer lachend, heraus. »Es ist schön, dass du noch keine wirklich schlimme Zeit in deinem Leben mitgemacht hast. Und ich hoffe bei der gütigen Liska, dass dies für immer so bleiben wird.«

Ylistas Lachen verklang, doch ihre Umarmung wurde um so intensiver. Adjok versteifte sich zuerst und sah sich forschend nach allen Seiten um. Es wäre wirklich peinlich, wenn einer der anderen Jungen ihn so sehen würde. Doch als er feststellte, dass kein stiller Beobachter in der Nähe war, legte er ebenfalls die Arme um seine Mutter und hielt sie einen kurzen Moment lang fest.

Vielleicht wusste Ylista tatsächlich mehr von der Welt, als er. Aber Menschenfleisch gegessen hatte sie sicher niemals in ihrem Leben. Sie war doch schließlich seine Mutter.

Adjok schaute auf, als er jemanden seinen Namen rufen hörte. Die beiden lösten ihre Umarmung und richteten ihre Blicke auf Celiska, die ihnen aus dem Dorf entgegengelaufen kam. Adjoks kleine Schwester hatte denselben zierlichen Körperbau wie ihre Mutter, und auch die himmelwärts gerichtete kleine Nase nannten beide ihr Eigen. Die Augen des Mädchens besaßen eine helle Bernsteinfarbe, die bei mittäglichem Sonnenlicht dem Farbton des Haares glich.

»Ich habe euch mit dem Kitz kommen sehen«, rief Celiska ihnen entgegen. »Ist alles in Ordnung?«

»Aber sicher«, nickte Adjok. »Der Geier hat diesmal den Kürzeren gezogen. Er war zu feige, das Kitz zu reißen, als es noch auf seinen Beinen stand. Und das nächste Mal, wenn er aufwacht, wird er einen Pfeil in seinen Eingeweiden finden, während Teile seines fetten Bauches schon zwischen den Backenzähnen unseres Hundes zermalmt werden.«

»Sollen wir uns morgen früh schon auf die Lauer legen?«, fragte Celiska sogleich eifrig.

»Warum nicht?«, fragte Adjok. »Er schlägt gerne bei Dämmerlicht zu. Und morgen früh wird er großen Hunger verspüren und vielleicht unvorsichtig werden. Falls wir ihn nicht direkt erwischen, dann spätestens morgen Abend, kurz vor Sonnenuntergang.«

»Spätestens dann«, stimmte Celiska ihm mit in die Hüften gestemmten Händen zu und reckte das runde Kinn in die Höhe.

»Vorher geht es aber noch zur Kaskju«, warf Ylista dazwischen. «Erst wenn deine Wunde versorgt ist und du wieder richtig laufen kannst, werden die Pfeile geschärft.«

Die Schamanin wusste wie Ylista genau, worum es sich bei den durchsichtigen spitzen Splittern handelte. Sie reichte Adjok ein hohes, schmales Gefäß, das aus demselben Material bestand.

Adjok, dessen Fußsohle mit einer Salbe aus heilkräftigen, aromatisch riechenden Kräutern behandelt worden war, drehte das Gefäß in den Händen und warf einen Blick hindurch. Er sah alles deutlich: die züngelnde Flamme des

Herdfeuers, die Mutter, die Kaskju – nur ein wenig verzerrt.

»Die Norbaden verkaufen diese Gefäße und nennen sie Glas«, erklärte die Schamanin dem Jungen. »Man sagt, das Glas wird aus geschmolzenem Sand gemacht. Wenn es zerspringt, bilden sich scharfkantige Scherben, die tief ins Fleisch schneiden können. Du hast die Gläser sicher schon einmal bei den fahrenden Händlern gesehen.«

Adjok nickte. Er erinnerte sich an die schimmernden, wie erstarrtes Wasser wirkenden Glaswaren, die nicht unbedingt nur Gefäße darstellten. Auch verschiedene Arten von Schmuck wurden aus Glas gemacht. Manchmal war das Glas bunt gefärbt oder bemalt. Es konnte kunstvoll geformt sein und beim Betrachter wahres Entzücken hervorrufen. Doch war es meist teuer und sicher alles andere als dringend lebensnotwendig.

Wenn Ylista einmal in jedem Sommer gemeinsam mit ihren Brüdern diejenigen Karene des Stammes in das Land der Jänaks getrieben hatte, die zum Verkauf standen, hatte sie nie die Gelegenheit wahrgenommen, dort Glaswaren zu erstehen. Für einen Nivesen waren solcherlei Luxusartikel zumeist uninteressant. Und auch Adjok, der in den letzten drei Sommern gemeinsam mit Celiska die kleine Abordnung in den Süden begleitet hatte, hatte sich nicht sonderlich für das im Jänak-Dorf angebotene Glas interessiert, sodass er die Splitter nun nicht erkannt hatte. Nur für einige kurze Momente hatte das Blinken und Funkeln des Materials ihn gefangen genommen, dann aber hatte er etwas sehr viel Nützlicheres im Tausch gegen einige Felle erstanden: tödliche, metallene Pfeilspitzen für die Jagd.

Adjok fragte sich, wie das zerbrochene Glas mitten in die Wildnis gelangt war. Er brauchte diese Frage nicht laut auszusprechen, sie stand auch in den verwunderten Gesichtern der anderen beiden geschrieben.

Zwei Wiesel

Den Lederball fest an sich gedrückt, rannte Celiska, als sei der mächtige Silberlöwe hinter ihr her. Der große Bruder, der nach seiner Verletzung schon wieder recht gut auf den Beinen war, hielt ihr wie immer mit vollem Einsatz den Rücken von Angreifern frei. Adjoks Rufe gellten lautstark hinter ihr.

Die kräftige Gestalt Danjuks tauchte vor Celiska auf. Der breitschultrige Junge schüttelte angriffslustig seine rote Lockenmähne und rollte wie ein gewaltiger Fels auf das Mädchen zu.

Celiska schlug einen flinken Haken, doch Danjuk war nicht so einfach auszutricksen. Ein einziger mächtiger Satz zur Seite, und er verbaute ihr abermals den Weg. Abrupt bremste Celiska ihren Lauf.

»Cel, *lauf*!«, brüllte Adjok von hinten.

Einen Augenblick lang blickte das Mädchen dem Gegner in die eisblauen Augen. In Danjuks Gesicht hatte sich ein siegessicheres Grinsen breit gemacht. Eine zottelige, rote Strähne hing ihm über die wulstige Stirn, die kräftigen Arme pendelten an den Seiten.

Hinter Celiska rollte die gegnerische Meute heran.

Plötzlich sprang Danjuk nach vorn, mit beiden Händen nach dem Ball greifend.

Celiska duckte sich weg. Wendig wie ein Schneehase schlüpfte sie unter dem linken Arm des Gegners hindurch und stürmte weiter. Als sie das Leder im Steinkreis platzierte, vernahm sie Adjoks stolzen Jubelschrei: »Sieg für die Leika!«

Celiska wandte sich mit glühenden Wangen zu den Mitspielern um. Die anderen drei aus der Mannschaft der Leika (die Wiesel) kamen auf sie zugestürzt, laut schreiend und mit ausgebreiteten Armen. Der matschige Schnee spritzte unter ihren Füßen.

Der breite Danjuk war gewaltig verärgert. Sein Gesicht nahm bereits die Farbe seiner Haare an. Es gab ein klatschendes Geräusch, als Celiskas Bruder von den Beinen gerissen wurde und mit dem Gesicht im tauenden Schnee landete. Mit einem heftigen Tritt gegen Adjoks Schienbein hatte Danjuk seinen Ärger kundgetan, der nicht nur das Spiel allein, sondern auch eine alte, schwelende Feindschaft betraf.

Die anderen beiden Leika waren bereits bei ihrer erfolgreichen Mannschaftskameradin angekommen. Ihre stürmische Umarmung riss auch Celiska zu Boden, und so wälzten sich die drei Kinder als quietschendes Knäuel in der kalten Masse des tauenden Schnees.

Über das freudige Geschrei erhob sich Adjoks lautes Schimpfen.

Celiska hatte alle Mühe, sich von den ungestümen Freunden zu befreien und einen Blick hinüber zu ihrem Bruder zu werfen.

Dieser hatte sich vom Boden wieder aufgerappelt und gleich auf Danjuk gestürzt. Die beiden Jungen versetzten einander heftige Schläge, während Danjuks Mannschaft, die Taarjuk (die Bären), ihren Anführer mit Anfeuerungsrufen unterstützte.

Celiska war sehr schnell wieder auf den Beinen. Ihre Freunde folgten ihr zu den beiden prügelnden Jungen. Es war recht schnell klar, dass Adjok den kräftigeren Danjuk nicht zu fürchten brauchte. Er hatte sich den Titel des wendigen Leika wahrhaftig verdient. Danjuks kraftvolle, aber unbeholfene Schläge trafen zumeist ins Leere. Schwitzend und ächzend ging dem Taarjuk bald die Puste aus, während Adjoks Hiebe wie Hagelkörner auf ihn niederprasselten. Es war bei weitem nicht das erste Mal, dass die beiden Jungen aneinander gerieten. Danjuk schien von etwas wie chronischer Eifersucht auf den gewandten Adjok erfüllt und ging auf ihn los, wann immer er einen noch so nichtigen Anlass dafür sah.

An Stimmgewalt standen die Leika den Taarjuk in nichts nach. Die Kinder schrien durcheinander, klatschten laut in die Hände und grölten bei jedem Treffer des Angefeuerten voll Begeisterung den Namen ihrer Mannschaft.

Wen wundert es, dass bald ein paar Hirten auftauchten und der Schlägerei ein Ende setzten. Adjok ließ auch recht schnell von seinem Widersacher ab, doch Danjuk brüllte und schlug noch eine Weile weiter um sich, sodass es zweier bedurfte, um ihn zu bändigen.

Celiska platzte fast vor Stolz auf ihren Bruder. Sogar einer der Taarjuk klopfte Adjok anerkennend auf die Schulter:

»Gut geschlagen, Jok. Für einen schwachen Leika nicht schlecht.«

Auf dieses Lob hin fand Celiska es an der Zeit, den großen Bruder kräftig an sich zu drücken. Sie schlang beide Arme um ihn und presste den Kopf an seine feuchte Kleidung. Adjok schnaufte nach dem harten Kampf und sein Herz raste wie wild. »He, Kleines«, hörte sie seine Stimme, die dumpf aus dem Brustkorb zu dringen schien. »So wild war die Sache nun auch wieder nicht.« Er versuchte, sich aus der Umarmung zu lösen. Große Jäger schmusten nicht!

Einer der Hirten wandte sich an Adjok: »Spar dir deine Kräfte für die Jagd«, sagte er ernst. »Und jage nicht deine Freunde.«

Adjok spuckte verächtlich auf den Boden: »Danjuk ist nicht mein Freund«, erklärte er. »Er ist feige wie ein Schneelaurer.«

»Und du bist der dümmste Dummkopf ...«, keuchte Danjuk.

»Hört endlich auf«, mahnte der Hirte. »Es nützt nichts, zu prügeln und zu schimpfen. Feindschaft bringt nur schlechten Schlaf.«

Damit gingen die Erwachsenen fort, zurück zur Herde, ohne die Kinder noch eines Blickes zu würdigen.

Celiska erblickte Danjuk ein Stück weit entfernt. Eine Weile blieb Adjoks Gegner stocksteif auf der Stelle stehen und starrte missmutig vor sich hin. Dann beschloss er, es den Erwachsenen gleichzutun und zu verschwinden. Die anderen Taarjuk folgten ihm auf den Fersen.

Adjok legte kumpelhaft den Arm um Celiskas Schultern. »Du hast das Spiel gewonnen, Cel. Du bist schnell wie der Wind, kleine Schwester.«

»Na, so klein ist die Schwester auch wieder nicht«, erwiderte Celiska und stellte sich auf die Zehenspitzen, während sie das Gesicht stolz lächelnd zum Bruder erhob. Doch es nützte nichts, es zu leugnen: Für ihr Alter von immerhin elf Wintern war Celiska recht klein geraten. Ihr ganzer Stolz aber schwoll seit kurzem unter ihrer warmen Fellkleidung; die kleine Schwester war auf dem Weg zur Frau. Und die gleichaltrigen Mädchen lagen weit abgeschlagen zurück, wie die Mannschaft der Taarjuk im heutigen Ballspiel.

Die Kinder trollten sich gemeinsam zurück zum Lager.

Aus dem Abzug der heimischen Jurte quollen Rauchschwaden, und der Duft von Gebratenem hing in der Luft. Adjoks Magenknurren war so laut vernehmlich, dass Celiska lachen musste.

»Hast du gestern Abend einen Bären verspeist?«, fragte sie ihn neckend.

Adjok schüttelte den Kopf. »Das ist das wilde Tier im Mann«, erwiderte er, ohne eine Miene zu verziehen.

Die Freunde der beiden Geschwister verspürten wohl einen ähnlichen Hunger. Jedenfalls waren sie recht eilig zwischen den dicht stehenden Jurten verschwunden. Celiskas Schritte beschleunigten sich ebenfalls, denn erst jetzt bemerkte sie die bohrende Leere in ihrem Magen, die dringend mit köstlichem Fleisch gefüllt werden musste.

Der über dem Feuer brutzelnde Schneehase war am Tag zuvor von Adjok mit Pfeil und Bogen erlegt worden. Die Mutter hatte ihn mit verschiedenen Kräutern bestrichen: Würzig duftende Kastajiin und die süß schmeckenden Dijka-Halme gaben dem Braten ein schmackhaftes Aroma.

Die Natur war seit einiger Zeit wieder zum Leben erwacht, der Frühling hielt Einzug. Frische Kräuter waren hier und dort bereits zu finden, und die Familie hatte längst fleißig gesammelt.

Celiska beobachtete, dass Adjok sich nach dem Hund umsah. Mit zufriedenem Gesicht stellte er fest, dass das Tier sich wohl bei der Herde aufhielt und die Hirten fleißig bei ihrer Arbeit unterstützte. So stand Adjok als dem erfolgreichen Jäger also zusätzlich der Anstandshappen des Hundes zu. Celiskas großer Bruder rieb sich voll Vorfreude die Hände.

Bevor sich die beiden Kinder ans Feuer setzten, hängten sie ihre nasse Kleidung zum Trocknen auf. Sie hüllten sich in warme Wolldecken und ließen sich auf dem mit Fellen ausgelegten Boden nieder.

Die Mutter verteilte die Fleischportionen auf die Essensschalen. Gerade als Adjok sich über seinen großen Anteil hermachen wollte, steckte der Hund die Nase durch den Eingang.

»Oh, Kleiner Wolf«, rief Celiska betont erfreut aus und warf einen Blick in das verkniffene Gesicht ihres Bruders. »Fast hätten wir dich vergessen!«

»Er soll die Eingeweide haben«, brummte Adjok.

»Die verkoche ich zur Suppe«, sagte seine Mutter und zwinkerte Celiska kurz zu. »Als fleißiger Hüter unserer Tiere hat sich der Kleine Wolf seinen Anteil redlich verdient.«

Adjok warf dem Hund widerwillig ein angemessenes Stück Fleisch vor die Füße. »Hier hast du. Riechst wohl das Fleisch noch bis ans Ende der Welt.«

Den Kleinen Wolf kümmerte Adjoks Missmut nicht. Blitzschnell schnappte er sich den Brocken und trug ihn zum Feuer. Dann machte er sich laut schmatzend an sein Festmahl.

Auch Celiska wandte sich nun ihrem schmackhaften Essen zu.

»Adjok,«, hörte sie nach einer kleinen Weile die Stimme ihrer Mutter, »hast du dich geschlagen?«

»Mmmh?«, machte Adjok mit vollem Mund.

»Was ist mit deinem Gesicht?«, fragte die Mutter weiter.

»Mmmh?«, machte Adjok abermals.

»Na, du hast da was.«

Celiska schaute auf. Doch Adjok hatte das Gesicht von ihr abgewandt und sah ihre Mutter an. Die stellte ihr Essen beiseite und beugte sich vor zu ihrem Sohn, um dessen Gesicht genauer zu betrachten. »Ein blauer Fleck«, stellte sie nüchtern fest. »Na, und oben an der Stirn ist noch ein kleiner.«

»Danjuk hat mich da nicht getroffen«, sagte Adjok.

»Ah, mit Danjuk hast du dich also geschlagen?«

»Danjuk ist dümmer als ein Haufen Karenscheiße«, erklärte Adjok voll Überzeugung. »Bis der es schafft, mir ins Gesicht zu schlagen, habe ich ihm alle fünf Finger abgebissen.«

»Aber du bist aufs Gesicht gefallen«, warf Celiska ein. »Daher wird es kommen.«

Ihr Bruder wandte sich ihr zu. Sie sah einen runden, dunkelgrün schimmernden Fleck auf seiner linken Wange. Auf der Stirn prangte ein kleinerer, sichelförmiger.

»Muss wohl«, sagte er. »Aber Danjuk hat bestimmt *tausend* blaue Flecken.«

Celiska grinste. »Mindestens«, meinte sie. »So viele, wie der Himmel Sterne hat.«

Ihre Mutter musste sichtlich ein kleines Lächeln unterdrücken. »Mach keinen Unsinn, großer Jäger«, mahnte sie ihren Sohn. »Prügelei hat noch nie zum Ziel geführt.«

»Kluge Sprüche«, erwiderte Adjok, »meistens auch nicht.«

»Kluges Handeln aber sicher«, war die Antwort der Mutter.

Kleiner Wolf gab ein wohliges Rülpsen von sich und ließ sich auf die Seite fallen.

Die drei Menschen wandten sich wieder ihrem Essen zu. Auch Adjok wollte lieber weiteressen als zu diskutieren.

Die Mutter ließ es dabei bewenden.

Als die Geschwister nach dem Essen wieder in ihre leidlich trockene Kleidung schlüpften, entdeckte Celiska drei weitere Flecken auf Adjoks Rücken. Einer von ihnen hatte die Größe ihrer Handfläche.

»Auf den Rücken bist du aber nicht gefallen«, sagte sie und tippte mit dem Zeigefinger auf ein dunkelgrünes Oval am rechten Schulterblatt. »Da sind nämlich noch mehr dieser Flecken.« Die Haut fühlte sich an der betroffenen Stelle leicht klebrig an. Celiska zog ihren Finger schnell wieder zurück. Sie mochte das Gefühl nicht.

Adjok bemühte sich, über seine Schulter nach hinten zu schielen, doch die neu entdeckten Flecken lagen außerhalb seines Sichtbereichs.

»Das geht schon wieder weg«, meinte er nach kurzer, vergeblicher Mühe und bückte sich, um seine Kleidung überzustreifen. »Lass uns zu Hanju gehen und sehen, ob seine Hündin schon geworfen hat.«

Das war ein Vorschlag nach Celiskas Geschmack. Sie selbst hatte von Hanju das Vorrecht eingeräumt bekommen, sich den kräftigsten Welpen aus dem zu erwartenden Wurf auszusuchen. Denn es war ohne Zweifel Celiskas Verdienst, dass die stolze Steppenhündin Weiße Pfote überhaupt noch lebte.

Das Tier war vor etwa zwei Wintern in eine Falle geraten, die ein Pelztierjäger, ein dummer Jänak, aufgestellt hatte. Es war eine Eisenfalle mit langen Dornen gewesen, von denen einer sich in den Hinterlauf der Hündin gebohrt hatte. Hanju hatte das qualvoll jaulende Tier noch in der Falle töten wollen, um es von seinem Leid zu erlösen. Doch Celiska war es mit ihren geschickten Händen gelungen, die Hündin zu befreien. Das Mädchen hatte bereits zu jener Zeit gelernt, wie verschiedene Arten von Wunden zu versorgen sind. Tag und Nacht hatte Celiska sich um das verletzte Tier gekümmert, als sei es ein Menschenkind. Sie hatte den Wundbrand abgewendet und das Fieber bekämpft. Hanjus anfängliche Skepsis war schnell in echte Bewunderung für die Geduld und die Kenntnisse der kleinen Heilerin umgeschlagen.

Von ihrer schlimmen Verwundung war Weiße Pfote nichts weiter als ein leichtes Hinken geblieben. Längst zog sie wieder ihre weiten Bögen um die Karene und hielt gemeinsam mit den anderen Hunden fleißig die Herde zusammen. Und offensichtlich hatte sie sich vor einigen Monden ebenso fleißig um die Vermehrung des Rudels gekümmert. Der Nachwuchs war jederzeit zu erwarten.

Adjok schnappte sich im Hinauseilen noch seinen Bogen und einige Pfeile. Das Herrchen der trächtigen Hündin, Hanju, hatte den Ruf, der beste Bogenschütze des Stammes zu sein. Vielleicht würde er sich auf ein Zielschießen einlassen, wobei Adjok sich bei ihm noch etwas abgucken wollte.

Träge hob Kleiner Wolf den Kopf, als die Kinder aus der Jurte stürmten.

»Komm, Wolf! Komm mit!«, rief Celiska dem Tier zu, während sie die Fellklappe der Jurte beiseite schob. Doch Kleiner Wolf hatte kein Interesse daran, seine gemütliche Verdauungspause zu unterbrechen. Gähnend legte er den Kopf zurück auf das weiche Fell, das ihm als Lager diente.

Leider waren weder Hanju noch Weiße Pfote zu finden. Hanjus Jurte war leer, die Feuerstelle kalt.

Der mürrisch dreinblickende Danjuk kreuzte den Weg der Geschwister, als diese suchend zwischen den Jurten umherwanderten. Wie es so seine Art war, versperrte der große Junge ihnen wieder einmal den Weg und starrte sie schweigend und böse an.

Adjok und Celiska gingen Seite an Seite ohne zu zögern auf ihn zu und blieben stehen.

»Was willst du noch?«, fragte Adjok betont kühl.

»Einen Wettkampf«, presste Danjuk zischend hervor. »Einen ehrlichen Faustkampf, wir beide, morgen Abend.«

Celiska schüttelt den Kopf: »Ihr habt doch schon gekämpft. Und die Entscheidung war eindeutig.«

»Du bist nicht gefragt«, fauchte Danjuk sie mit hochrotem Kopf an und richtete die eisblauen Augen auf Adjok. »Na, was ist?«

Celiska warf einen Blick auf ihren Bruder. Um Adjoks Lippen spielte ein kleines Lächeln, wie beim Anblick einer lohnenswerten Jagdbeute.

»Kein Problem«, sagte er. »Wenn du dir noch mal Schläge abholen willst, dann stehe ich gerne zur Verfügung ...«

Celiska hätte es eigentlich wissen müssen. Eine Herausforderung, gleich welcher Art, abzulehnen, das würde Adjok niemals in den Sinn kommen. Und schon gar nicht, wenn diese von Danjuk stammte, dem ständig präsenten Widersacher in seinem Leben. Ihr großer Bruder hatte den Ehrgeiz, in allem der Beste zu sein. Und meistens gelang ihm das auch. Seine Erfolge waren auf seine angeborene Geschicklichkeit zurückzuführen, ob es nun um die Anwendung von Jagdwaffen ging oder um die Wettkampfspiele der Nivesenkinder.

Celiska hing sehr an ihrem Bruder, verbrachte die meisten Tage an seiner Seite. Doch sie empfand keineswegs nur Bewunderung für ihn, wie es sich vielleicht für die kleine Schwester eines solchen Draufgängers gehört hätte. Sie liebte ihn, ja. Sein übergroßer Ehrgeiz aber war ihr fremd. Auch ihr bereitete das Gewinnen Freude. Andererseits machte es ihr jedoch nichts aus, eine für sie belanglose Herausforderung zu umgehen. Sie musste auf der Jagd nicht mit dem fettesten Hasen heimkehren. Wenn ihre Familie genug zu essen hatte, dann reichte ihr das.

Das Leben genügte sich selbst.

So früh im Jahr waren die Tage noch kurz.

Sichelförmig prangte das Madamal in dieser Nacht am

Himmel, als man sich in der Jurte von Celiskas Familie schlafen legte.

Den Kindern war es nicht gelungen, die tragende Weiße Pfote und ihren Herrn ausfindig zu machen. Den ganzen Tag über war Hanju nicht heimgekehrt. Niemand hatte ihnen sagen können, wo der junge Mann sich aufhielt. Der Lahti hatte ihn dieser Tage nicht als Hirten eingeteilt. Und dass er ganz allein auf Jagd gegangen war, noch dazu mit einer Hündin, die jeden Moment gebären konnte, war unwahrscheinlich.

Adjok schlüpfte aus seiner Kleidung, und seine Augen weiteten sich, als er an seinem Körper hinuntersah. Auch Celiska hielt in ihrer Bewegung inne. Die Mutter der beiden Kinder stieß einen entsetzten Laut aus, als ihr Blick auf den Jungen fiel: Adjoks Haut war an Brust, Bauch und Beinen von zahlreichen dunkelgrünen Flecken bedeckt. Im Gesicht hingegen hatte sich nichts mehr verändert, seit sie die absonderlichen Male zuerst entdeckt hatten.

»Dreh dich um«, bat Adjoks Mutter mit tonloser Stimme.

Der Junge gehorchte und drehte sich einmal um die eigene Achse, wobei er bemüht war, seinen nackten Körper selbst von allen Seiten zu inspizieren. Auch der Rücken war übersät mit Flecken verschiedenster Größe. Celiska wurde bei diesem Anblick ganz beklommen zumute. Sie konnte sich nicht erklären, was mit ihrem Bruder geschehen war.

War ein böser Geist über ihn gekommen und hatte ihn mit zahlreichen kleinen Schlägen traktiert? Hatte Danjuks Hass vielleicht eine solche Erscheinung auszulösen vermocht? Man musste die Kaskju darüber befragen. Vielleicht wusste sie einen Rat.

»Hast du Schmerzen?«, wollte die Mutter voller Sorge wissen.

Adjok schüttelte entschieden den Kopf, ohne jedoch den Blick von seiner fleckigen Haut zu wenden: »Es tut nicht weh. Überhaupt nicht.«

Celiska legte die Handfläche auf den Rücken ihres Bruders und bewegte sie leicht hin und her. Die verfärbten Stellen seiner Haut waren deutlich zu erspüren. Unangenehm klebrig fühlten sie sich an und dabei sahen sie glatt aus, fast wie polierter Stein. Das Mädchen führte das Gesicht dicht an einen der grünlichen Flecken und schnupperte. Der Geruch war so scheußlich, dass Celiska zurückzuckte. Er erinnerte an Aas, an Verwesung. Übelkeit stieg in ihr auf.

»Was ist los, Cel?«, fragte Adjok argwöhnisch und wandte sich zu ihr um. Die vertrauten Bernsteinaugen blickten fragend, mit einem Anflug von Sorge.

»Es riecht ... komisch«, sagte Celiska. Ihre zögerliche Auskunft war nicht dazu angetan, den Bruder oder die Mutter zu beruhigen. Rasch senkte Adjok den Kopf zur Brust und verzog angewidert das Gesicht.

Auch Ylista wollte nun den Geruch der absonderlichen Hautverfärbungen prüfen, doch Adjok wehrte sie energisch ab. »Hört auf, an mir herumzuschnuppern. Es sind nur ein paar dumme Flecken. Morgen sind sie sicher wieder weg.«

Deutlich sah man ihm den Zweifel an der Behauptung an.

»Und wenn es über Nacht noch schlimmer wird?«, fragte seine Mutter. »Wir müssen *jetzt* etwas dagegen tun. Wir sollten die Kaskju rufen. Und die alte Kisa. Und auch ... Heimanuk hat viel gesehen in seinem Leben. Vielleicht weiß er, wie man diese Flecken heilt.«

Doch Adjok schüttelte den Kopf. Seine Stimme klang ein wenig zu hitzig, als er widersprach: »Ich will nicht, dass du das halbe Lager herbeitrommelst wegen so einer dummen Kleinigkeit! Es tut nicht weh. – Und du, *schau nicht so*, Celiska! Diese Dinger werden mich nicht umbringen. Sie sind nur hässlich.«

»Jok, he, beruhige dich«, bat seine Mutter mit ruhiger, aber fester Stimme. »Dann gehen wir eben nur zu Kisa. Sie wird sicher wissen, was zu tun ist.«

Kisa war die erfahrenste Heilerin des ganzen Stammes. Celiska schätzte, dass sie mindestens 90 Winter zählen musste, denn das Gesicht der alten Frau war von tiefen Furchen durchzogen. Kisa wusste wahrhaftig sehr viel von der Heilkraft der Natur. Pflanzen und allerlei Tierprodukte wie Blut, Fett und auch getrocknete Eingeweide, fanden in der nivesischen Heilkunde Anwendung. Im Grunde genommen wusste jeder Nivese so viel von der Kunst des Heilens, dass er kleine Wunden und die üblichen alltäglichen Wehwehchen selbst behandeln konnte.

Kisa aber wusste unendlich viel mehr. Celiska hatte schon oft zugesehen, wenn die alten, faltigen Hände einen wunden Körper mit Kräutersalben einrieben, oder einen Trank zur Linderung von Geburtsschmerzen zubereiteten. Das Mädchen hatte viele von Kisas Rezepten im Gedächtnis bewahrt, ohne von der alten Frau direkt unterrichtet worden zu sein.

»Warum kümmerst *du* dich nicht um diese Flecken?«, fragte Adjok seine Mutter.

»Ach, nun sei nicht dumm«, erwiderte Ylista. »Ich weiß nicht, was die Male bedeuten. Ich kenne einige Rezepte für Salben gegen unterschiedliche Arten von Pocken. Aber dies sind keine Pocken.«

Sehr leise meldete sich Celiska zu Wort, doch ihre Stimme wurde trotzdem nicht überhört. »Geh zu Kisa«, sagte sie. »Sie weiß meistens einen Rat.«

Die alte Kisa war noch wach. Doch ihre restliche Familie, die mit ihr in der Jurte wohnte, hatte sich bereits schlafen gelegt. Müde lugte die Enkeltochter, die bereits selbst Kinder hatte, hinter einer Raumabtrennung aus grauem Karenfell hervor.

»Die Kleinen sind gerade eingeschlafen. Seid bitte etwas leise«, bat sie und zeigte ein recht erschöpftes Lächeln.

Kisas faltige Füße lagen auf einem dicken Wollkissen. Die alte Frau winkte Adjok stumm zu sich heran. Der Junge näherte sich ihr, während seine Mutter ihm die Decke abnahm, in die er sich für den Weg gehüllt hatte. Die alte Heilerin gab durch ein weiteres Zeichen zu verstehen, dass er sich vor sie hinhocken solle. Mit erstaunlich gewandten Fingern tastete sie einzelne Flecken ab und vergaß auch nicht, an ihnen zu riechen, wie Celiska es zuvor getan hatte. In der Glut des erlöschenden Feuers hoben sich die Flecken in scharfem Kontrast von Adjoks ansonsten auffallend blasser Haut ab.

Noch bevor Kisa nach sorgfältiger Überprüfung des Phänomens den Mund auftat, wusste Celiska, dass die alte Heilerin hier nichts ausrichten konnte. Der Ausdruck des runzligen Gesichts und der schmalen, glitzernden Augen verrieten dem Mädchen: Die alte Frau war ratlos.

Und tatsächlich schüttelte Kisa nach einiger Zeit voll Bedauern den Kopf. »So etwas habe ich noch nie gesehen. Vielleicht ist es ein böser Geist, der mit dir sein Unwesen treibt, Junge.«

Betroffen fragte Adjoks Mutter: »Was sollen wir machen, Kisa?«

»Geht zur Kaskju«, knarrte die raue Stimme der alten Frau. »Wenn sie nichts weiß, dann kommt zu mir zurück. Ich werde mein Bestes tun.«

»Meinst du, es ist schlimm?«, wollte Adjoks Mutter weiter wissen.

Die Alte nickte bedächtig mit dem Kopf. »Du sagst, es ist in einem einzigen Tag gekommen, Ylista. Also tut Handeln Not.« Kisas schmale Augen richteten sich auf Celiska, die reglos am Eingang stand und alles beobachtete: »Du weißt selbst, kleines Mädchen«, fuhr die alte Heilerin fort, »dass die Zeit das wichtigste Gut des Heilers ist. Die Krankheit kann nur siegen, wenn sie schneller als die Heilung ist.«

Celiska erinnerte sich an die junge Frau, die in den letzten Tagen des Winterlagers ihr Leben hatte lassen müssen. Schnell wie ein nächtliches Raubtier war das Fieber gekommen und hatte sie innerhalb von zwei Tagen hinweggerafft.

Doch man konnte das heftig wütende Fieber der Frau, die Celiska unter Kisas Händen hatte sterben sehen, nicht mit den Flecken vergleichen, die sich auf Adjoks Körper ausbreiteten. Adjok war zwar recht blass, fühlte sich aber unzweifelhaft gesund. Als der Tag noch jung gewesen war, hatte er Danjuk im Kampf geschlagen. Und auch jetzt würde ihm dies noch gelingen, denn seine Körperkräfte waren nicht in Mitleidenschaft gezogen.

Ohne zu protestieren folgte Celiskas Bruder nun seiner Mutter zur Jurte der Kaskju. Kisas Worte hatten ihn wohl aufhorchen lassen und seinen Widerstand gegen diese nächtliche Ratsuche gebrochen. Kisas Weisheit war allgemein bekannt. Wenn die alte Heilerin eine Sache für ernst hielt, dann war sie es auch.

Celiska folgte Mutter und Bruder in geringem Abstand.

Man konnte den Sonnenschein des Tages fast noch riechen und der tauende Schnee war an vielen Stellen zu bloßen Pfützen dahin geschmolzen. In den Jurten waren die vertrauten leisen Geräusche und Stimmen zur hören. Ab und zu erklang aus verschiedenen Richtungen Hundegebell. Ein scheinbar gewöhnlicher Abend im Nivesenlager. Doch Celiskas Herz wurde mit jedem Schritt, den sie zur Behausung der Schamanin zurücklegte, schwerer. Was, wenn die Kaskju auch keine Erklärung wusste? Was würde dann mit Adjok geschehen?

Scharfe Gerüche wehten ihnen am Eingang der Jurte entgegen, als die Fellklappe von innen hochgehoben wurde. Die Kaskju winkte sie herein.

Celiska trat über die Schwelle und zog sich sogleich, wie schon in Kisas Jurte, in den Hintergrund zurück. Die Behausung der Kaskju war sehr viel kleiner als die, von der sie gerade kamen. Hier lebte nur eine Person: die Schamanin des kleinen Nivesenstammes.

Auch sie hatte bereits viele Winter erlebt, doch ihr Alter reichte nicht an Kisas heran. Die roten Locken waren mit weißen Strähnen durchsetzt, und die tiefbraunen Augen strahlten Ruhe und Weisheit aus. Ihr Gewand war mit bunten Wollfäden bestickt, und am Gürtel trug sie ihre verzierte Schamanen-Keule.

Über einem kleinen Feuer in der Mitte der Jurte hing eine Tonschale, die mit einer dampfenden Flüssigkeit gefüllt war. Von ihr ging starke Geruch aus. Doch Celiskas Nase gewöhnte sich schnell daran, und recht bald stellte sie die beruhigende Wirkung der in der Luft liegenden Dämpfe fest. Offenbar hatte die Kaskju gerade Vorbereitungen für ein Ritual getroffen. Doch nun widmete sie ihre volle Aufmerksamkeit dem Problem ihrer späten Besucher. Konzentriert untersuchte sie Adjoks Körper und tastete, wie Kisa zuvor, die einzelnen Flecken, die sich teilweise zu kleinen Beulen entwickelt hatten, sorgsam ab. Dann bat sie den Jungen, sich hinzulegen. Mutter und Schwester sollten sich abseits halten und Ruhe bewahren.

Vor dem nackten Jungen hockend stimmte die Schamanin einen leisen Gesang an. Die Augen hielt sie dabei weit geöffnet, aber unbewegt. Der Körper wiegte leicht vor und zurück. Ein dumpfer Basston untermalte die hohen, summenden Töne, die ihrer Kehle entstiegen.

Diese Art zweistimmigen Gesangs war allen Nivesen zu Eigen. Doch die feinen Vibrationen, ausgelöst von den hohen Töne der Kaskju, waren ein Kennzeichen des Ritualgesangs.

Celiska konnte geradezu spüren, wie die Kaskju ihre geistigen Fühler durch den Raum gleiten ließ und Adjoks Körper mit feinen Sinnen betastete. Die Luft war bald ganz erfüllt von der geistigen Präsenz der Schamanin. Der leise, aber intensive Gesang, der keine identifizierbaren Worte enthielt, schwang im Raum. Er schien sich wie eine greifbare Substanz zu verdichten und Celiskas Leib in Wellen zu umspülen. Das Mädchen musste angestrengt blinzeln, als ihre Augen ihr vorgaukelten, im Raum breite sich eine nebelhafte, in ihren Umrissen nicht definierbare Gestalt aus, die bald jeden kleinen Winkel der Jurte ausfüllte und

Adjok mit einer Art weißem, durchscheinendem Rauch umhüllte.

Durch das Blinzeln jedoch ließ sich die Erscheinung nicht vertreiben. Im Gegenteil, sie wurde immer intensiver und bald waren Celiskas Augen wie verschleiert, der Raum um sie herum bis auf vereinzelte Schattenbilder ausgelöscht. Farben und Formen waren verwischt und in ein flirrendes, unwirkliches Licht getaucht. Es schien Celiska, als bewege sich um sie herum ein immaterielles, aber lebendiges Wesen, das gezielt mit hellwachen Sinnen den Raum erforschte. Die Gestalt dieses Wesens war nicht auszumachen, es schien keine Begrenzung zu haben, als bestünde es aus der Luft selbst.

Nicht aus Angst, sondern aus Unwillen schloss Celiska die Augen, sodass nur noch der immer gleich bleibende, rhythmische schamanische Singsang zu ihr drang und das Kribbeln eines linden Geisteratems auf ihrer kühlen Haut. Doch die Empfindungen verblassten zusehends, Haut und Ohren wurden allmählich mit Taubheit überzogen. Einen Moment lang hatte Celiska das Gefühl, sie beginne langsam aus der Wirklichkeit hinauszugleiten, ein reiner Geist, der sich auf Reisen begibt. Doch ihr Körper hielt einen letzten Rest von ihr wie mit fester Hand umklammert, ließ sie nicht gehen.

Der Zustand dauerte an, wie ein stummer Kampf zwischen Körper und Geist. Dann wurde sie mit einem Ruck wieder in ihren Leib hineingesogen. Nur allmählich kehrte das Gefühl in ihre Glieder zurück, und auch die Verbindung zu ihren Sinnen aktivierte sich nach einem kurzen Moment des Widerstrebens.

Als Celiska die Augen mit einiger Mühe öffnete, war die geisterhafte Präsenz ohne jegliche Spur verschwunden und der Gesang der Kaskju verstummt. Die Augen nahmen wieder feste Formen wahr, nur im Kopf war es ihr noch etwas schwindlig. Die Knie fühlten sich weich an. Noch immer lag der nun wohlbekannte scharfe Geruch in der

Luft: geheimnisvolle Essenzen, die sicher selbst der alten Kisa unbekannt waren.

Celiska warf einen kurzen Blick auf ihre Mutter, deren Augen wiederum auf Adjok hafteten. Ylistas Miene verriet, dass sie die geisterhafte Erscheinung nicht wahrgenommen hatte. Weder Verwunderung noch Erschrecken waren aus ihrem Gesicht abzulesen.

Adjoks Finger spielten mit den gedrehten Fransen des groben Teppichs, auf dem er lag. Sein Gesichtsausdruck war betont gelangweilt.

Es war nicht das erste Mal, dass Celiska mit ihren Sinnen etwas erfasst hatte, das niemand anderer sonst in ihrer Nähe wahrnehmen konnte. Es war ihr nicht möglich, die sporadischen Erscheinungen in Worte zu fassen, sie zu definieren. Deshalb schwieg sie zumeist darüber. Das von ihr Wahrgenommene war unkörperlich und daher sicher ohne jeden Einfluss auf die materielle Welt.

Celiska konnte keinen Kontakt zu den ab und an für sie sichtbaren Geistwesen herstellen, falls ihre Visionen überhaupt als solche zu bezeichnen waren. Und auch diese schienen keine Notiz von ihr zu nehmen. So war Celiska schon von frühem Kindesalter an dazu übergegangen, gewisse Erscheinungen, wenn möglich, einfach außer Acht zu lassen. Sie schienen keinen Belang zu haben für die Welt, in der sie lebte.

Die Kaskju erhob sich aus ihrer Hockstellung. Auch Adjok regte sich, richtete den Oberkörper auf und stützte sich mit den Ellbogen auf dem Boden ab. Katzenhaft funkelten seine schrägen Bernsteinaugen im flackernden Feuerschein, als er den Blick zu der Schamanin hob.

»Wenn es Geister waren, die seine Haut verletzten, so sind sie fort«, sagte die Kaskju. Und dann, nach einem kurzen Moment des Zögerns, schob sie entschlossen die Ärmel ihres bunten Gewandes hoch und drehte die Handflächen nach oben. »Auch in meinem Fall habe ich vergeblich nach bösen Geistern gesucht.«

Celiska erblickte auf den Unterarmen der Schamanin dieselben dunkelgrünen Flecken, die auch Adjoks Körper verunzierten. Sie waren noch nicht so zahlreich wie bei ihrem Bruder, und auch das Gesicht der Kaskju war bisher verschont geblieben.

Adjok stieß einen unterdrückten Laut aus, der deutlich sein Erschrecken zeigte. Seine Mutter schlug bestürzt die Hand vor den Mund.

»Nun, da wir einen zweiten Fall haben«, fuhr die Kaskju mit ungerührter Stimme fort, »sollten wir herausfinden, wie viele andere noch von den Flecken betroffen sind.« Sie hielt einen Moment lang inne, bevor sie hinzufügte: »Ich weiß nicht, was hier vor sich geht, doch mir scheint dies nichts Gutes zu bedeuten.«

Adjok machte Anstalten, aufzustehen, doch seine Arme knickten unter ihm ein. Mit einem kurzen Aufstöhnen sackte er auf dem Boden zusammen. Die Blicke der anderen drei richteten sich sogleich auf ihn. Der Junge hob den Kopf, sein Gesicht war ganz verkniffen. Ein dünnes Blutrinnsal war auf seinem Kinn zu sehen. Die angespannte Haut an einem Fleck unterhalb des Mundwinkels war zerrissen. Eine schmale, blutende Wunde war die Folge.

Adjoks Hand fuhr zum Kinn. Seine Finger verwischten das dunkelrote Rinnsal. Celiska entdeckte im selben Moment am Unterarm ihres Bruders eine weitere blutende Wunde.

Adjok folgte ihren Blicken, seine Augen weiteten sich in stummem Entsetzen. Als er den Kopf drehte, um seinen restlichen Körper zu betrachten, platzte einer der grünlichen Flecken, der sich bereits beulenförmig wölbte, an seiner Brust auf. Eiter spritzte hervor. Nachdrängendes Blut vereinigte sich mit ihm zu einem gemächlich fließenden Bach.

Seine Mutter stieß einen Schreckensschrei aus, denn die Flecken am Körper ihres Jungen schienen plötzlich lebendig zu werden: Einer nach dem anderen zerriss vor ihren

Augen und gab den Weg frei für dickflüssigen Eiter und weitere, dunkelrote Rinnsale.

Adjoks Gesicht verzerrte sich zu einer Grimasse. Mit den Fingern versuchte er hier und da die Blutung aufzuhalten, doch die Zahl der Wund wuchs beständig.

Celiska hörte das leise Reißen der Haut durch das Knistern des Feuers. Es war ein widerliches Geräusch, das sie frösteln ließ.

»Hilfe ...«, keuchte Adjok voller Schrecken. Doch niemand war in der Lage, ihm die erbetene Hilfe zu gewähren. Seine Mutter ließ sich neben ihn auf den Boden fallen und legte fest die Arme um den blutenden Körper. Der Leib der zierlichen Frau bebte, und ein leises Schluchzen entfuhr ihrer Kehle.

Die Kaskju verließ nach einem letzten, kurzen Blick auf die beiden am Boden kauernden Gestalten mit schnellen Schritten die Jurte. Celiska folgte ihr.

Eilig liefen sie zwischen den verstreuten Jurten auf den Mittelpunkt des Lagers zu, zum Juttu, dem Stammeshäuptling.

Das Licht des Mondes und vereinzelte erleuchtete Zelte wiesen ihnen den Weg. Niemand begegnete ihnen. Der Stamm hatte sich zur Nachtruhe gelegt. Nur ein schnarchender Hund lag irgendwo zwischen den Jurten, die langen Beine im Schlaf zuckend.

Kurz vor ihrem Ziel blieb die Kaskju plötzlich stehen und blickte Celiska, die ebenfalls innehielt, aus ernsten Augen an. Mit ihrer ruhigen, tiefen Stimme sagte sie: »Ich habe dich gesehen, Mädchen. Und du mich auch, das weiß ich. Nur sehr wenige Menschen können einen vom Körper losgelösten Geist wahrnehmen. Für deine Mutter und deinen Bruder ist nichts Besonderes in der Jurte geschehen. Nur du hast mich gesehen.«

Celiska nickte leicht und sah die Frau mit großen Augen an. Der losgelöste Geist der Kaskju war es also gewesen, der suchend den Raum erfüllt hatte.

Die Kaskju sprach weiter: »Es hätte eigentlich erst später geschehen sollen, dass ich dich zu mir rufe. Seit langem beobachte ich dich, prüfe dich als meine Schülerin. Sei in den nächsten Tagen, wenn wir uns gegen dieses Unglück wehren, an meiner Seite.«

Celiska hatte es nie bemerkt, dass die Schamanin sie in irgendeiner Weise beobachtet hatte. Und der Gedanke, selbst eine Kaskju zu werden, stürzte ihr Inneres in heillose Verwirrung. Doch entgegen ihrem Gefühl antwortete sie der Kaskju mit einem Nicken.

Wenn noch mehr Leute aus ihrem Volk von der grauenvollen Krankheit betroffen waren, dann wäre ihr nichts lieber als eine tatkräftige Aufgabe. Das Bild ihres blutenden Bruders drängte sich ihr in den Kopf, und das Herz wurde ihr schwer. Doch sie schluckte die aufsteigenden Tränen der Angst herunter und setzte stattdessen mit festen Schritten den Weg zum Juttu fort. Die Kaskju folgte ihr ohne ein weiteres Wort.

Das Sterben

Die fähigsten Heilkundigen des Stammes der Lieska-Madukju hatten sich in der Jurte der Schamanin versammelt. Auch der Juttu war anwesend.

Mit ernsten Gesichtern betrachteten sie die Szene in ihrer Mitte. Heimanuk, der als junger Mann auf seinen Reisen in den Süden mehr gesehen hatte als jeder andere, kniete neben dem wie im schweren Fieber vor sich hin starrenden Jungen.

Er untersuchte mit angestrengt zusammengekniffenen Augen die vielen eitrigen Beulen, Wunden und Flecken. Ein ständiges, leichtes Kopfschütteln verriet den Anwesenden schon während der Untersuchung, dass auch er ratlos war.

Bald hob Heimanuk das Gesicht und blickte wortlos in die dicht gedrängte Runde. Aber er brauchte auch nicht zu sprechen, man hatte ihn bereits verstanden.

Die Schamanin trat vor, und mit derselben Geste, mit der sie Celiska und ihrer Familie die eigenen Flecken präsentiert hatte, schob sie die Ärmel ihres Gewandes hoch und zeigte allen ihre von der Krankheit entstellten Unterarme. In Heimanuks Miene spiegelte sich Entsetzen wider. Er hatte offensichtlich noch nicht gewusst, dass nicht nur Adjok von den absonderlichen Flecken betroffen war.

Der Juttu schüttelte stumm den Kopf.

In diesem Moment begann Adjok heftig zu würgen. Sein Oberkörper richtete sich plötzlich auf, sein Mund öffnete sich, und dunkelrotes Blut sprudelte daraus hervor, das sich über Kinn und Brust ergoss. Im Blut waren einige klumpige, unförmige Brocken zu erkennen. Aus der Nase rann gelbliche Flüssigkeit. Ein weiterer Schwall aus Blut und festen Klumpen ergoss sich auf den Boden. Adjok begann, keuchend nach Luft zu ringen, seine Augen verdrehten sich.

Heimanuk zuckte im ersten Moment erschreckt zurück, legte dann aber den Arm um den Oberkörper des Jungen und sprach leise zu ihm. Einige der Anwesenden wandten sich in Ekel und Entsetzen von der Szene ab. Der Geruch von Blut und Erbrochenem lag in der Luft. Unverkennbar süßlich mischte sich der Gestank nach Verwesung darunter. Als Adjok das nächste Mal den Mund öffnete, schien es, als wolle er etwas sagen, doch es gelang ihm nur, einige unverständliche Laute von sich zu geben. Seine Zunge war stark geschwollen, und Blut bedeckte seine Zähne.

Die alte Kisa war es, die das entsetzte Schweigen durchbrauch. Ihre raue, leicht bebende Stimme war auch noch draußen vor der Jurte zu hören, wo ein Großteil des Stammes sich versammelt hatte.

»Mir ist diese Krankheit völlig unbekannt«, sagte sie. »Ich habe nie etwas Ähnliches gesehen.«

Adjoks Mutter, die neben ihrem Sohn am Boden kniete, konnte ein kurzes, lautes Schluchzen nicht unterdrücken. Kisa legte tröstend den Arm um ihren zitternden Körper und drückte sie an sich. Es waren neun Winter ins Land gegangen, seit die Mutter des kranken Jungen ihren Mann verloren hatte. Nun schloss die Wintermutter ihre kalten Arme auch noch um ihren einzigen Sohn.

Dieser bot einen entsetzlichen Anblick: Blut, Erbrochenes und aufgebrochene Eiterbeulen bedeckten den zitternden Körper. Mit einem feuchten Tuch bemühte sich Heimanuk, die Haut des Junge zu reinigen. Er wischte ihm vorsichtig den Mund ab, der noch immer weit geöffnet war. Adjoks Lippen bebten, die Augen wanderten ruhelos umher. An den Stellen, wo die abscheulichen Flecken noch nicht aufgebrochen waren, hatten sie sich dunkler verfärbt und waren angeschwollen. Sie hoben sich als schwärzliche Hügel von der aschfahlen Haut ab.

Die Kaskju erhob das Wort. Ihre Stimme klang fest, unerschüttert: »Wir müssen herausfinden, wie viele andere noch von dieser Krankheit befallen sind. Ich habe bereits vorgeschlagen, dass der ganze Stamm sich versammeln soll, damit wir alle überprüfen können.«

»Und dann?«, fragte Heimanuk in düsterem Ton. »Was wollen wir machen, wenn wir wissen, wie viele Kranke es sind?«

Kisa hob schwerfällig die alten Schultern. Doch die Kaskju erwiderte voll Zuversicht: »Wir werden einen Weg finden, die Kranken zu heilen. Vielleicht sind es nicht einmal viele.«

»Die Himmelswölfe mögen uns gnädig sein«, murmelte der Juttu und verließ mit bedächtigen Schritten die Jurte, um die große Untersuchung aller Stammesmitglieder bekannt zu geben.

Ein wenig abseits des Lagers, auf einer freien Fläche, wo Platz genug für eine große Versammlung war, wurde bald darauf ein großes Feuer entfacht. Jede Familie hatte etwas von ihrem Brennmaterial dazu beigesteuert, damit genügend Licht zur Verfügung stand, um den Körper jedes Einzelnen genauestens zu untersuchen. Kisa, Heimanuk und zwei weitere Helfer standen bereit, um die Untersuchung hinter mit Karenfellen und Wolldecken behängten Absperrungen durchzuführen. Für Kisa hatte man einige weiche Fellkissen bereitgelegt, damit sie sich bei ihrer Arbeit setzen konnte. Die alten Beine waren nicht mehr sehr belastbar, schnell schwollen sie schmerzhaft an.

»Das Alter kennt nur Linderung, keine Heilung«, pflegte die alte Heilerin des Öfteren zu sagen. »Denn es ist keine Krankheit, obwohl es aus vielen einzelnen Leiden besteht.«

Celiska stand am Rand der versammelten Menschenmenge, ganz in der Nähe der Kaskju. Die Schamanin hatte sich zu Füßen eines kahlen Strauches niedergelassen, die mit magischen Zeichen bemalte Trommel zwischen den Beinen. Die Hände fuhren in immer gleichem Rhythmus in schneller Folge auf das Fell der Trommel nieder. Das aufgeregte Flüstern der Menschenmenge vermengte sich mit dem Takt der Trommel. Niemand wagte es, laut zu reden. Eine bedrückte Stimmung lag in der Luft. Jeder hier hatte von dem schrecklichen Leiden gehört, das Adjok befallen hatte und nun auch die Kaskju bedrohte, und fragte sich, wer wohl der Nächste sein würde.

Heimanuk entdeckte auf dem Rücken der kleinen Tolsa, deren Leben gerade mal zwei Sommer und einen Winter zählte, zwei kleine dunkelgrüne Flecken. Erschrecktes Gemurmel breitete sich aus, als diese Nachricht sich herumsprach. Die Mutter des kranken Mädchens presste das Kind fest an sich, während sie einen Hilfe suchenden Blick in die Runde warf.

Es zeigte sich, dass auch Tolsas junger Vater von den Flecken betroffen war. Doch bei diesen beiden neuen Fällen blieb es bei weitem nicht. Im Schein des knisternden Feuers entblößte sich hinter den aufgehängten Fellen einer nach dem anderen. Mit nackten Füßen auf dem mit Felldecken ausgelegten, feuchten Boden stehend, ließen sie sich von allen Seiten sorgfältig untersuchen.

Bei zwei alten Männern wurde man fündig. Einer von ihnen hatte so viele Flecken am Körper, dass die gesunde Haut kaum noch zu sehen war. Er brauchte seine Kleider gar nicht abzulegen, denn schon das Gesicht und die Hände waren übersät von den dunkelgrünen Verfärbungen.

Die Frau des Juttu war ebenfalls betroffen. Einer der Flecken in der Kniekehle war bereits zerplatzt. Blut lief über die Wade. Die Frau fühlte sich schwach auf den Beinen. Freunde halfen ihr beim Aus- und Anziehen und geleiteten sie nach erfolgter Untersuchung fort. Celiska sah in den Augen der Kranken Tränen glitzern, als man sie an ihr vorbei führte.

Monoton hallte der Trommelschlag.

Als Celiska an der Reihe war, hatte man bereits bei 18 Männern, Frauen und Kindern die Flecken entdeckt. Die meisten hatten die Untersuchung hinter sich, doch ein Großteil der Leute verharrte auf dem freien Platz beim

Feuer. Ein Schweigen hatte sich ausgebreitet, das nur von gelegentlichem Flüstern unterbrochen wurde.

Celiska legte die Kleider vor Kisa ab und kniete sich auf den Boden. Die alten, faltigen Hände, die ihre Haut betasteten, fühlten sich rau und trocken an.

»Dreh dich, Mädchen«, sagte Kisa, und Celiska tat, wie ihr geheißen. Nacken und Rücken wurden untersucht. Sogar die wirren, roten Locken wurden beiseite geschoben, um einen Blick auf die Kopfhaut werfen zu können. Kisa murmelte etwas vor sich hin, was Celiska nicht verstand. Das Prasseln des niederbrennenden Feuers übertönten die Stimme der alten Frau. Doch hatte diese wohl nur laut zu sich selbst gesprochen und erwartete keine Antwort.

Etwas lauter war die Stimme desjenigen, der in Celiskas Nähe den Namen »Hanju« aussprach. Doch da gerade Celiskas Kopfhaut untersucht wurde, konnte sie nicht aufblicken und nachsehen, wer den Herrn von Weiße Pfote suchte.

Kisa warf am Schluss der Untersuchung noch einen prüfenden Blick in Celiska Gesicht. Dann erschien ein kleines Lächeln um den fast zahnlosen Mund.

»Bist gesund, kleine Cel«, sagte die alte Frau. »Nun geh zu deinem armen Bruder und schicke deine Mutter her.«

Wirkliche Freude bereitete Celiska die gute Botschaft nicht. Zu viele andere trugen die Flecken an ihren Körpern. Und wer konnte versprechen, dass man sie, auch wenn man bisher noch verschont geblieben war, nicht später noch bekommen mochte?

Celiska schlüpfte wieder in ihre Kleidung und strich sich eine lästige Haarsträhne aus dem Gesicht. Heimanuk hielt sie an der Schulter zurück, als sie gerade ihre Mutter herbeiholen wollte.

»Hast du Hanju gesehen?«, fragte er sie.

Celiska zuckte die Achseln. »Nein«, sagte sie.

»Seine Familie vermisst ihn«, erklärte Heimanuk. »Er war nicht bei der Untersuchung.«

»Als ich heute Nachmittag nach Weiße Pfote sehen wollte, war er nicht da«, berichtete Celiska kurz. »Weiße Pfote bekommt bald ihre Welpen, aber auch sie war nicht im Zelt.«

Heimanuks Gesicht verfinsterte sich. »Wo treibt er sich mit einer tragenden Hündin herum?«

Nur der durch die Nacht hallende rhythmische Trommelschlag gab ihm Antwort. Celiska setzte nach einem stummen Kopfschütteln ihren Weg fort.

Adjoks weit geöffnete Augen starrten ins Leere. Sein Atem, der eben noch flach und kaum hörbar gewesen war, verwandelte sich plötzlich in ein heftiges Keuchen. Der Brustkorb hob und senkte sich, wie nach einem schnellen Lauf. Celiska griff nach der kalten Hand des Bruders, die schlaff neben seinem in Decken gehüllten Körper lag. In der Jurte roch es nach Tod.

»Adjok«, sagte sie leise. Doch der Bruder reagierte weder auf ihre Worte noch auf die sanfte Berührung. Sein Körper lag reglos, bis auf die stoßweise Atmung, die das ihn umgebende Deckenbündel erbeben ließ. Plötzlich ging ein Ruck durch den Leib des Jungen. Die Augen weiteten sich, als habe er eine furchtbare Schreckgestalt gesehen. Ein hoher, spitzer Schrei kam über seine Lippen, während er sich vor Schmerzen wand. Aus den Mundwinkeln liefen dünne Rinnsale von Blut und Eiter.

Celiska bewegte die freie Hand vor dem Gesicht des Bruders hin und her, doch seine Augen folgten der Bewegung nicht. Er schien nichts außer der eigenen heißen Qual wahrzunehmen.

»Adjok, ich bin bei dir. Bitte beruhige dich«, sagte Celiska mit möglichst ruhiger Stimme, um ihre Verzweiflung vor dem Kranken zu verbergen.

Adjoks Zittern wurde stärker, seine bebenden Lippen formten ein kurzes Wort: »C-e-l«. Er wusste also, dass sie bei ihm war. Dem Wort folgte ein gellender Schmerzensschrei, der Celiska durch Mark und Bein ging. Erschreckt zog sie ihre Hand zurück.

Wieder erbrach sich der Junge. Celiska kniff die Augen zusammen, um die eklige Brühe nicht sehen zu müssen, die aus seinem Mund hervorschoss. Eine Schale zum Auffangen des Erbrochenen stand bereit, doch das Mädchen reagierte in seinem Entsetzen nicht schnell genug. Nach einigen trockenen Würgelauten war der Anfall dann vorbei, der Körper des Jungen sank zurück auf das Krankenlager.

Bei einer kurzen Berührung der Stirn des Kranken stellte Celiska fest, dass diese heiß und trocken war. Das Fieber war also weiter gestiegen; die in Eiswasser getränkten Tücher, die um die Waden des Jungen gewickelt waren, hatten es nicht senken können. Die Luft, die Adjoks Lungen entwich, traf Celiskas Arm als heißer Schwall.

Alle Hoffnung, Adjok könne wie durch ein Wunder wieder gesunden, fiel in diesem Augenblick von Celiska ab. Sie brauchte nur in die hellen, glanzlosen Augen zu sehen, um zu wissen, dass es den geliebten, lebhaften, kampflustigen Jungen nicht mehr gab. Die schmerzliche Leere, die Celiska stattdessen in den einst so vertrauten Augen wahrnahm, schien so unumstößlich wie der nahende Tod, von dem sie kündete. Celiska legte beide Arme um das mit dem sterbenden Körper gefüllte, besudelte Deckenbündel, ohne sich um all den Schmutz zu kümmern. Sie fühlte, wie der Brustkorb des Bruders sich beim Einatmen gegen den ihren presste, um dann wieder für kurze Zeit ruckartig einzufallen. Sie vergrub das Gesicht in der weichen Decke über seiner Schulter und lauschte dem vergehenden Leben. Der Atem wurde allmählich schwächer, das Keuchen ebbte ab.

Im Brustkorb hatte ein Rasseln eingesetzt, das von kranken, gepeinigten Lungen kündete. Ein leichtes Zittern setzte ein, so als habe Adjok ein kalter Hauch gestreift. Celiska spürte dieses Zittern in jeder Faser ihres eigenen Körpers.

Unregelmäßiger, schwacher Herzschlag pochte an ihrem Ohr. Dann setzten mit einem Mal Atem und Herzschlag aus. Die Arme des Mädchens schlossen sich noch fester um des Bruders Körper, als dessen Geist den zerschundenen Leib mit einem vernehmbaren letzten Keuchen verließ.

Celiskas Augen blieben trocken, keine Träne rollte über ihre Wangen. Der Schmerz war tief in sie eingeschlossen, stumm und kalt, wie ein harter, scharfkantiger Eisblock. Eine ganze Weile vermochte sie nicht, die Arme von dem leblosen Körper zu lösen, der noch vor wenigen Stunden wieselschnell durch den tauenden Schnee geflitzt und den Hieben des kräftigen Danjuk behände ausgewichen war.

Hinter sich, am Eingang, hörte sie ein lautes, unkontrolliertes Schluchzen.

Zuerst schien dieses Geräusch rein gar nichts mit der Realität zu tun zu haben, in der Celiska sich gerade befand. Ihre Gedanken weilten irgendwo zwischen der Welt der Lebenden und der sagenumwobenen Ewiggrünen Ebene, dem Land des immer währenden Frühlings, dem der Geist des toten Bruders jetzt zustreben mochte.

Das Schluchzen wiederholte sich, gefolgt von einem jammervollen Wehlaut, der Celiska zurückholte in die Welt des Schnees und des kalten Nordwindes, wo der Tod sein hartes Regiment führte.

Es war nicht die Mutter, die von der Untersuchung zurückgekommen war, um hier nur noch die Hülle ihres Sohnes vorzufinden. Das konnte Celiska dem lang gezogenen Klagelaut entnehmen, der an ihr Ohr drang. Sie wandte den Kopf ein wenig, ohne jedoch die enge Umarmung zu lockern, die Bruder und Schwester noch immer verband.

Mit flammendem Gesicht und ebenso geröteten, tränenfeuchten Augen stand Danjuk, der Bär, draußen vor der Schwelle. In einer Hand hielt er die beiseite geschobene Fellklappe. Erstarrt in der Bewegung, nur die wüsten Locken vom milden Wind leicht bewegt, verharrte er dort, die Augen auf die Szene gerichtet, die sich ihm im Innern der Jurte bot.

»Ich dachte ...«, stammelte er mit brüchiger Stimme, »... ich dachte, das sei alles nur ... alles nur dummes Gerede. Böse Gerüchte ... nur Gerede ...«. Er brach ab, um sich mit der freien Hand den Rotz von der Nase zu wischen.

»Er ist tot«, murmelte Celiska, den Kopf an die Schulter des Bruders gelehnt und den Blick auf den heulenden Bären gerichtet.

Danjuk wagte es offenbar nicht, den Fuß über die Schwelle zu setzen. Auch ein weiteres Wort kam ihm nicht über die zitternden Lippen. Er stand nur da und regte sich nicht.

Celiska kam unwillkürlich ein altes Sprichwort in den Sinn, das sie irgendwo einmal aufgeschnappt hatte: *Zwei Leute werden bitterlich weinen, wenn die Flammen deinen toten Körper verzehren. Dies sind dein bester Freund – und dein ärgster Feind.*

»Komm her«, forderte sie den weinenden Jungen nach einiger Zeit des Schweigens leise auf. Danjuk löste sich nur zögernd aus seiner Starre und kam mit schleppenden Schritten näher, während die Fellklappe hinter ihm wieder vor den Eingang schwang.

Das Mädchen richtete den Oberkörper auf, legte die eine Hand auf die noch fieberheiße, aschfahle Stirn des Bruders und streckte die andere dem abermals hemmungslos schluchzenden Danjuk entgegen. Danjuk ergriff die dargebotene Hand und ließ sich vor dem toten Kumpanen auf die Knie nieder.

»Der letzte Kampf ist ausgetragen«, erklärte Celiska mit leiser, aber dennoch fester Stimme. »Jetzt lass uns Freunde sein.«

Danjuk nickte heftig. Sein tränennasses Gesicht glänzte im Schein des erlöschenden Feuers. Die geröteten Augen richteten sich auf das Gesicht des alten Feindes, während ihm ohne Unterlass die Nase lief. Auch Celiska richtete den Blick nun auf das Gesicht ihres Bruders. Ihre eigene kleine, braune Hand nahm sich merkwürdig fremd auf der bleichen Stirn aus. Sie bewegte die Hand hinunter zu Adjoks Augen, in denen sich die letzten flackernden Flämmchen des ersterbenden Feuers spiegelten.

Mit leichtem Druck schloss sie die Lider des Toten.

Als am nächsten Tag die glühend rote Sonne am Himmel erschien, erfassten ihre Strahlen drei stumme, zum Himmel gerichtete Gesichter: das eines Greises, eines Kleinkindes und eines halbwüchsigen Jungen. Die Augen der drei waren geschlossen, in ihren Gesichtern zeichneten sich deutlich die Spuren der rätselhaften Krankheit ab: Dunkle Flecken kontrastierten mit der bleichen, fast durchscheinenden Haut.

Das Gesicht des Greises war von diesen Flecken völlig entstellt. Schmale Wunden klafften inmitten der hässlichen Hautverfärbungen. Doch die Wunden waren blutleer, die schorfigen Ränder hart verkrustet. In der erstarrten Mimik der Toten war noch die Qual ihrer letzten Lebensstunden zu erkennen. Die Münder waren verzerrt, die Wangen eingesunken. Der schreiende Schmerz hatte keinen von ihnen verschont.

Die Leichen lagen aufgebahrt am Rande des Dorfes, wo in der letzten Nacht noch das große Feuer gebrannt hatte. Adjok, die kleine Tolsa und der alte Jäger Schimanuk.

Schimanuk hatte in seinem Leben fünf Bären erlegt und damit dem Stamm über so manchen harten Winter geholfen. Er war ein stiller, aber stolzer Held gewesen, der in seinen alten Tagen die Kinder mit vielen spannenden Geschichten erfreut hatte.

Die Augen der kleine Tolsa hatten in ihrem kurzen Leben niemals einen Bären gesehen. Einmal hatte der Vater, der in diesen Stunden sterbend am Feuer der heimischen Jurte lag, für sie einen Bären in den Schnee gezeichnet.

»Häschen«, hatte das kleine Mädchen mit fröhlich leuchtenden Augen ausgerufen und so die nur mäßigen Zeichenkünste des Vaters unter dem Gelächter einiger Umstehender entlarvt.

Tolsa war tot.

Schimanuk war tot.

Adjok war tot.

Man erzählte sich, Schimanuk habe sich selbst in einem krampfartigen Anfall einen Pfeil ins Auge gerammt. Da die Augen des alten Mannes auf dem Totenbett geschlossen waren, war die Verletzung nicht zu sehen.

Die Zahl der weiteren Erkrankten belief sich gegenwärtig auf über zwanzig. Die kommende Nacht würde eine noch viel grauenvollere Ernte einbringen. Die Angst- und Schmerzensschreie, die gen Himmel gellten, würden nur noch zahlreicher und durchdringender werden.

Adjoks Mutter Ylista nahm mit unbewegter Miene Abschied von ihrem Sohn. Sie legte Pfeil und Bogen auf seine von der bunten Wolle des Festtagsgewandes geschmückte Brust.

Adjoks größte Passion war immer die Jagd gewesen, von dem Moment an, als er gerade mal Pfeil und Bogen halten und dabei einigermaßen sicher auf seinen zwei Beinen hatte stehen können. Nun würde er keinem hakenschlagenden Schneehasen mehr einen Pfeil in den weißen Pelz jagen.

Dicht nebeneinander standen Celiska und Ylista, als die Kaskju das Feuer an den Scheiterhaufen legte, auf dem die drei Leichname ruhten. Mit ihnen hatten sich alle Stammesmitglieder in stummer Trauer vereint, die sich noch auf den Beinen halten konnten, um die aufgebahrten Toten herum versammelt. Etliche Gesichter waren mit dunklen Augenringen von der gestrigen Nacht gezeichnet.

Das goldene Feuer der Morgensonne vermischte sich mit dem Licht der verzehrenden Flammen, in denen die Körper der Toten langsam zu Asche verbrannten und so den Geistern den ewigen Abschied von der Welt der Lebenden erleichterten.

Celiska schaute ein letztes Mal in das Antlitz ihres Bruders, das bereits von einem hellen Flammenschein umgeben war. Die Schamanin begab sich wieder zu der Trommel, die bereits die ganze Nacht über in immer gleichem Rhythmus erklungen war.

In den Gesang, den die Kaskju anstimmte, fiel einer nach den anderen mit ein. Bald erscholl die Totenklage immer kräftiger aus allen Kehlen der Nivesen des Stammes Lieska-Madukju. Hohe und tiefe Töne mischten sich zu einem Chor, der die gesamte, in rotgoldenes Sonnenlicht getauchte Ebene zu erfüllen schien. Und auch in die Herzen drangen die traurige Melodie und die Worte, die von einem schmerzvollen Abschied kündeten.

Doch irgendwann würde es ein Wiedersehen geben, in der Ewiggrünen Ebene, wo Vater Frost keinen Zugang hatte.

Und man würde Frieden schließen mit den Himmelswölfen, Anteil an einem glücklicheren Leben gewinnen. Jede Trennung würde am Ende überwunden werden, davon sprachen die letzten Zeilen des Liedes. Flämmchen der Hoffnung blieben in den trauernden, sorgenvollen Herzen zurück, als die letzten Töne des Liedes verklangen.

Der Geruch nach verbranntem Fleisch lag in der Luft, schwarzer Rauch wehte in breiten Schwaden über die mit bräunlichen Flecken gesprenkelte, weiße Landschaft.

Verzweifelt klang der Schrei der jungen Mutter, der den lauten Hall der Schamanentrommel übertönte: »TOLSA!«, rief sie ihr Kind, das vor ihren Augen in den letzten Stunden erbärmlich verblutet war und nun zu einem Haufen Asche verbrannte.

Dann brach die Frau zusammen, fiel klatschend in den Schneematsch.

Schnell hievten sie einige Umstehende wieder auf die Beine und brachten sie fort. Vielleicht zu ihrem sterbenden Mann, der ihrer kleinen Tochter in wenigen Stunden auf ihrem Weg in das Reich der Totengeister folgen würde.

Über Ylistas Gesicht liefen stumme Tränen, als Celiska den Blick zu ihr hob. Doch Worte des Trostes für die Mutter mochten sich nicht einstellen, denn das Mädchen war selbst von Kummer beladen. Und noch immer vermochte sie nicht zu weinen. Sie sann viel mehr nach einem Weg, das Unglück von ihrem Stamm abzuwenden.

Das einzig Sinnvolle, das ihr in den Kopf kam, war, den ihr angebotenen Platz an der Seite der Schamanin einzunehmen. Dass die Kaskju trotz der Male des Todes auf der Haut die letzte Nacht überlebt hatte, schien ein Zeichen zu sein, das Anlass zu Hoffnung gab.

Vielleicht konnten die Kräfte der Geisterwelt die Seuche fortnehmen, die von einem Tag auf den anderen wie ein böser Fluch über den Stamm gekommen war.

Celiska berührte ihre Mutter sanft am Arm. Diese riss den Blick mit sichtlicher Mühe von den Flammen los. Adjoks Körper war in der züngelnden Feuersbrunst, die mit den frühen Sonnenstrahlen wetteiferte, längst nicht mehr auszumachen. Der Himmel über dem Land war nun in glühendes Rot getaucht, als stünde selbst das Dach der Welt in hellen Flammen.

»Adjok jagt jetzt den großen silbernen Bären«, sagte Celiska zu ihrer Mutter, die den Kopf leicht zu ihr gesenkt hatte, und wies mit dem Arm himmelwärts.

Das Licht der blinkenden Sterne war zu dieser Stunde bereits erloschen und das Sternbild des mächtigen Firunsbären nicht mehr zu sehen, doch Ylista wandte dennoch das Gesicht zum Himmel. Ihren Mund umspielte ein leises, wehmütiges Lächeln, als vor ihrem geistigen Auge der gewaltige Bär aus purem Sternenlicht erschien.

Celiska gesellte sich an die Seite der Kaskju, wie diese sie gebeten hatte.

»Es fehlt mir die Zeit, dich in die Geheimnisse der Geisterwelt einzuweihen«, sagte die Schamanin in bedauerndem Ton, während die ruhigen, braunen Augen auf dem

Mädchen ruhten. »Eine echte Kaskju muss viele Jahre Schülerin sein, bevor sie in die Welt der Körperlosen reist und einem Schutzgeist anbefohlen wird. Erst dann darf sie ihre eigene Schamanenkeule tragen und sich eine Kaskju nennen. Heute aber ist die Zukunft ungewiss. Wenn die Himmelswölfe es so wollen, dann werden wir vielleicht überleben. Bis dahin aber müssen wir alles tun, was in unserer Macht steht, um das Leben unserer Leute zu retten.«

Celiska fragte in die entstehende Pause hinein: »Kann ich wirklich eine Schamanin werden?«

Die Kaskju hob die Achseln: »Das mag zur Zeit nur der mächtige Gorfang wissen. Es liegen Energien in dir ... Doch ich habe keine Zeit, dich zu prüfen.«

»Ich bin kein Wolfskind ...«, warf Celiska ein. Denn eine Schamanin musste die Gabe besitzen, sich in einen Wolf zu verwandeln.

»Auch das ist ungewiss, Mädchen«, erwiderte die Kaskju. »Die heilige Gabe zeigt sich oft noch nicht in den ersten Lebensjahren. Viele Wolfskinder erfahren sogar niemals davon, dass die Gabe der Verwandlung in ihnen ruht. Doch dies ist kein Punkt, über den wir jetzt nachsinnen dürfen. Solche Überlegungen rauben uns die wenige Zeit, die uns verbleibt.«

»Dann sag mir, was ich machen soll«, meinte das Mädchen, hob entschlossen den Kopf und straffte den Körper. Das Bild des toten Bruders war eingefroren in Celiskas Herzen. Entsetzliche Kälte durchströmte ihre Adern, als sie Adjoks Gesicht vor ihrem geistigen Auge heraufbeschwor. Tränen waren ihr versagt. Die einzige Erlösung lag im Kampf gegen das Schicksal.

»Böse Geister kann ich noch immer nicht ausmachen«, erklärte die Kaskju. »Und doch scheint mir ein Fluch in der Luft zu liegen. Wenn so viele Seelen leiden, dann wird die Geisterwelt erschüttert von unruhigem Beben. Dieses Beben lenkt meine Sinne ab, wenn ich nach der Ursache des Unglücks suche, das über uns gekommen ist. Das Einzige, was uns bleibt, ist, den Beistand der guten Geister zu gewinnen. Diejenigen, die mit ihren Kräften die Natur zu unser aller Wohl beeinflussen können. Längst sind sie auf uns aufmerksam geworden. Ihre Augen ruhen auf dem Stamm der Lieska-Madjuku, der um sein Leben ringt. Ob sie einschreiten werden, uns zu helfen, liegt an der Eindringlichkeit unserer Stimmen. Ich brauche dich, um sie herbeizurufen. Es macht einen großen Unterschied, ob ich allein bin – oder ob ich eine starke Stimme an meiner Seite habe.«

Celiska nickte ernst. »Ich möchte diese starke Stimme sein«, bekannte sie. »Ich werde so laut schreien, dass mein Ruf bis an Gorfangs Ohren dringt, dass sie Liskas gütiges Herz erweicht. Auch Adjok soll meine Stimme hören, im Reich der Totengeister. Er soll wissen, dass seine Schwester ihn nie vergessen wird.«

Die Schamanin umfasste mit sanftem Druck Celiskas Schulter. »Dann lass uns den Austausch von Worten beenden«, sagte sie, »und mit den Taten beginnen.«

Gemeinsam schritten sie zu der Stelle, wo die mit Runen bemalte Trommel der Kaskju stand, nur wenige Meter von dem Ort entfernt, an dem die drei Leichen dem Feuer überantwortet worden waren. Die noch heiße Asche wurde von sanften Böen in die Luft gewirbelt und gleich darauf wieder am Boden verstreut.

Celiska warf nur einen kurzen Blick auf die Stätte des Totenfeuers. Sie wollte es vermeiden, inmitten der teils noch glimmenden Asche verbliebener Überreste ihres Bruders ansichtig zu werden. Doch sie bemerkte sehr wohl das kleine Stück Metall, das inmitten des feinen, grauen Staubs die Strahlen der Sonne auffing.

Vom norbardischen Händlervolk hatte Adjok einst die metallene Pfeilspitze erworben, die seine Mutter ihm nun mitgegeben hatte auf den Weg zur letzten großen Jagd. Das scharfkantige Metallstück war nur eins von dreien seiner Art, die sich in Adjoks Besitz befanden. Etliche Felle selbst erlegter Tiere hatte er hingegeben, um sie zu erwerben. Gehegt und gepflegt hatte er sie, wie ein Nivese sonst nur seine Karene umsorgt.

Denn seinen Reichtum sieht der Nivese einzig in den im Besitz seiner Familie befindlichen Tieren. Ein goldener Dukat ist nur ein flaches, hartes Ding, das mit einem geschickten Wurf lustig über das Wasser hüpfen kann. Pfeil und Bogen des Jägers und die Keule des Hirten waren immer die wichtigsten Dinge, um das Überleben der Familie zu sichern. Doch von einem Tag zum anderen schien die Welt aus den Fugen geraten zu sein. Weder Pfeil noch Keule vermochten heute noch Rettung zu bringen. Denn gegen wen oder was galt es zu kämpfen?

Die Kaskju begann, den Ort des schamanischen Rituals vorzubereiten. Mit farbigem Pflanzenpulver streute sie Zeichen auf den Boden, deren Bedeutung Celiska nur erahnen konnte. Sie erkannte den Kopf eines Karens, aber der Leib des Tieres erinnerte eher an einen Raubvogel. Geschlängelte Linien mochten Flammen darstellen, oder die bewegten Wellen des Wassers. Kleine, ovale Formen besaßen Ähnlichkeit mit den Spuren eines schleichenden Luchses.

Abgelenkt wurde Celiska von ihren Betrachtungen durch Heimanuk, der dicht bei der glimmenden Asche stand und mit recht lauter Stimme zu dem Stammeshäuptling sprach:

»Die Karene sind unruhig, sie heben die Nasen in den Nordwind. Bald werden sie weiterziehen. Mit all den Kranken wird es uns kaum möglich sein, ihnen zu folgen.«

Der Juttu gab ein tiefes Seufzen von sich. »Noch nie in der Geschichte unseres Stammes haben wir uns in einer solchen Lage befunden. Wir können die Herde nicht alleine ziehen lassen – aber wie sollten wir sie zurückhalten? Wir brauchen unsere Tiere – und sie brauchen uns. Doch der Ruf des Windes gemahnt sie zum Aufbruch.«

»Wir werden sie ziehen lassen müssen«, sagte Heimanuk.

»Zu versuchen, sie festzuhalten, würde sicher bedeuten, noch mehr Unglück heraufzubeschwören.«

Der Juttu hob schwer die Schultern. »Noch mehr Unglück?«, fragte er. »Fiele das Dach der Welt auf uns herab und zerquetschte uns unter sich – selbst dann könnten wir kaum von *noch mehr Unglück* sprechen. Wir haben 16 neue Kranke seit dem Anbruch des Tages. Vier weitere Tote wurden mir gemeldet. Die Lieska-Madukju *sterben.* Und *wie* sie sterben! Nie habe ich etwas Grauenvolleres gesehen. Ihre Körper scheinen sich von innen aufzulösen. Das Innere quillt unter Qualen aus Mund und Nase heraus ...«

Betroffenes Schweigen war Heimanuks Antwort.

Celiska biss sich kräftig auf die Unterlippe, ballte die Hände zu Fäusten. Niederschmetternd war die Erkenntnis des Juttu, eines weisen Mannes, dessen Ruhe und Zuversicht so leicht nichts erschüttern konnte.

Celiska murmelte trotzig vor sich hin: »*Leben* werden wir. Die Lieska-Madukju sind unsterblich wie der Nordwind.« Sie schmeckte Blut, doch der Schmerz tat gut. Seine Hitze konnte einen kleinen Teil des Eises tauen, das seine scharfen Splitter in ihr Herz trieb. Eine einzelne Träne glitzerte im Auge des Mädchens, doch die schmale Faust wischte sie schnell fort.

Celiska spürte den festen Griff der Kaskju an ihrem Arm.

»Ich brauche dich, Mädchen«, sagte die tiefe, samtige Stimme an ihrem Ohr.

»Ich bin bei dir«, erwiderte Celiska und trat ohne zu zögern in den Kreis der Runen.

Die holde Eufemia stemmte den Krug wie ein echter Kerl. Schaum floss ihr über das wulstige Doppelkinn, dicke Tropfen fielen klatschend in den großzügigen Ausschnitt, wo ein gewaltiger Busen sich bei jedem Schluck hob und senkte. In atemberaubender Geschwindigkeit war der Krug geleert. Die fleischige Hand fuhr über den feuchten Mund, während aus tiefster Kehle ein hallender Rülpser erklang. In den rosigen Wangen zeigten sich feine Grübchen, wie zwei kleine Halbmonde, als ein breites Lächeln auf dem vollen Gesicht erschien.

Prachtweib, fuhr es dem schmierigen Kämpfer durch den Kopf. Diese Feststellung traf er heute Nacht nicht zum ersten Mal. Hier, in dieser schummrigen Kneipe irgendwo am Ende der Welt, hatte der Söldner und Kopfgeldjäger ein echtes Goldstück gefunden. Genauso viele Krüge wie er selbst hatte diese fette Schlampe bereits geleert und dabei strahlte sie schöner denn je; wie eine liebliche Dotterblume, gemacht aus Bergen von rosa Fleisch.

Er hob die Hand, um den Wirt herbeizurufen. Nun wurde es Zeit, endlich zu schärferem Gesöff zu wechseln. Er wollte sehen, was die Kleine noch schlucken konnte, bevor er lustvoll in ihre fleischige Fülle eintauchte. Einem Weib wie diesem beim Saufen zuzusehen, machte ihn heißer als ein Schmiedefeuer. Als er den Wirt herbeieilen sah, griff sich der Söldner genüsslich in den Schritt, um das schwellende Organ zurechtzurücken.

»Zwei Krüge Feuer, aber schnell, du Wicht!«, brüllte er dem Wirt schon von weitem entgegen. Dieser machte eilig auf dem Absatz kehrt, um das Gewünschte zu holen.

»Feuer!«, gluckste Eufemia und leckte sich mit langer, rosiger Zunge über die vollen Lippen. Einige übrig gebliebene kleine Schaumflocken beförderte sie auf diese Weise in den herzförmig bemalten Mund.

Der Söldner rückte näher an sein Prachtweib heran. Tief sog er den Duft ihrer Körperausdünstungen ein: eine scharfe Mischung aus Bier, Schweiß und erregender Weiblichkeit.

Der Wirt stellte die zwei bestellten Schnapskrüge mit einem freundlichen Lächeln auf den Tisch. Der Mann war eine falsche Wanze, das erkannte man schon beim ersten Anblick, dachte der Söldner. Der Kerl wartete nur darauf, den beiden vermeintlich Sturzbesoffenen die Taler aus der Tasche zu ziehen. Die kleinen, flinken Augen im schmalen Raubvogelgesicht blinzelten viel zu nervös, als dass der Wirt über ein gutes Gewissen verfügen könnte.

Auf die Schulter des narbengesichtigen Söldners legte sich von hinten eine kräftige Hand. Binnen eines Augenzwinkerns stand dieser auf den Beinen und knallte, ohne sich umzudrehen, seinen kantigen Schädel gegen das Gesicht des hinter ihm stehenden Rausschmeißers.

Der Rausschmeißer, ein breitschultriger Hüne, ging unter den entsetzten Blicken des Wirtes zu Boden und blieb dort bewusstlos liegen.

Der Söldner setzte sich wieder, furzte gemächlich und verzog den Mund zu einem breiten Grinsen.

Der Wirt eilte davon.

Eufemia war nach dieser kleinen Stimmungseinlage nicht mehr zu bremsen. Ihr Blick wanderte jetzt gierig zwischen die Beine ihres Tischnachbarn, während sie den Schwertknauf seines Anderthalbhänders befingerte, der eine Armeslänge entfernt an den Tisch gelehnt war. Wieder fuhr die lange Zunge hervor und hinterließ feucht glänzenden Speichel auf den Lippen.

»Ich steh' auf harte Burschen«, raunte sie ihm zu. »Du musst wissen, ich treibe es nur mit einem Kerl, der mich im Armdrücken besiegen kann.«

Der Söldner entblößte seine fauligen Zahnstumpen zu einem verzerrten Lächeln und stieß ein kurzes, heiseres Lachen aus: »Das ist eine Herausforderung nach meinem

Geschmack, mein zartes Reh! Na los, dann wollen wir mal. Aber zuerst müssen wir viel mehr trinken – vor allem harte Sachen, es wäre eine Schande, mit leerem Magen zuzustoßen!«

Eufemia griff mit der Linken nach dem Schnapskrug. »Aufs Stoßen«, rief sie mit ihrer kräftigen Stimme durch das Lokal.

Einige Gäste wandten sich zu ihr um. Im Gesicht eines zahnlosen Greises, dessen dünnes weißes Haar in fettigen Strähnen auf sein speckiges Wams fiel, erschien ein breites Grinsen. Eine einäugige Frau in zerschlissener Lederrüstung hob ebenfalls den Krug und prostete Eufemia wortlos zu.

Auch der Söldner griff nach seinem Schnaps und ließ Eufemias und seinen Krug klirrend gegeneinander stoßen.

»Aufs Stoßen, wonnige Eufemia«, wiederholte er nicht minder laut als seine korpulente Kumpanin. Und mit einem Zug waren die Schnapskrüge geleert, die, wie er nicht zum ersten Mal feststellte, immer viel zu klein gehalten waren.

Wohlige Wärme stellte sich nach dem Genuss des Premer Feuers ein, sodass der Söldner seinen Kopf mit genüsslichen Grinsen auf Eufemias wohl gepolsterte Brust sinken ließ. Seine Holde fuhr ihm mit ihren wurstigen, kurzen Fingern durch das stoppelige Haar, welches sicherlich noch nicht oft mit Wasser und Kamm in Berührung gekommen war.

»Bist'n Süßer«, flötete sie, während er das Beben des gewaltigen Busens an seiner Wange spürte. »Und doch kommst du mir an der Prüfung nicht vorbei. Kein Mannsbild besteigt Eufemia von Asserlaan, bevor er nicht seine Kraft bewiesen hat.«

Der Söldner drehte den Kopf ein wenig, sodass seine Nase direkt zwischen den riesigen Brüsten landete. Genießerisch fuhr er mit der Zunge durch die Spalte. Eufemia riss ihn spielerisch an den Haaren zurück.

»He, du, ich rede mit dir!«

Der Angesprochene hielt die Augen noch einen Moment sinnend geschlossen, während er dem verflossenen Moment genüsslich nachhing. Dann öffnete er die Lider und schaute die Frau an, die ihn noch immer bei den Haaren hielt.

»Wollte nur schon mal die Siegesprämie kosten«, sagte er. »Damit ich weiß, wofür ich meinen Schweiß vergieße. Auch ich arbeite nämlich nicht umsonst.«

»Nun denn, auf in den Kampf!«, rief Eufemia und zog dem Söldner noch einmal kräftig an den Haaren, bevor sie ihn losließ und voll Eifer die Ärmel hochschob.

Auch der Söldner machte sich bereit, stand auf und nahm den Platz ihr gegenüber ein. Derweil war die allgemeine Aufmerksamkeit, die man dem Paar bereits beim Trinkspruch gewidmet hatte, stetig gewachsen. Der nahende Wettstreit fand zahlreiche Beobachter unter den Gästen, die trotz der fortgeschrittenen Stunde überhaupt noch in der Lage waren geradeaus zu gucken.

»He, du stolzes Schlachtschiff«, rief ein dürrer, schmutzstarrender Junge aus dem hinteren Bereich des großen Schankraums. »Zeig's dem fetten Stinker mal ordentlich!«

Diese Betitelungen entlockten sowohl Eufemia als auch dem Söldner nur ein flüchtiges Grinsen.

Dann starrten die beiden Gegner sich über den Tisch hinweg in die Augen, Handfläche gegen Handfläche gepresst, die Ellbogen auf der zerkratzten, klebrigen Tischplatte ruhend.

Eufemias mächtige Oberarme wirkten wie gewaltige Säulen aus rosigem Fleisch. Der Söldner weidete sich an diesem erlesenen Anblick. Die Muskeln waren so gut unter der Speckschicht verborgen, dass man den Unterschied zwischen Anspannung und Erschlaffung kaum ausmachen konnte. Die Arme des Söldners hingegen stellten sich als massige Muskelberge dar. Er war sicher nicht die Art von Kämpfer, die sich mit stutzerhaften Zierwaffen begnügten. Wo sein Schwert traf, da rollten Köpfe, da wurden Knochen gespalten. Und der Speck an Brust und Bauch war eine Notration für schlechte Zeiten. Nicht immer im Leben war der Geldsack prall gefüllt und das fette Spanferkel erschwinglich. Manchmal gab es Zeiten, da knurrte der Magen erbärmlich. Darum musste man in guten Tagen fressen und saufen, was das Zeug hielt.

Doch es war selbst für diesen Muskel bepackten Koloss nicht eben ein Kinderspiel, die Hand der holden Eufemia mit der Tischplatte in Berührung zu bringen. Diese starrte mit zu schmalen Schlitzen verengten Augen und knirschenden Zähnen auf die hervortretenden Venen seines zitternden Armes. Doch das Zittern bedeutete nicht, dass er schon gleich zu Anfang am Ende seiner Kräfte war. Nein, der Söldner hatte einen langen Atem, besonders dann, wenn ihm ein süßer Lohn winkte.

Anfeuerungsrufe gellten aus allen Ecken der Spelunke. Der eine Zuschauer wollte das üppige Weib gewinnen sehen, der andere den feisten Kerl.

»Hau ihn weg, Weib!«, grölte eine Stimme.

»Lass dich von der Vettel nicht umlegen!«, forderte jemand anderes.

Eufemia war zwar stark, aber nicht ausdauernd genug, musste der Söldner bald mit einiger Befriedigung feststellen. Schweißperlen bildeten sich auf der Stirn seines Gegenübers. Zwischen den beiden gegeneinander gepressten Handflächen quollen kleine schweißige Rinnsale hervor.

Mit einem heftigen Ruck beendete der Söldner das Spielchen, drückte Eufemias Arm zur Seite und knallte ihre Hand gegen die Tischplatte.

»Doch«, murmelte er. »Von *der* Vettel lasse ich mich gerne umlegen.«

Bruder des Todes

Die Kaskju war tot.

Ein letzter Hoffnungsfunken war mit ihr erloschen.

Die Schamanin hatte ihr Ritual nicht zu Ende bringen können; mitten im Beschwörungsgesang war sie plötzlich verstummt. Celiska hatte keine Ahnung, wie sie das Ritual alleine hätte fortführen sollen, die Kaskju hatte ihr jedes einzelne Wort vorsprechen müssen. Der mit Runen geschmückte Rippenbogen eines mächtigen Bären, durch den die magische Verbindung hergestellt wurde, hatte plötzlich seine Funktion verloren. Der Fluss der geistigen Strömung zwischen der Kaskju und Celiska war abrupt unterbrochen worden.

Celiska war es nicht leicht gefallen, aus ihrer Trance zu erwachen, als die kräftige Stimme an ihrer Seite erstarb. Alles war so unwirklich gewesen wie ein in den Sekunden des Erwachens zerfließender Traum. Die Kontrolle über den eigenen Körper zurückzugewinnen, Augen und Ohren zu öffnen, hatte große Anstrengung erfordert. Doch was war Celiska anderes übrig geblieben, als die Trance mit aller Kraft zu unterbrechen?

Die Kaskju hatte am Boden gelegen, stöhnend, mit weit geöffneten Augen. Händen und die nackten Füßen wiesen Spuren von Blut auf, ein dünnes rotes Rinnsal lief vom Haaransatz über Stirn und Nasenrücken.

Unverständliche Worte waren der Schamanin über die Lippen gesprudelt, in schneller Aneinanderreihung, doch scheinbar ohne jeglichen Sinn.

Celiska hatte sich niedergekniet und den Kopf der Frau gehalten. In den braunen Augen der Kaskju hatte sie ein beunruhigendes, unstetes Flackern ausgemacht. Alle Wärme war völlig aus ihrem Körper gewichen. Doch mit dem Ohr ganz nah am Mund der todkranken Frau, hatte Celiska drei Worte verstehen können, die der Schamanin in harten, gepressten Lauten über die Lippen kamen: »Bruder ... des ... Todes ...«

Das Sterben der Schamanin hatte sich scheinbar unendlich hingezogen. Man hatte sie in ihre Jurte gebracht, wo sie sich vor Qualen auf dem Boden gewälzt und geschrien hatte. Die Flecken an ihrem Körper waren zu großen Beulen angeschwollen und dann irgendwann unter heftigen Schmerzen nach und nach zerplatzt. Dann war Blut und Eiter aus dem Mund der Frau gequollen, wie zuvor bei Adjok. Irgendwann hatte die Sterbende sich schreiend und stolpernd, wie der lebendige Tod, von ihrem Lager erhoben und sich kopfüber ins Feuer gestürzt. Doch die Flammen hatten ihr nur Haare und Gesicht verbrannt, sie aber nicht von ihrem Leid zu erlösen vermocht.

Der pure Wahnsinn hatte in den letzten Stunden ihres Lebens aus den Augen der Kaskju gesprochen, sodass ihre beiden Pfleger irgendwann voll Panik und Ekel die Flucht ergriffen. Nur Celiska war bis zum letzten Augenblick bei der rasenden und tobenden Frau geblieben.

Eine brennende Frage hatte Celiska der Sterbenden immer wieder gestellt: »War es der Bruder des Todes, der dies alles ausgelöst hat?«

Denn vielleicht hatte die Kaskju im begonnenen Ritual ja eine Vision gehabt. Doch als sie ihrem letzten Atemzug tat, nahm sie die Antwort auf Celiskas Frage mit in die Ewiggrüne Ebene.

Die auf den Tod der Kaskju folgende Nacht war für Celiska die längste ihres Lebens. Die Welt um sie herum schien in sich zusammenzustürzen. Aus den dicht beieinander stehenden Jurten hörte man nichts als klägliches Stöhnen und erbärmliche Jammerlaute. Und immer wieder die gellenden Todesschreie, die bis ins Mark drangen.

Das Mädchen wanderte ziellos im Dorf umher, ohne einen vernünftigen Gedanken fassen zu können. Der Hund der Familie, Kleiner Wolf, folgte Celiska mit hängendem

Kopf auf Schritt und Tritt. Auch er schien zu spüren, dass in seinem Lebensumfeld etwas ganz und gar nicht stimmte.

Das Heulen eines Wolfsrudels war ganz in der Nähe zu vernehmen. Sicher nahmen die raupelzigen Brüder in dieser harten Zeit Anteil am Schicksal des kleinen Nivesenstammes.

Manchmal glaubte Celiska, eine Botschaft in dem lang gezogenen Jaulen vernehmen zu können. Trauer und Mitgefühl schwangen darin mit, so als sei das Band zwischen Wolf und Mensch in dieser Nacht fester denn je. Doch die guten Brüder konnten nichts tun, um das Schicksal der Menschen zu mildern. Auch sie waren machtlos, wie die Lieska-Madukju selber.

Celiska verließ das Dorf und schritt hinaus in die Nacht. Vor sich sah sie die zunehmende Sichel des Madamals. Bald würde die Himmelswölfin Liska wieder den Menschen ihre toten Kinder auf der silbernen Schale präsentieren. Ein junger Mann hatte damals, am Anfang der Zeiten, den wehrlosen Welpen den Tod gebracht. Vielleicht durfte sich deshalb der Mensch nicht über sein hartes Schicksal beklagen. Die uralte Gräueltat lastete noch heute auf jedermanns Schultern, und der Friedensschluss mit den Wölfen des Himmels war noch lange nicht wieder herbeigeführt.

Celiskas feine Ohren meldeten das Geräusch eines sich nähernden Vierbeiners. Abrupt blieb sie stehen und schärfte alle ihre Sinne. Die rechte Hand fuhr lautlos zum Jagdmesser an ihrem Gürtel.

Kleiner Wolf gab an ihrer Seite ein leises Winseln von sich, unruhig drehte er den Kopf hin und her. Die Schritte näherten sich. Die heutige Nacht hatte neuen Frost gebracht und der zuvor geschmolzene Schnee war nun teilweise zu glatten Eisflächen gefroren. Doch das Tier bewegte sich sicher und zielstrebig vorwärts, seine vier Pfoten verursachten ein gleichmäßig tippelndes Geräusch. Es war kein Hase, aber auch kein Luchs. Vielleicht war es ein

Wolf, der sich kurzzeitig von dem heulenden Rudel getrennt hatte und nun die Nähe der Menschen suchte. Möglicherweise handelte es sich um einen Abschiedsbesuch für die verstorbene Kaskju, die der Wolfssprache mächtig gewesen war.

Das Winseln des Kleinen Wolfes wurde lauter, sodass es Celiska in den Ohren zu schmerzen begann. Dann sprang der Hund mit einem Satz fort in die Dunkelheit.

Augenblicklich verstummten die Schritte des nahenden Tieres, stattdessen erklang ein zweistimmiges freundliches Fiepen und Hecheln.

Celiska eilte den Geräuschen entgegen; den Griff des Jagdmessers hatte sie losgelassen.

»Weiße Pfote!«, rief sie erfreut aus, als sie die hübsche Steppenhündin Hanjus erkannte, die von Kleiner Wolf schwanzwedelnd umtänzelt wurde. Im schwachen, silbrigen Mondlicht strahlten die drei weißen Pfoten des Tieres so hell wie Neuschnee. Und bei genauer Betrachtung aus unmittelbarer Nähe bemerkte Celiska, dass die Hündin geworfen haben musste.

Das Mädchen bückte sich, um Nacken und Kopf der lang vermissten Hündin ausgiebig zu streicheln. Weiße Pfote genoss die Zuwendung sichtlich und legte genüsslich den Kopf schief. Kleiner Wolf machte auf sich und sein eigenes Liebesbedürfnis aufmerksam, indem er die Schnauze gegen Celiskas Schienbein stieß.

Als Celiska sich jedoch anschickte, beide Hunde gleichzeitig voller Inbrunst zu kraulen, wandte Weiße Pfote sich plötzlich um und ging davon. Celiska richtete sich auf und folgte dem Tier. Auch sie glitt trotz des nur schwachen Lichtscheins nicht ein einziges Mal auf den zahlreichen Eisflächen der Ebene aus. Eis und Schnee waren ihr seit jeher vertraut und sie bewegte sich sicher und schnell wie ein Schneeluchs. Weit war der Weg ohnehin nicht, den Weiße Pfote Celiska und den hinterdrein eilenden Kleinen Wolf führte.

Kurz bevor die Hündin eine niedrige Felsformation erreichte, die sich aus der dämmrigen Dunkelheit herausschälte, stieg Celiska ein schwacher, süßlicher Geruch in die Nase. Dieser Geruch war ihr vertrauter, als ihr lieb war. Es handelte sich um den Dunst, der von den Todesflecken ausging, die nur wenige hundert Schritte entfernt gerade ihre kleine Welt zerstörten.

Wenn Weiße Pfotes Welpen ebenfalls an der todbringenden Seuche erkrankt waren, dann würden Mensch und Tier von jetzt an wohl gemeinsam zu Grunde gehen. Vielleicht würde die Krankheit auch auf die Karene übergreifen ...

Celiska wagte es nicht, die Gedankenkette fortzuführen. Am Ende lief alles auf eine von jeglichem Leben verlassene Welt heraus. Dies war eine Vorstellung, die ihr grenzenlose Furcht einflößte.

Das Winseln winziger Kreaturen war zu hören, hilflose Wesen, die den Beistand der Mutter erflehten. Ein leises, heiseres Bellen von Weiße Pfote erklang, woraufhin die Welpen allmählich verstummten.

Doch Celiska nahm daneben noch ein weiteres Geräusch wahr. Feucht und schmatzend war es. Unangenehm.

Sie setzte sich langsam wieder in Bewegung, in Richtung der sich gegen den graue Nachthimmel abzeichnenden Felsen. Ihre Sinne waren bis auf das Äußerste geschärft, die Augen wanderten suchend umher. Sicher gab es dort irgendwo eine Höhle, in der die neugeborenen Welpen untergebracht waren. Doch was würde sie außerdem vorfinden?

Ein Stück vor ihr bewegte sich ein kniehoher grauer Schatten. Er hüpfte auf und nieder und verursachte das widerwärtige, schmatzende Geräusch.

Der abstoßend süßliche Geruch lag hier schwer in der Luft. Celiska schüttelte sich vor Ekel.

Ein weiterer, äußerst vorsichtiger Schritt, den sie nach vorne tat, schreckte den Schatten auf. Ein kurzes, aber schrilles Kreischen war zu hören. Dann das Geräusch hastiger Flügelschläge. Die Konturen des Schattens verdichteten sich zu der Gestalt eines Vogels, eines Greifvogels. Celiskas Schritte wurden bei dieser Erkenntnis energischer. »Schschschsch«, zischte sie und hob ruckartig die Hände. Der Vogel stieß sich abrupt vom Boden ab, während sich seine breiten Schwingen entfalteten. Abermals kreischte das Tier. Celiska erkannte an diesem Schrei endlich den Bruder des Todes wieder, den Graugeier. Der Vogel erhob sich nicht ohne einige Mühe in die Luft. Gerade noch rechtzeitig, denn Celiska war in diesem Moment bereit, das Tier mit bloßen Händen zu erwürgen. Hatte dieser todbringende Unhold etwa vor, sich an den wehrlosen Hundewelpen zu vergreifen?

Als sie den Blick zu Boden senkte, um das Hindernis, das ihr im Weg lag, und auf dem eben noch der Graugeier gehockt hatte, zu begutachten, erkannte sie, dass es sich um einen menschlichen Körper handelte. Ihr Herz setzte für einen Schlag aus.

Schnell hockte sie sich hin und beugte sich über das Gesicht des reglos daliegenden Menschen. Der Mondschein enthüllte ihr die vertrauten Züge Hanjus, des jungen Besitzers der Hündin Weiße Pfote und Adjoks großem Vorbild beim Bogenschießen.

Verunziert war Hanjus Gesicht von dunklen Flecken und getrocknetem, blutigen Erbrochenem. Die Augen, in denen sich silbrige Lichtpunkte spiegelten, starrten ausdruckslos in den Nachthimmel. Celiska brauchte nicht erst seinen Atem zu prüfen, oder seinen Herzschlag, um zu erkennen, dass sie einen weiteren Toten gefunden hatte. Die Kleidung war über seinem Brustkorb zerfetzt. Hier hatte der spitze Geierschnabel zugeschlagen. Das Mädchen mochte gar nicht genauer hinsehen und war dankbar für den Schutz, den die Dunkelheit ihren Augen gewährte.

Unter einem nahe gelegenen Felsvorsprung lagen in einer Sandkuhle fünf winzige, zwei Tage alte Welpen. Ihre

Mutter würde sie wohl ganz allein versorgen müssen. Denn die Freunde der Hunde, die Menschen, würden sie recht bald hier, mitten im Nirgendwo, zurücklassen.

Ylista war noch wach, als das Mädchen von seinem nächtlichen Ausflug zurückkehrte. In der heimischen Jurte flackerte ein kleines Feuer, das kaum mehr Licht spendete als der Mond draußen.

Celiska fühlte sich schwach und ausgelaugt und hätte sich am liebsten an der Feuerstelle niedergelegt. Sie mochte nicht über den grausigen Fund sprechen, den sie gemacht hatte. Doch natürlich würde man Hanjus Körper, ebenso wie die anderen Toten, verbrennen müssen. Dem gierigen Geierschnabel auch nur für einen Augenblick den Körper eines guten Freundes zu überlassen, wäre eine schändliche Tat.

»Cel, wie geht es dir?«, fragte ihre Mutter. Diese Frage fand Celiska recht überflüssig, denn wie sollte es ihr schon gehen, inmitten von sterbenden Freunden und Verwandten? Die Zukunft war grau und düster, das Sommerlager des Stammes unerreichbar fern.

»Ich habe Hanju gefunden«, brachte sie gepresst hervor. »Wir brauchen zwei Leute mit einer Bahre.«

In dieser Nacht schlief Celiska nicht. Sie konnte keinen Moment lang vergessen, was um sie herum geschah. Ohne Unterlas drangen die Schreie und das qualvolle Stöhnen der Sterbenden an ihr Ohr. Sich zur Nachtruhe zu legen schien Celiska absurd, auch wenn ihr Körper sich danach sehnte.

Nachdem der tote Hanju in sein Dorf zurückgekehrt und zu den anderen Leichen gelegt worden war, betreute Celiska die sterbende Keduo in der benachbarten Jurte. Sie hielt der Frau die Hand, während diese sich vor Schmerzen die Zunge zerbiss. Keduos kleinen Töchtern wurde es übel, als die Mutter sich in Krämpfen erbrach. Sie verließen die

Jurte immer wieder für einige Momente. Ihre Gesichter waren kalkweiß und auf der Wange der Jüngeren war bereits der erste dunkle Fleck zu sehen.

Celiska begleitete Keduo tapfer bis in den Tod, legte in Eiswasser getränkte Stoffstreifen auf die heiße Stirn und sprach der qualvoll Sterbenden Trost zu. Keduo ertrug die Schmerzen ohne zu schreien oder um sich zu schlagen, doch ihr verkrampftes Gesicht erzählte von unaussprechlichen Qualen und einem verzweifelten Lebenswillen.

Zum Schluss war es Celiska, die der Toten die Augen schloss und die weinenden Töchter fest in die Arme nahm. Die Mädchen waren einige Jahre jünger als sie, Kinder also. Und den Vater hatten sie bereits zur Stunde der Dämmerung verloren.

Die Jüngere rief verzweifelt nach der Mutter, während sie das nasse Gesicht an Celiskas Schulter presste. Celiska hatte den bedrückenden Verdacht, dass das Mädchen schon allzu bald wieder mit Keduo vereint sein würde.

Erst das Licht des neuen Morgens trieb Celiska wieder ins eigene Zelt, um nach ihrer Mutter zu sehen. Ylista empfing sie mit einem Schreckenslaut und stürmte auf ihre Tochter zu stürmte. »Was ist mit dir, Cel? Was ist bloß mit dir?«

Celiska schüttelte stumm den Kopf. Sie wusste nicht, wovon ihre Mutter redete.

»Cel!«, rief Ylista abermals aus und presste beide Handflächen gegen die Wangen der Tochter.

In dem Moment keimte in Celiska die Erkenntnis. Sie selbst hatte die Flecken. Sie war die Nächste, die unter unvorstellbarer Pein sterben musste.

Verwundert stellte sie fest, wie wenig Gefühle diese Feststellung in ihrem Inneren auslöste. Es war ein unausweichliches Schicksal, in das man sich zu fügen hatte. Kampf löste nur größeres Leid aus, das hatte sie bei der Kaskju gesehen. Wozu also Angst haben? Angst half ihr kein noch so kleines Stück aus dem Elend heraus.

Doch ihre Mutter weinte hemmungslos. Sie presste die Tochter, ihren einzigen verbliebenen Halt, den letzten Rest ihrer kleinen Familie, an sich, als sei diese ein Ast, den man einer Ertrinkenden zugeworfen hatte. Der Anblick der dunklen Flecken im Gesicht der Tochter brachte Ylista an den Rand des Zusammenbruchs.

Hatte sie denn im Ernst geglaubt, die Krankheit würde Celiska verschonen?

Celiska blieb einfach stehen und ließ die erstickende Umarmung und das schmerzliche Klagen der Mutter über sich ergehen. Ihre eigenen Augen blieben trocken und ihr Mund stumm.

Sie beschloss im Stillen, im Licht dieses neuen Morgens mit Pfeil und Bogen den Graugeier zu erlegen. Des Todes Bruder, den Boten allen Übels. Nur so konnte sie herausfinden, ob die letzten verständlichen Worte der Kaskju der Schlüssel waren, das furchtbare Unglück von ihrem Stamm zu wenden.

Doch zunächst musste sie sich der lästigen Fürsorge ihrer Mutter erwehren. Diese bestand nämlich darauf, dass Celiska sich in der Jurte ans Feuer legte und kräftige Heiltränke zu sich nahm.

Celiska lehnte mit allem Nachdruck ab: Heiltränke würden ihr nicht helfen. Gar nichts würde ihr nun mehr helfen. Nur der tote Geier in ihren Händen konnte vielleicht die Heilung bringen.

»Dann begleite ich dich«, sagte Ylista, während ihr noch immer die Tränen über die geröteten Wangen liefen. »Wir erlegen den Haomju-kuuk gemeinsam.«

Celiska zeigte mit einem kurzen Nicken, dass sie einverstanden war. Dann raffte sie mit einigen schnellen Griffen ihre Jagdwaffen zusammen. Sie waren nicht so gut wie Adjoks Pfeile und Bogen, die mitsamt dem Körper ihres Bruders dem Feuer überantwortet worden, doch man konnte auch mit ihnen auf kürzere Distanz hervorragende Treffer erzielen. Auch Ylista besaß einen eigenen Bogen, den ihr Mann, Celiskas Vater, vor vielen Jahren gefertigt hatte. Rasch hatte die Mutter ihn geschultert.

Zwei zierliche weibliche Gestalten, die eine fast einen Kopf kleiner als die andere, verließen bei Sonnenaufgang Seite an Seite das sterbende Nivesendorf. Schweigend blickten sie mit zusammengekniffenen Augen in die ersten hellen Strahlen der sich über den Horizont erhebenden Frühlingssonne.

Bei den aufgebahrten Leichen am Dorfrand standen Wachen, um die Toten vor dem Graugeier und anderen aasfressenden Kreaturen des Nordens zu schützten. Die Wachen hoben nur kurz die Köpfe, als sie die beiden zur Jagd Gerüsteten an sich vorüberziehen sahen.

Celiska weigerte sich standhaft, die Toten zu zählen oder auch nur ihre Anzahl zu schätzen. Und vor allem wäre es ihr ein Grauen, weitere bekannte Gesichter zu sehen, von Leid und Qual verzerrt und entstellt. Deshalb richtete sie den Blick starr geradeaus, auf die aufgehende Sonne. Die Sonne, die sie nun zum letzten Mal in ihrem Leben sehen würde.

Der Weg führte Ylista und Celiska zu dem Felsvorsprung, wo Weiße Pfote ihre Welpen aufzog. In ihrer Nähe hatte Celiska den Geier zuletzt gesehen, hier hatte er auf Hanjus Brust gesessen. Vermutlich wartete er nur auf den Moment, in dem Weiße Pfote gezwungen war, zur Jagd zu gehen, um nicht mitsamt ihrem Nachwuchs verhungern zu müssen.

Es war für die beiden Nivesinnen ein Leichtes, sich an den Unterschlupf der Hündin heranzuschleichen. Hier war der Boden von Felsen und dürren Büschen übersät. Um sich zu verbergen, benötigten die zierlichen Personen nur geringfügige Deckung. Außerdem besaßen beide die Fähigkeit, sich auf raubtierartig geräuschlose Art geduckt fortzubewegen.

Celiska suchte zwischendurch immer wieder den Himmel ab. Sollte der Vogel sich über ihnen in der Luft befinden, gäbe es keine Möglichkeit der Deckung mehr für sie. Dann mussten sie hoffen, dass seine Flughöhe niedrig genug war, ihn mit dem Pfeil zu treffen. Doch bis auf ein paar Weißschwänzchen, die irgendwo in den hoch aufragenden Nadelbäumen ihre Nester bauten, war der Himmel leer.

Weiße Pfote und ihre Welpen waren im Halbschatten ihres Unterschlupfes nicht auszumachen. Hin und wieder trug der leichte Wind ein leises Fiepen zu ihnen herüber. Ansonsten herrschte Stille.

Die Blicke von Mutter und Tochter wanderten prüfend umher, suchten nach einer Spur des grau Gefiederten. Aber es war rein gar nichts zu sehen. Ein Weißschwänzchen landete ganz in der Nähe auf einem kleinen Felsvorsprung, reckte das Köpfchen in die Höhe und stimmte sein charakteristisches, unmelodisches Trällern an.

Celiska warf der Mutter einen kurzen Blick zu. Diese zuckte leicht mit den Schultern. Doch das Mädchen wollte nicht gleich am Anfang der Unternehmung aufgeben. Sicher, der Geier könnte eigentlich überall sein. Vielleicht verspeiste er gerade genüsslich einen weiteren Toten aus ihrer Sippe, irgendwo in dieser kargen Landschaft. Es wäre schon ein arger Zufall, tauchte das Tier gerade jetzt und hier auf.

Celiska blieb sitzen, wo sie war. Still und stumm, als sei sie selbst zum Fels geworden, einzig die hell glitzernden Augen in ständiger Bewegung. Ein Schneehase tauchte aus einem Felsspalt auf, hoppelte träge umher, wohl auf der Suche nach einem grünen Halm im unwirtlichen Gelände. Aber an diesem Ort war noch keine Spur des ersten Grüns zu sehen. Es war zweifelhaft, ob es an dieser Stelle überhaupt jemals grünte.

Die Zeit verstrich, doch Celiska blieb wachsam.

Der fehlende Nachtschlaf machte sich in ihren müden Gliedern bemerkbar, obwohl ihr Geist war hellwach war. Sie konnte und wollte nicht die Möglichkeit verpassen, den

Totenschänder, der Hanjus Herz gefressen hatte, zu bestrafen. Mit Grauen erschien das Bild des toten Freundes vor ihren Augen, dem der Bruder des Todes mit spitzem Schnabel die Brust zerfetzt hatte. Dieses Bild hielt Celiska wach. Und der Gedanke, dass es mit dem Tod des Geiers vielleicht eine neue Hoffnung für sie und die Menschen ihres Stammes geben würde.

Die Sonne glitt auf ihrer Bahn dahin. Die letzten Wolkenschleier begannen sich nach und nach aufzulösen und machten einem herrlichen, strahlenden Frühlingstag Platz. Die Schatten wurden allmählich kürzer und der über Nacht abermals zu Eis gefrorene Schnee zeigte bald ein feuchtes Glitzern. Die Strahlen der Sonne rissen neue Löcher in die weiße Schicht, die den Blick auf grauen Stein preisgaben.

Auch Ylista verharrte still.

Sie selbst hatte ihrer Tochter schon in frühen Jahren beigebracht, wie man eine möglichst lange Zeit auf einer Stelle hocken konnte, ohne dass die Glieder gefühllos wurden oder zu schmerzen begannen. Doch die jetzige Wartezeit wurde bald länger als während einer normalen Jagd. Die Sonne hatte ihren höchsten Punkt schon überschritten und malte wieder längere Schatten auf die Erde. Ylistas Magen gab ein unwilliges Knurren von sich.

Auch Celiska wurde die Zeit lang. Doch trotzig ignorierte sie ihre mittlerweile gegen die unbewegliche Hockstellung protestierenden Beine. Und wenn sie hier, an Ort und Stelle, sterben sollte, aufgeben würde sie nicht! Adjok hätte schließlich auch nicht aufgegeben. Er hätte den Geier bis ans Ende der Welt gejagt.

Irgendwann verließ Weiße Pfote, nach allen Seiten sichernd, den Erdkuhle unter dem Felsüberhang und entfernte sich zögernden Schrittes von den hilflosen Welpen, offensichtlich von Hunger getrieben.

Als die Hündin aus ihrem Blickfeld verschwunden war, dauerte es nur noch eine kleine Weile, bis sich in Celiskas Gesicht ein Lächeln ausbreitete: Irgendwo in den Felsen oberhalb des eher notdürftigen Unterschlupfes, in dem die Welpen verborgen lagen, hatte der Geier gesessen und auf die günstige Gelegenheit gewartet. Nun kam er hüpfend aus seinem Versteck hervor und reckte den nackten Hals.

Celiska und Ylista spannten gleichzeitig ihre Bögen mit den für den grau Gefiederten bestimmten Pfeilen. Seine Feigheit wurde dem Geier zum Verhängnis, denn er verharrte einen Augenblick zu lange an seinem Platz, ängstlich nach der Hündin Ausschau haltend. Ylistas Pfeil traf ihn am Halsansatz, wo sich die erste nackte Haut oberhalb der schmutzig grauen Federn zeigte. Celiska traf den Geier mitten in die Brust.

Einen Moment lang stand der große Vogel noch auf den Beinen und schien gar nicht zu bemerken, dass der Tod längst seine eiserne Faust um ihn gelegt hatte. Dann kippte er plötzlich nach vorn, fiel von seinem Aussichtspunkt herab und blieb direkt vor dem Höhleneingang liegen.

Jetzt war es Celiska, die statt des Weißschwänzchens ein hohes Trällern von sich gab.

Mit einem Sprung verließ sie ihre Deckung und stürmte auf den Felsüberhang zu. Es war nicht der tote Geier, der so lang ersehnten Beute, dem ihr Interesse galt. Sie legte sich vor den winzigkleinen Hundewelpen bäuchlings auf den Boden und betrachtete die tapsigen, kleinen Wesen mit funkelnden Augen.

»Guck, die kleinen Pfoten!«, rief sie in kindlicher Begeisterung aus. »Und diese Ohren! Nein, wie niedlich!«

Ylista kam langsam heran. In ihren Augen standen Tränen, während sie den Blick auf ihre Tochter richtete. Celiska war auf ihre Art beeindruckend erwachsen – und doch noch ganz und gar ein Kind.

Sie spießten den Schädel des Geiers auf eine Stange und stellten diese mitten im Dorf auf, so, wie es Adjok geplant hatte. Den Bruder des Todes hatten sie also besiegt. Doch Celiska musste feststellen, dass der Tod selbst weiterhin unaufhaltsam von Jurte zu Jurte kroch und die Menschen mit seinem übergroßen Hunger unter Qualen verzehrte.

Auch Celiska bekam den kalten Griff des Todes sehr bald zu spüren. Die Haut begann an den Stellen der dunklen Flecken wie Feuer zu brennen. Und sie besaß inzwischen unzählbar viele dieser Totenmale. Erschöpft sank sie auf ihr Lager in der heimischen Jurte. Ylista entzündete ein wärmendes Feuer und versorgte die brennende Haut der Tochter mit kühlenden Salben.

Doch die sonst so lindernden Kräutersubstanzen halfen bei dieser Krankheit nicht. Und als die Flecken zu Beulen anschwollen und mit einem ekligen Geräusch aufplatzten, konnte Celiska einen grellen, langen Schmerzensschrei nicht unterdrücken. Ihr gesamter Körper wurde von heftigen, heißen Blitzen durchzuckt, vor ihren Augen verschwamm die Welt zu einer trüben Masse. So heiß hatte sie sich die Krallen des Todes nicht vorgestellt, so heftig nicht die innere Pein. Celiska begann, sich auf ihrem Lager zu wälzen, in der irrigen Hoffnung, sich Linderung verschaffen zu können. Doch es gab keine Linderung. Und kein Entrinnen von der Qual.

Ylistas kühle Hände strichen durch das wirre Haar der Tochter, Celiska konnte sie weinen hören. Bald würde die Krankheit Celiskas Inneres aufweichen, ihre Organe zersetzen. Es war, als verbrenne sie langsam bei lebendigem Leib. Der Bruder des Todes hatte diese Welt verlassen. Doch das hatte dem großen König Tod kein Stück seiner Macht geraubt.

Die letzte Hoffnung erlosch in diesen für Celiska so schweren Stunden.

Irgendwann bettete Ylista den Kopf der Tochter in ihren Schoß und strich ihr sanft über das schweißnasse Haar.

Celiska sah unendlich müde aus, die Krankheit hatte ihr bleiches Gesicht gezeichnet. Die sonst so hellen Bernsteinaugen waren trüb.

Ylista wartete auf das unvermeidliche, heiße Würgen, das Blut und Eiter aus dem kleinen Körper presste. Das Herz der Mutter war nur ein einziger Schmerz. Wie sehr wünschte sie sich, das grausame Schicksal ihrer Tochter wenden zu können, ihr eigenes Leben für sie zu lassen!

Ein Kind hatte sie bereits verloren. Sie würde nie mehr in die Augen ihres geliebten Sohnes sehen, ihn nie mehr in ihre Arme schließen können.

Der Verlust Adjoks war grausamer gewesen, als selbst dem qualvollen Tod ins Auge sehen zu müssen. Und nun, da Celiska wie ihr großer Bruder dahinzusiechen begann, drohte das Herz der Mutter zu zerreißen.

»Meine kleine Eysde-njasda«, hörte Ylista ihre eigene, fremd klingende Stimme zärtlich sagen. Ihre Hand strich über die heiße Stirn Celiskas und schob sanft eine rotblonde Locke beiseite. »Ich ... liebe dich.«

Die trockenen Lippen der Tochter zitterten. Aus der Kehle kam nichts als ein heiseres Krächzen.

Alles in Ylista krampfte sich zusammen. Sie musste hart schlucken. Nein, einen solchen Schmerz, einen solchen Verlust konnte sie nicht überleben!

Wie war es bloß möglich, dass ihr ihre Liebsten einer nach dem anderen genommen wurden, und ihr eigenes Leben blieb bewahrt? Kein einziger grünlichen Fleck hatte sich bis jetzt an ihrem Körper gezeigt. Und sie wusste von niemand anderem in ihrem Stamm, dem es ähnlich erging. Um sie herum war nichts als Sterben und Tod.

Sie selber blieb vom körperlichen Tod verschont, doch ihre Seele lag im Sterben. Die körperliche Krankheit war an ihr vorübergegangen, doch das Herz litt unendliche Qualen.

Ein Beben fuhr durch den vor Fieber glühenden, kleinen Körper. Ylista schloss fest die Augen, beugte sich herab, presste ihre Wange gegen die ihrer Tochter.

»Cel ...«, flüsterte sie voll Schmerz. Dann versagte ihre Stimme.

Doch plötzlich fuhr ein Ruck durch Ylistas Körper. Sie öffnete die Augen, zog den Kopf von Celiskas Wange zurück. Die rechte Hand fuhr an ihre Brust.

Es war wie das Flackern eines Feuers in der finsteren Nacht, wie ein schmaler Sonnenstrahl nach einem Schneesturm! Ihre Finger ertasteten den harten, kalten Stein. So viele Jahre hatte sie es mit sich herumgetragen, das kostbare Erbe der Familie! Die alte Legende wurde in ihr wach, sie fühlte die Blicke der Vorfahren auf sich ruhen:

Liskas Geschenk war ein Geschenk des Lebens!

Mit einem schnellen Griff streifte sie das Lederband über ihren Kopf, an dem der silbrig glitzernde Stein hing. Und im nächsten Augenblick legte sie das Amulett um den Hals der Tochter, deren fiebrige Augen auf ihrem Gesicht hafteten und sie doch nicht mehr sahen.

Ihr Inneres war so aufgewühlt, dass sie noch immer keinen Ton hervorbrachte. Sie leckte sich über die trockenen Lippen.

Celiskas Augen bewegten sich, der kleine Mund formte unhörbare Worte.

Ylista drückte ihr Kind fest an sich, spürte das Heben und Senken von Celiskas Brustkorb bei jedem Atemzug.

Sie holte tief Luft und brachte dann mit sanfter, doch leicht zittriger Stimme hervor:

»Ich habe eine ältere Schwester, Jonau. Du hast sie nie kennen gelernt, denn sie ist schon früh fortgegangen, in das Land der Jänak, in Richtung der aufgehenden Sonne.«

Celiska bewegte stumm den fiebernden Kopf. Die geschwollene Zunge verhinderte, dass ein Wort über ihre Lippen kam.

»Sie heißt Jonau«, erzählte Ylista weiter. »Sie ging fort in den Zeiten der großen Hungersnot, kurz nachdem unsere Mutter, deine Großmutter, gestorben war. In jener Zeit des Hungerns, die ich selbst miterlebt habe, geschahen schlimme Dinge. Die Menschen aßen einfach alles, was irgendwie essbar war. Und es gab so viele Tote ...«

Ylista streichelte der Tochter sanft die Wange.

»Unser gesamter Stamm wird sterben, Cel. Jonau wird die einzige Überlebende der Lieska-Madukju sein.«

Celiska nickte leicht. Sie verstand die Worte also.

»Ich liebe dich, meine Tochter«, sagte Ylista. »Sei dir dessen gewiss.«

Celiskas Lider wurden schwer und fielen langsam zu.

»*Norburg* heißt die Stadt, wo deine Tante Jonau wohnt«, betonte Ylista abermals, nicht sicher, ob ihre Tochter sie noch verstehen konnte. »Sie ist die Einzige, die dir noch bleibt. Die Einzige des Stammes Lieska-Madukju.«

Ylistas Hand berührte sanft den Stein, der nun auf Celiskas Brust ruhte.»Kleine Eysde-njasda, ich liebe dich. Hüte das Amulett. Hüte es gut.«

Das Pferd des Söldners und Kopfgeldjägers stapfte seinen Weg am Rande des Bornwaldes entlang.

Die scharfe ›Orkengalle‹ rann aus dem Schlauch, den er sich an die Lippen hielt, direkt in seine Kehle. Sofort stellte sich ein wohliges Gefühl in seinen zittrigen Gliedern ein, die sich daraufhin schnell beruhigten. Sein Durst war heute, nach einer langen Nacht mit der holden Eufemia, gewaltig. Zufrieden rülpste er, während er den Schlauch wieder verschloss und an seinen angestammten Platz an den Sattel hängte.

Eufemias schmaler Wallach, der zusätzlich zum nicht gerade geringem Gewicht seiner Reiterin noch eine Menge Gepäck tragen musste, schleppte sich neben dem gewaltigem Trallopper Riesen des Kopfgeldjägers her. Die holde Dame hatte ihre Arme vor der üppigen Brust verschränkt und starrte etwas gelangweilt vor sich hin.

Mit Eufemia hatte der Söldner in der Tat einen tollen Fang gemacht. Nicht nur, dass sie genau die Art von Weibsbild war, die seinem derben Geschmack entsprach. Nein, sie hatte sich zusätzlich noch als äußerst großzügige Person entpuppt, die mit blinkenden Silberstücken seine komplette Zeche des gestrigen Abends beglich. *Ein Goldesel, den man noch eine Weile melken sollte,* dachte er.

Eufemia wollte nach Jarlak, einem kleinen Weiler am Rande des Bornwaldes. Der Söldner brauchte nur wenige seiner tausendfach geübten Worte über »... von Orken und Räubern abgeschlachtete Reisende ...«, zu verlieren, um Eufemia davon zu überzeugen, einen bewaffneten Begleitschutz zu benötigen. Außerdem war er es noch lange nicht leid, in ihren tranig duftenden Fleischmassen zu wühlen.

Die Reise, die sie auf unbefestigten Wegen am Rand des Bornwaldes entlang führte, war tatsächlich nicht ganz ungefährlich. Allerlei finsteres Gesindel trieb sich in dieser

Gegend herum. Und wer ahnte schon, welch unheimliche Wesen im tiefen Wald darauf lauerten, aus dem Dunkel hervorzubrechen und über harmlose Reisende herzufallen? Um ehrlich zu sein, konnte man sich über das Fehlen finsterer Gestalten derzeit im ganzen Land nicht beklagen. Dem narbengesichtigen Kopfgeldjäger jagten derlei Gedanken nicht die geringste Angst ein, doch seine Erfahrungen mit dem Gesindel ließ ihn den Kusliker Lamellar enger schnallen, den Morion aufsetzen und den Andertalbhänder in der Scheide lockern.

Für größere Zwischenfälle war noch eine wuchtige Infanteriewaffe an der Flanke des gewaltigen Pferdes platziert, und selbst diese war bei weitem nicht die letzte Waffe, die er bei sich trug.

›Stinker‹, wie er den Riesen gelegentlich nannte, hatte eine ganze Menge Metall zu tragen. Doch so ein ausgewachsener Tralloper Riese war schließlich kein zartes Pflänzchen. Der konnte schon ordentlich was aushalten. Diese vier breiten Hufe waren das zuverlässigste Transportmittel zwischen Yeti-Land und Südmeer.

Als Eufemias Magen ein laut vernehmliches Knurren hören ließ, horchte der Söldner auf.

»He, Mädel, Zeit für ein zweites Frühstück?«, fragte er, und vor seinem geistigen Auge erschien das gigantische Proviantpaket, das seine stattliche Weggefährtin ihr Eigen nannte. Und Eufemia war stets zum großzügigen Teilen bereit, das hatte sie bereits beim ersten Frühstück bewiesen.

»Mmmmh«, machte Eufemia. Ihre Miene verriet, dass sie dem Vorschlag durchaus nicht abgeneigt war. »Wäre wohl an der Zeit.«

Mit einem kurzen Blick prüfte sie den Stand der Sonne. Die Mittagszeit war noch lange nicht erreicht, und die erste Mahlzeit des Tages schien bereits Ewigkeiten her zu sein.

Der Kopfgeldjäger sah sich derweil nach einem geeigneten Platz zum Rasten um. Bei dem Gedanken an saftigen Schinken lief ihm das Wasser im Mund zusammen.

Zur Linken lag der Waldrand. Dichtes Unterholz säumte die erste Reihe niedriger Bäume. Dahinter war nichts zu erkennen, nur Dunkelheit.

Und ein Auge, fixierend.

Darunter die Bügel einer ... Armbrust? Ohne nachzudenken zog der Söldner blitzschnell den Kopf zwischen die Schultern und wollte sich dann flach auf den Hals des Pferdes ducken, doch dazu kam er nicht. Mit einem ohrenbetäubenden Knall wurde er von dem Geschoss am Helm getroffen. Der wuchtige Schlag riss ihn augenblicklich aus dem Sattel. Ein weiteres Scheppern erklang, als er nach etwa zwei Schritt freien Falls mit seiner schweren Rüstung auf der Straße aufschlug.

Der Riese blieb sofort stehen, als es das Gewicht seines Herrn nicht mehr auf dem Rücken spürte.

Nach einer Ewigkeit, wie dem Söldner schien, waren außer dem Dröhnen in seinem Kopf weitere Geräusche zu hören. Erst weit entfernt, dann immer näher kommend. Und mit den Geräuschen kam der Schmerz. Ein unsagbarer Schmerz, so, als würde sein Kopf gerade zwischen Hammer und Amboss zerplatzen.

Ja, dies war wohl der Augenblick, an dem ihn der ›blutsaufende Göttersohn KOR‹ auf neue Schlachtfelder jenseits dieser Sphäre führen würde.

»... fette Sau ... hin ... hä, hä ... sehen ... Geldkatze versteckt ... nicht ... Spalte! hä, hä, hä ... Drecksack ... Rest geben ... nicht wissen ... dich, er kommt zu sich«.

«Hab' sie!«

»Los, stech ihn ab ... schnell abhauen!«

Langsam festigten die Sätze sich in seinem Geist, und damit auch die Erkenntnis, dass schnelles Handeln nötig war, um nicht doch noch vorzeitig in KORs Dienste zu treten. Durch einen Schleier von Blut konnte er schemenhaft die immer größer werdenden Umrisse einer Person erkennen. Eine weitere Person, die über etwas Großes am Boden gebeugt war, befand sich seitlich von ihm.

»Mach schnell, Dwenck, wir müssen hier weg, bevor jemand kommt!«

Die Stimme kam aus dem Unterholz, irgendwo hinter ihm.

Verdammt, mindestens drei, schoss es dem Kopfgeldjäger durch den Kopf.

Die Silhouette hatte sich mittlerweile turmhoch über dem Söldner aufgebaut, in der Faust einen schartigen Säbel zum Schlag erhoben. Die Körperhaltung des Wegelagerers verriet, dass der tödliche Hieb senkrecht von oben den Schädel des Söldners treffen und ihn spalten sollte. Mit einem zischenden Geräusch schnitt die Klinge durch die Luft.

Der Söldner hatte gewartet, sich zu Ruhe und Besonnenheit ermahnt, doch jetzt, da die Säbelklinge nur noch wenige Finger von ihm entfernt war, handelte er: Im letzten Augenblick ruckte sein Kopf zur Seite. Der wuchtige Schlag des Räubers verfehlte nur um Haaresbreite das Ohr des Söldners und schlug dumpf in den harten Lehmboden der Straße ein. Die Hand des Söldners schoss vor und schloss sich schraubstockartig um das Handgelenk des Gegners. Mit einem festen Ruck zog er den Wegelagerer zu sich heran.

Überrascht von dieser plötzlichen Reaktion des vermeintlich Bewusstlosen war der Wegelagerer für einen Augenblick wie versteinert. Im selben Atemzug sprang wie von Geisterhand ein Dolch in die Hand des Söldners, um gleich darauf mit einem schmatzenden Geräusch in den Hals des Räubers zu dringen.

Der Söldner stieß den Räuber von sich, der mit gurgelnden Lauten rückwärts taumelte. Er rieb sich rasch mit den behandschuhten Fingern durch die blutverklebten Augen und versuchte dann aufzustehen.

Der pochende Schmerz in seinem Kopf wurde zu einem Hämmern, und als er gerade schwankend auf den Beinen stand, stürmte brüllend ein weiterer Wegelagerer heran, in der Linken eine Holzfälleraxt schwingend. Etwas abseits war eine verschwommene Gestalt eifrig damit beschäftigt, eine schwere Armbrust nachzuladen.

Dem Söldner blieb keine Zeit mehr, sein Schwert zu ziehen, denn der Axthieb wurde bereits geführt und war auf dem besten Wege, sich tief in seine linke Hüfte zu graben. Intuitiv sprang er einen Schritt auf den Axtschwinger zu. Der scharfe Axtkopf verfehlte sein Ziel, doch krachend schlug der Blutulmenstiel in die Flanke des Söldners ein. Trotz der Rüstung brach mindestens eine Rippe. Der Söldner spürte es, glaubte, es sogar zu hören.

Im nächsten Moment schlug seine Stirn gegen das Gesicht des Wegelagerers, welcher sich jetzt in Reichweite befand.

Das war eine Übung, die der Söldner erst am gestrigen Abend hatte durchexerzieren können. Doch da war sein Kopf vom vorherigen Aufprall eines Armbrustbolzens verschont gewesen ...

Ein schrilles Kreischen erfüllte seinen Schädel und die Augen versagten beinah völlig ihren Dienst. Verzerrte, wankende Bäume drängten sich in sein Sichtfeld. Er kämpfte verzweifelt darum, seine Lungen mit Luft zu füllen und so auf dem schmalen Grat zur Bewusstlosigkeit nicht abzustürzen.

Mit der Wohltat, die ein Fisch empfinden muss, der nach minutenlangem Zappeln auf dem Trockenen nun endlich wieder ins Wasser gelangt, strömte Luft in seine brennende Lunge. Er fand sich auf den Knien wieder, vor sich immer noch den Wegelagerer, der gerade dabei war, sich von dem harten Kopfstoß zu erholen. Dem Söldner war klar, dass er keinem weiteren Axthieb standhalten würde.

Er griff daher nach dem Gürtel seines Peinigers, zog ihn mit einem Ruck zu sich heran, um ihm vor Anstrengung laut schnaufend kräftig in das Gemächt zu beißen.

Ein Gebrüll erklang, das man sicherlich noch im fernen Norburg hören konnte.

Doch verdammt, wo war der Schütze?

Eine schwere Armbrust zu spannen dauerte gut den halben Teil einer Minute, das wusste der Söldner nur zu gut aus eigener Erfahrung. Und eben diese Zeit konnte jetzt in etwa verstrichen sein. Gerade als er sein Schwert gezogen hatte, hörte er einen Aufschrei rechts hinter sich. Ruckartig warf er sich herum. Im selben Augenblick pfiff ein Bolzen dicht an seinem Körper vorbei.

Dann sah er, was geschehen war: Sein alter Gaul Stinker hatte sich in die Schulter des Armbrustschützen verbissen und verspürte offensichtlich nicht die geringste Lust, diesen loszulassen.

»Das wurde ja auch Zeit, du stinkende Mähre!«, presste der Söldner durch die verzerrten Lippen.

Der Schütze, ein noch recht junger Bursche, ließ die Armbrust fallen und griff nach seinem Jagdmesser. Doch mit ein paar schnellen Schritten war der Kopfgeldjäger bei ihm, um ihm 200 Unzen Stahl durch die Gedärme zu treiben.

Der Söldner wankte mit dem blutverschmierten Schwert zurück auf die Straße, deren trockener Lehmboden begierig die Pfützen von Blut aufzusaugen schien. Er zog den Dolch aus dem Hals des nunmehr erschlafften Säbelschwingers und bemerkte mit einem Seitenblick den seltsam verrenkten Körper Eufemias. Ihr Pferd war nirgends zu sehen und sicherlich zu Anfang des Kampfes durchgegangen. Es sah so aus, als sei Eufemia abgeworfen worden und mit dem Kopf auf den Boden geprallt. Und dabei hatte sie sich das Genick gebrochen.

Der Söldner trat auf den Axtträger zu, der ihn angsterfüllt anstarrte. Er lag gekrümmt auf der Seite und hielt sich mit beiden Händen den blutigem Schritt.

»Fang bloß nicht an zu winseln, du Made!«, knurrte der Söldner. »Das hättest du dir eher überlegen müssen. Bei dir mache ich sicher keine Ausnahme. Und außerdem«, er deutete mit einer knappen Kopfbewegung zum leblosen Körper Eufemias, »bin ich nicht gerade in Geberlaune, wenn du verstehst, was ich meine.« Der Wegelagerer heulte auf, als er kräftig am Hals gepackt wurde.

»Ach ja, eins noch,« raunzte ihn der Söldner an. »Wenn du gleich vor Boron stehst und der dich fragt, was du Wurm schon bei ihm willst, dann bestell ihm einen schönen Gruß von Gordon. Er weiß dann schon Bescheid!«

Panik schnürte dem Räuber die Luft ab und machte ihn völlig handlungsunfähig. So wurden Augenblicke zu Äonen in der Erwartung des Todesstoßes. Doch völlig unerwartet ließ Gordon, der Söldner, von ihm ab und entfernte sich, ohne dem Axtkämpfer noch Beachtung zu schenken. Die Verwirrung stand dem Wegelagerer ins Gesicht geschrieben. Langsam flackerte ein Funken Hoffnung in ihm auf, vielleicht noch mit seinem armseligen Leben davonzukommen. Und dann, mit dem dahinschwindenden Bewusstsein, kam ihm die Erkenntnis: Verdammt, er hatte nicht einmal bemerkt, wie der Söldner ihm die Pulsadern geöffnet hatte ...

Der Pfad in die Fremde

Die kargen Spitzen weniger Nadelbäume ragten in den bleifarbenen Himmel. In Böen strich der Wind über die weite Ebene. Celiska hatte sich fest in ihren Fellmantel gehüllt und stemmte sich mit gesenktem Kopf gegen den Wind. Mit jedem Schritt entfernte sie sich weiter von dem Ort, wo ihr Herz noch immer schlug.

Als das Bild der Mutter vor ihrem geistigen Auge erschien, biss Celiska sich heftig auf die Unterlippe, die Tränen krampfhaft bekämpfend.

Alles, nur nicht flennen wie ein kleines Kind!, dachte sie. Sie tastete nach dem silbrig glänzenden Madamal-Amulett, einem alten Familienerbstück, das Ylista ihr, als sie darniederlag, um den Hals gelegt hatte.

Celiska hätte dieses Geschenk nur allzu gern verschmäht, hätte sie die Möglichkeit dazu gehabt. Denn der Moment des Erwachens war ein reiner Albtraum für sie gewesen. Wie konnte sie sich an ihrem so unverhofft wiedergewonnenen Leben freuen, wenn die Mutter sich ihres durch eigene Hand genommen hatte?

Krampfhaft versuchte sie, die grausamen Erinnerungen aus ihrem Kopf zu scheuchen. Doch das Bild des blutbefleckten Messers in Ylistas weißer, starrer Hand war ihr wie in die Seele gebrannt.

Celiska hatte geheult und geschrien wie ein sterbendes Tier, die eigene Stimme schrill und fremd in ihren Ohren. Warum war sie selber noch am Leben, auf wundersame Weise völlig befreit von den todbringenden Flecken – und der Leib der Mutter kalt und tot?

Wie konnte das geschehen?, fragte sie sich wieder und wieder. Das Heimatdorf war nun ein heimgesuchter Ort, wo verlorene Seelen umherirrten, denen der Weg zur Ewiggrünen Ebene für immer versperrt blieb. Als einzige Lebende unter Toten hatte Celiska sich wiedergefunden.

Noch ganz schwach auf den Beinen von der verzehrenden Krankheit war sie von Jurte zu Jurte gestolpert und hatte verzweifelt die Namen von Freunden und Verwandten gerufen.

Und dann hatte sie völlig versagt.

Es war ihr nicht möglich gewesen, die vielen Toten dem Feuer zu überantworten.

Die Körper waren zu schwer für sie gewesen, um sie an einem Platz zusammenzutragen. Und die Unmengen Holz, die sie für das große Feuer benötigt hätte, waren einfach nicht zu beschaffen gewesen.

Die Toten in ihren Zelten zu verbrennen, war ebenfalls nicht möglich gewesen. Zwei der Jurten hatte sie mühsam in Brand gesetzt, doch die Kraft des Brennmaterials hatte nicht ausgereicht, um die darin liegenden Körper völlig zu verzehren, so wie es vonnöten war.

Doch Celiska hegte die tiefe Hoffnung, dass ihre Tante in der fernen Jänak-Stadt mit ihr gemeinsam ins Totendorf zurückkehren würde, um den Seelen zu ihrem Frieden zu verhelfen.

Sie hob den Blick, ließ die Augen über die sich bis zum Horizont erstreckende Ebene wandern.

Ein treuer Begleiter hatte sich zu Celiska gesellt, die Ohren stets aufmerksam gespitzt. Der Kleine Wolf hatte sich ihr ganz von selbst angeschlossen, ohne dass sie ihn hatte zu sich rufen müssen. Ein Hund brauchte die Gegenwart vertrauter Menschen. Und es gab keine lebendigen Menschen mehr im Dorf der Lieska-Makjuku.

Die Welt um sie herum war öde und leer. So leer wie ihre Seele.

Graue Schatten huschten am Rand ihres Blickfeldes entlang. Celiska wandte den Kopf zur Seite und erblickte in einiger Entfernung zwei kräftige Rauwölfe, die ihre Kreise um den Hund und das Mädchen zogen. Als die Tiere der Aufmerksamkeit Celiskas gewahr wurden, hielten sie in ihrem Lauf inne und erwiderten den Blick des Mädchens.

Seit Celiska vor vielen Tagen aus dem Lager der Lieska-Madukju aufgebrochen war, war eine unbestimmte Anzahl von Wölfen ihrer Fährte gefolgt. Die raupelzigen Brüder hielten sich stets in gebührendem Abstand, schienen jedoch keine Notwendigkeit zu sehen, sich vor dem Mädchen zu verbergen. Nachts vernahm Celiska die klagenden Laute der Tiere. Tagsüber erblickte sie mal vor sich am fernen Horizont, mal viele Schritte hinter sich welche.

Kleiner Wolf nahm die Anwesenheit seiner wilden Artverwandten mit derselben inneren Ruhe zur Kenntnis wie seine Herrin. Die Rauwölfe hatten bereits vor wenigen Monden ihre Trauer um das sterbende Dorf kundgetan und Abschied genommen von den nivesischen Geschwistern.

Die Wölfe, die Hunde und die Menschen, alle gehörten seit alters her zu einer Familie. Das zwischen ihnen gespannte, unsichtbare Band war an einigen Stellen dünn geworden, durchgescheuert. Doch es bestand zweifellos noch immer, bis in die heutige Zeit.

Die Wölfe lauschten aus der Ferne, wenn Celiska unter dem sternenklaren Nachthimmel auf ihrer beinernen Flöte spielte. Manchmal erklang ihr wehmütiges Geheul, so, als stimmten sie in die Musik mit ein.

Einmal war Celiska nachts aus unruhigem Schlaf erwacht. Ein böses Knurren und Kampfgeräusche in der Nähe hatten sie geweckt. Der Kleine Wolf hatte direkt neben ihrer Schlafstätte gestanden, mit angelegten Ohren und gesträubtem Fell in die Finsternis hineinlauschend. Ansonsten war die Nacht undurchdringbar dunkel gewesen. Celiska war nichts anderes übrig geblieben, als mit gezogenem Messer zu verharren, alle Sinne aufs Äußerste geschärft.

Doch die Geräusche waren nach einiger Zeit von selbst verstummt.

Am nächsten Morgen hatte Celiska einen offensichtlich von Wolfszähnen zerfetzten Schneelaurer in der Nähe ihres Lagers gefunden.

Der stumme Dank Celiskas ging an die raupelzigen Brüder. Sie waren die einzigen Geschwister, die sie noch hatte.

Inzwischen hatte Celiska die Übersicht darüber verloren, wie viele Tage seit ihrem Aufbruch aus dem Totenlager vergangen waren. Eintönig war das Leben auf der weiten, endlosen Ebene. Hin und wieder erlegte sie mit Pfeil und Bogen ein Kaninchen oder einen Vogel. Die Mahlzeiten teilte sie mit dem Kleinen Wolf, der sich des Nachts an sie schmiegte, sodass sie sich gegenseitig unter der Felldecke Wärme spendeten.

Manchmal erzählte Celiska kurz vor dem Einschlafen dem Kleinen Wolf von ihrer tiefen Trauer. Dabei umklammerte sie das silbrige Amulett fest mit der kleinen Faust.

Wenn es einen Feind gäbe, den sie bekämpfen könnte ... Wenn da eine Möglichkeit wäre, all die Toten wieder zum Leben zu erwecken ...

Es gab zu viel Zeit, um nachzudenken.

Eines Morgens, als die Sonne ihre Strahlen noch fast waagerecht über die Ebene schickte, entdeckte Celiska in der Ferne einen Wagen. Es handelte sich um eine Kutsche, gezogen von zwei kräftigen kleinen Pferdchen, die sich langsam näherte. Schon von weitem erkannte man deutlich die kistenartige Form der Kutsche mit der bunten Bemalung. Die Pferdchen trugen farbige Decken auf ihren Rücken.

Celiska erinnerte die Aufmachung von Wagen und Zugtieren an die fahrenden Händler des Nordens, die Norbaden.

In dieser Gegend, nahe der Grenze zu den Landen der Jänaks, war es sicher nicht ungewöhnlich, auf Norbaden zu treffen. Selten waren diese jedoch einzeln unterwegs;

sie bewegten sich üblicherweise in größeren Gruppen von mehreren Kutschen.

Der Kutscher lenkte seine Pferdchen unverkennbar in ihre Richtung.

Celiska griff halb unbewusst nach ihrem Messer, hielt die Waffe aber unter ihrem Mantel versteckt.

Der Kleine Wolf blieb an der Seite seiner Herrin stehen und spitzte aufmerksam die Ohren.

Bald war das Rattern der Räder auf dem größtenteils noch gefrorenem Boden deutlich zu hören.

Auf dem Kutschbock saß ein Mann in dickem, pelzbesetzten Mantel, der durchaus ein norbadischer Reisemantel sein konnte. Auf dem Kopf trug er eine dieser typisch norbadischen Pelzmützen. Celiska hatte solche Mützen bei ihren verschiedenen Kontakten mit den Norbaden sehr häufig gesehen. Die Norbaden bedeckten damit ihre zumeist kahl geschorenen Köpfe.

Der Gesichtsausdruck des Mannes wies auf keinerlei feindliche Gesinnung hin. Ein zurückhaltendes Lächeln lag auf seinen Lippen. Die rechte Hand umgriff fest die Zügel, während er die Linke grüßend erhob.

»Den Zwölfen zum Gruße, Mädchen«, rief er ihr in der Jänak-Sprache entgegen, nicht im Alaani der Norbaden.

Celiska verstand die Sprache der Jänak. Ihre Mutter hatte sie diese Sprache gelehrt. Dies sollte sie dazu befähigen, eines Tages den von ihrer Familie durchgeführten alljährlichen Verkauf der stammeseigenen Karene ohne elterliche Hilfe zu erledigen.

Celiska hob wortlos die Linke und wartete ab, bis die Kutsche direkt vor ihr zum Stehen kam. Ihr Körper blieb weiterhin angespannt, das Messer im Verborgenen einsatzbereit.

Der Mann lehnte sich auf dem Kutschbock vor. Unter buschigen, schwarzen Augenbrauen musterten sie freundliche, braune Augen. Das Lächeln wurde breiter, großzügiger.

Er war noch kein alter Mann, vielleicht in dem Alter von Celiskas Mutter. Das Gesicht war unrasiert und stachelig, doch die Miene spiegelte Gutmütigkeit wider.

»Verstehst du mich, Mädchen?«, fragte er und hob dabei die Augenbrauen. »Sprichst du meine Sprache?«

Celiska tat mit einem kurzen Nicken kund, dass sie ihn verstand.

»Ist dein Stamm hier irgendwo in der Nähe?«, fragte der Mann weiter.

Er bekam nur ein stummes Kopfschütteln zur Antwort.

Der Fremde runzelte überrascht die Stirn.

»Wie? Ein kleines Nivesenmädchen ganz allein auf weiter Flur? Verlaufen wirst du dich wohl nicht haben, dafür habt ihr eine viel zu gute Spürnase.«

Er blickte sie an, augenscheinlich eine Antwort erwartend. Doch Celiska antwortete ihm mit einer Gegenfrage:

»Was macht ein einsamer Norbarde ohne seine Sippe ganz allein auf weiter Flur?«

Der Mann lehnte sich auf seinem Sitz wieder zurück, ohne dabei den Blick von Celiska zu wenden. »Ja, da hast du Recht«, meinte er. »Dann sind wir wohl beide einsame Wanderer. Wohin führt dich dein Weg, Mädchen?«

»Jänak-Land«, erwiderte Celiska knapp.

»Mh, also Richtung Bornland, habe ich Recht? Zumindest gehst du in Richtung Rahja.«

Celiska hatte das Wort ›Bornland‹ noch nie gehört. Nur der Name ›Norburg‹ hallte in ihrem Kopf, als stünde die Mutter noch immer direkt an ihrer Seite und flüstere in ihr Ohr.

»Das Jänak-Land in Richtung der aufgehenden Sonne«, sagte sie. Mehr zu erfahren, stand dem Fremden nicht zu.

»Mein Weg führt mich auch in Richtung Bornland«, erwiderte der Mann und zwinkerte ihr freundlich zu. »Wenn du schneller vorankommen willst, biete ich dir einen Platz auf meinem Luxusgefährt an.«

Einen Moment lang verharrte Celiska still, dachte nach.

Je schneller sie mit der Tante aus der Jänak-Stadt zum heimischen Lager zurückkehren würde, desto eher war es möglich, die Körper der toten Menschen endlich dem Feuer zu überantworten.

Mit Trauer dachte sie an den umherirrenden Geist der Mutter, der bis zur Verbrennung des Körpers keine Ruhe finden würde.

Sie warf einen Blick auf den Kleinen Wolf, der still an ihrer Seite verharrte. Mit ihm schloss sie ein stummes Bündnis, dass sie sich gemeinsam zur Wehr setzen würden, sollte der Fremde Böses im Schilde führen.

Dann blickte Celiska wieder hoch, dem auf dem Kutschbock sitzenden Mann direkt in die Augen, und nickte kurz.

Der Mann streckte ihr die Hand entgegen.

»Komm, ich helfe dir auf den Bock«, bot er an.

Celiska ignorierte die Hand und zog sich ohne viel Federlesens mit eigener Kraft hinauf.

Der Kleine Wolf warf einen langen Blick zu ihr nach oben.

»Dein vierpfötiger Freund kann natürlich auch hochkommen«, bot der Mann an. »Zwei Leichtgewichte mehr oder weniger machen auf meinem Karren auch nichts mehr aus.«

Doch der Kleine Wolf machte keine Anstalten, Celiska auf den Kutschbock zu folgen. Er drehte sich unruhig einmal im Kreis, als hielte er Ausschau nach den Wölfen, und setzte dann die durch den tagelangen Marsch vorgegebene Richtung auf seinen eigenen vier Beinen fort.

Der Mann gab ein leises Lachen von sich, das Celiska an das gutmütige Lachen des verstorbenen Juttu erinnerte. »Na, dein schlappohriger Freund möchte lieber den harten Boden von Mutter Dere unter seinen Füßen fühlen. Verstehe ich gut.«

Und an Celiska gewandt, die einen starken Kräuterduft an ihrem neuen Weggefährten bemerkte, meinte er: »Mein Name ist übrigens Eljum. Und wie darf ich dich nennen?«

»Cel«, stellte Celiska sich knapp vor.

Eljums Augen musterten sie kurz, ohne jegliche Aufdringlichkeit, bevor er wieder die Zügel aufnahm. »Cel also«, sagte er und schnalzte mit der Zunge, damit die Pferde sich wieder in Bewegung setzten.

Der Kleine Wolf warf einen Blick über die Schulter zurück, um sich zu vergewissern, ob man ihm auch folgte. Danach lief er unbeirrt weiter, den Schwanz wie eine Flagge im Wind hoch aufgerichtet. Eljum war kein reinblütiger Norbade, erzählte er Celiska. Sein Vater hatte diesem Volksstamm angehört, doch der Vater war früh verstorben. Seine Mutter, eine Kräuterfrau aus dem Süden, hatte ihn danach alleine aufgezogen. Die Sprache der Norbaden beherrschte er nur bruchstückhaft. Doch in ihm steckte, wie er es ausdrückte, »das unruhige Blut eines Nomaden«, das er von seinem Vater geerbt hatte.

Seine Mutter hatte ihm alles beigebracht, was sie über die Kräuter wusste, die auf Deres Rücken wuchsen, und dieses Wissen hatte er in späteren Jahren noch ausgeweitet. So war es gekommen, dass aus ihm ein fahrender Kräutersammler und -händler wurde. Die früh blühenden Kräuter des hohen Nordens waren anscheinend im Jänak-Land Mangelware und so konnte man auf dem Markt einen guten Preis für sie erzielen. Und genau dieses lohnende Geschäft hatte Eljum in diesem Frühling so weit von zu Hause fortgeführt.

Nun war der Wagen voll mit stark riechenden Pflanzen, die Eljum offensichtlich zusätzlich intensiv zur Körperpflege und Mundspülung verwendete. Kein Wunder, dass Kleiner Wolfs hochempfindliche Nase dieser Duftattacke nicht standzuhalten vermochte.

Na, bei der nächsten Mahlzeit, so dachte sich Celiska, würde es immerhin nicht an Gewürzen fehlen.

Die Landschaft veränderte sich bei ihrer stetigen Fahrt in Richtung der Jänak-Lande zusehends. Der Boden wurde hügeliger. Die kargen Nadelbäume standen nun in Gruppen beieinander. Vereinzelt waren Laubbäume zu finden, die erste grüne Knospen aufwiesen.

Eljum hielt bald nach Einbruch der Dämmerung nach einem geeigneten Nachtlager Ausschau. Celiskas Augenmerk hingegen galt den sich im Schutze der hereinbrechenden Dunkelheit auf leisen Pfoten nähernden Wölfen. Aufmerksam spähte sie über die im Zwielicht liegende Ebene und erhaschte einen Blick auf den einen oder anderen umherhuschenden Schatten.

Während Eljum unter einer größeren Ansammlung karger Bäume die Pferde ausspannte, entfernte Celiska sich mit langsamen Schritten gemeinsam mit dem Kleinen Wolf von der Kutsche.

Das Mädchen lauschte in die Stille des Abends hinein, hörte das Hecheln des treuen Hundes an seiner Seite und das Singen vereinzelter Vögel. Doch daneben war ein anderer Laut zu vernehmen. Diffus. Ein Laut, der nicht erst durch Celiskas Ohren drang, sondern in ihre Seele strömte.

Es schien Celiska, als rufe sie jemand, als vernehme sie eine ferne, wispernde Stimme. Sie bemühte sich, die Worte zu verstehen, doch es gelang ihr nicht. Ein Schauer durchlief ihren Körper. Es war, als ob sich ein festes Seil spannte und sie in eine Richtung zog: fort von ihrem eingeschlagenen Weg in die Jänak-Lande, hin zu den Pfaden der wilden Wölfe, den guten Brüdern. In die Geborgenheit ihres Rudels.

Celiska griff nach der Flöte und setzte sie an die Lippen. Sie legte den Kopf in den Nacken, die Augen fest auf die erblühenden Sterne der nahenden Nacht gerichtet. Die Luft, die aus ihrer Lunge strömte, verwandelte sich in eine vertraute Melodie. Ein Lied, das vom glitzernden Neuschnee erzählte. Und von vier kräftigen Pfoten auf der Suche nach dem verlorenen Rudel, die ihre Spuren im kalten Weiß hinterließen.

Ein wirklich mieser Tag

Na, das hatte ja mal wieder richtig gut hingehauen!

Am ganzen Körper Blessuren in den schönsten Farben, den Kopf dröhnend wie ein Nebelhorn, zwei Rippen gebrochen!

Und zu allem Überfluss hatte Gordon noch seine Gönnerin verloren.

Das wäre ja alles nicht unbedingt tragisch. Allerdings hatte man sie beide, ihn und Eufemia, zusammen den Ort verlassen sehen. Und wenn man die Vettel mit verdrehtem Hals auf der Straße gefunden hätte, hätte dies sicherlich ein äußerst ungünstiges Licht auf ihn geworfen.

Gerade noch rechtzeitig hatte Gordon, nachdem er Eufemias Kleider relativ erfolglos nach Geld und Wertsachen durchsucht hatte, den fetten Leib mithilfe seines Gaules tief in den Wald schleifen können, kurz bevor ein Gauklerwagen in Sichtweite rollte.

Da die Gaukler bei dem Anblick des Blutes, der drei Leichen und der hervorquellenden Gedärme anscheinend nicht das Verlangen verspürt hatten, anzuhalten und sich näheren Untersuchungen zu widmen, hatte Gordon anschließend noch die Schleifspuren verwischt.

Ansonsten waren ja glücklicherweise alle Mitwisser erledigt. Also gab es niemandem mehr, der das kleine Malheur mit ihm in Verbindung bringen könnte.

Es war wie verhext! Eigentlich hatte Eufemia ihren Tod doch selbst verschuldet, aber wem sollte er das glaubhaft erklären?

Bei Levthans dicken Eiern, ging es Gordon durch den Kopf, *warum musste die blöde Vettel am gestrigen Abend auch so großzügig mit ihren Silbertalern um sich schmeißen! Das konnte ja nicht unbemerkt bleiben! Verdammt, dass mir diese gut aussehenden Weiber auch immer so das Hirn vernebeln! Irgendwann geht das mal richtig schief!*

Fluchend und wütend über sich selbst setzte er seinen Weg nach Jarlak fort.

Die Kopfverletzung war nicht allzu schwer wiegend. Die Rippenbrüche würden ihn allerdings einige Tage kosten. Aus hinreichender Erfahrung wusste er, dass eine solche Verletzung eine ganze Weile der Heilung in Anspruch nahm, bis die völlige Einsatzfähigkeit wieder hergestellt war. Und Zeit war in seinem momentanen Geschäft etwas, das man nicht hatte, wollte man vermeiden, dass ein anderer schneller war als man selbst.

Nein, er hatte schon zu viel Zeit und Silber aufgewendet, um bei zwielichtigen Gestalten an die Informationen zu gelangen, die so wertvoll für seine Suche waren.

Er hatte kaum mehr eine miese Kröte in der Tasche. Entweder hatte die fette Eufemia am gestrigen Abend bis auf wenige schäbige Taler ihr gesamtes Geld verprasst, oder ihr Gaul war mit dem gesamten Zaster durchgegangen. Der Schnapsschlauch mit der ›Orkengalle‹ war ebenfalls leer, und mit den paar Kupferstücken, die er den Wegelagerern abgenommen hatte, konnte man nicht mal mehr die billigste Hafenhure unter einem Haufen von Unrat hervorlocken!

Ein kurzer, skeptischer Blick zum Himmel bestätigte Gordons dumpfe Ahnung: Die sich grau türmenden Wolken kündeten davon, dass es nicht mehr lange dauern würde, bis Efferd seinen nassen Segen auf ihn herniederschickte. Na, was hatte er auch anderes erwartet an einem miesen Tag wie diesem?

Zufällig fiel sein Blick auf den Stamm einer dicken Eiche am Wegesrand. Dort hing ein durch Wind und Wetter bereits stark angegriffenes Pergament, auf dem man das Konterfei eines ahnsehnlichen Mannes mit sorgsam gestutztem Bart sah.

Ein unsanfter Ruck an den Zügeln brachte Stinker zum Stehen. Mit ärgerlicher Miene starrte Gordon auf das Plakat. Es handelte sich um einen Steckbrief, der auch den

Bürgern, die nicht lesen und schreiben konnten, verständlich machte, dass es sich bei dem Abgebildeten um einen gesuchten Verbrecher handelte.

In fetten Lettern war eine Belohnung von 20 Dukaten auf dem Papier ausgelobt, und am Ende des aufgedruckten Textes prangte das Siegel der Praioskirche.

Mühsam entzifferte Gordon das restliche Schriftstück:

GESUCHT! Radran Helis!

Schuldig im Namen des Kaiserreiches und der höchsten göttlichen Institution und Vertretung auf Dere Grund, der hohen Inquisition im Namen Praios' des Götterfürsten.

Auf jeden Hinweis bezüglich des Verbleibs des Delinquenten ist eine Belohnung von 20 Dukaten in Gold ausgesetzt, sollte der Delinquent durch diese Hinweise in Gewahrsam genommen werden. Von eigenständiger Ergreifung wird abgeraten.

Hinweise sind pflichtgemäß an den nächsten Praiostempel, die Stadtwache oder eine Garnison auszurichten.

Auf dass der Delinquent schnell Läuterung erfahre und seine Seele durch das reinigenden Feuer errettet werde.

Ucurian Jago
Ordensmeister des Bannstrahl Praios

Gordon kniff verärgert die Augen zusammen, riss mit einem schnellen Griff das Plakat ab, zerknüllte es und schnippte es in die Büsche.

Als im selben Moment die ersten kalten Regentropfen auf ihn niederprasselten, gab er ein unzufriedenes Knurren von sich: Wasser!

Eines war sicher: Satinav hätte gerne bereits heute Morgen dem Rad der Zeit einen Tritt versetzen können, damit es diesen Tag überspränge ...

Der gelbe Vogel

Der Kleine Wolf lief der Kutsche zumeist auf schnellen Pfoten voran. Vom Wagen getragen werden wollte er noch immer nicht. Eljums extremer Kräutergeruch schien Celiskas treuen Gefährten abzustoßen.

Celiska selber störte der strenge Duft von Wagen und Kutscher nur wenig. Ihre Gedanken waren zumeist weit entfernt, während die kleinen, kräftigen Pferde sie immer weiter in Richtung eines unbekannten Ortes, zu einer unbekannte Tante brachten.

»Norburg«, hatte Eljum überlegend gesagt, als Celiska ihm in einem ihrer wenigen einigermaßen gesprächigen Momente den Namen ihres Ziels bekannt gegeben hatte. »Du weißt, dass die Menschen im Bornland ganz anders leben als die Nivesen? Dass dort eine völlig fremde Welt auf dich wartet?«

Celiska hatte genickt.

Doch ihre Vorstellung von einer ›völlig fremden Welt‹ war sehr verschwommen. Eine echte Jänak-Stadt hatte sie noch nie gesehen. Bisher waren es nur kleine Ansiedlungen dieser merkwürdigen Steinjurten gewesen, die sie zu Gesicht bekommen hatte. Einen Ort, an dem tausende von Menschen in steinernen Zelten wohnten, konnte sie sich beim besten Willen nicht vorstellen.

Eljum selber hatte die Jänak-Stadt Firunen zum Ziel. Dort wollte er die im hohen Norden gesammelten Kräuter auf einem Markt zum Kauf anbieten. Norburg bot sich für Eljum als Zwischenaufenthalt an, sodass er Celiska direkt an ihrem Bestimmungsort absetzen konnte.

Eljum stieß Celiska, die neben ihm auf dem Kutschbock saß und mit großen Augen in die Ferne starrte, sanft in die Seite.

Sie wandte ihm den Blick zu. Er zwinkerte mit seinen warmen, braunen Augen: »Ich habe noch nie ein traurigeres

Mädchen gesehen als dich, Cel. Dabei bist du sicher sehr hübsch, wenn du lächelst.«

Celiska senkte den Blick.

Eljum kannte ihre Geschichte nicht. Der Gedanke, die schrecklichen Dinge, die ihrer Sippe widerfahren waren, in Worte zu kleiden, war Celiska ein Gräuel.

Und so verschloss sie ihre Seele und bedachte die innere Finsternis mit Schweigen.

Celiska glaubte nicht, dass Reden jemals irgendwem geholfen hatte. Es machte im Zweifelsfall alles nur noch schlimmer. Des Nachts, wenn der klare Sternenhimmel das einzige schützende Dach über ihrem Kopf war, vernahm sie immer öfter jene wispernde Stimme, die jede Faser ihres Körpers durchdrang.

Diese Stimme war kaum mehr als eine ferne Melodie, die von tiefer Sehnsucht sprach.

Dann sah Celiska die Gesichter der Verstorbenen vor ihrem geistigen Auge, während der durchdringende Ruf der Wölfe die Luft mit vibrierendem Leben zu erfüllen schien.

Wie im Traum spürte Celiska, dass ihre Seele sich weitete und ihr Körper sich krümmte. Den Kopf hob sie zum Mond empor, und aus tiefer Kehle erklang ein lang gezogenes Heulen, das nur einer Wolfsbrust entstammen konnte. Ihre Antwort galt den Brüdern, die ihr noch immer treu folgten auf dem Weg in die Fremde.

Und die Antwort war ein Versprechen: *Zuerst muss ich diesen Weg gehen, meine Freunde. Doch ich kehre zurück zu euch, um den Grund für euer Rufen zu erfahren.*

Da Celiska nur in ihrer Phantasie ein Wolfsheulen gelang, verlieh sie ihrem Schmerz eine Stimme, indem sie die beinerne Flöte spielte. Und der ferne Ruf der Wölfe sagte ihr, dass die raupelzigen Brüder sie nicht verlassen würden.

Was die Wölfe zu ihrer Treue bewog, blieb Celiska ein Rätsel.

Eljum zog sich abends zumeist in seinen Wagen zurück.

Celiska bemerkte, dass auch er oft keinen Schlaf fand, denn sie hörte bis spät in die Nacht Geräusche aus dem Inneren der Kutsche: ein Scharren und Knacken und hin und wieder ein lautes Schnaufen.

Einmal hörte Celiska ihren Begleiter im Wageninneren laut schluchzen. Schnell war das Mädchen auf den Beinen, um die hintere Tür des hölzernen Verschlages zu öffnen und nach dem Rechten zu sehen. Ein derart scharfer Kräutergeruch schlug ihr entgegen, dass es ihr die Tränen in die Augen trieb. Einen Moment lang konnte sie nichts sehen, bis sie sich mit den Händen die Tränen fortgewischt hatte.

Eine Kerze brannte in der Kutsche. Mit raschem Griff bedeckte Eljum seinen nackten Oberkörper mit einer Decke, während er mit der anderen Hand das Buch zu verbergen versuchte, in das er gerade geschrieben hatte. Sein Blick war direkt auf Celiska geheftet, schneidend wie ein geschliffenes Jagdmesser.

Das Mädchen wandte die Augen nicht ab, sondern blickte prüfend in sein Gesicht.

Eljums Züge entspannten sich schnell, sein warmherziges Lächeln kehrte zurück, während sich seine Miene spürbar aufhellte.

»Mädchen, ich dachte schon, wir werden überfallen«, sagte er mit einem Schmunzeln auf den Lippen. »Reiß doch bitte nicht mitten in der Nacht die Tür auf.«

»Schon gut«, erwiderte Celiska knapp und schloss, während sie sich abwandte, die Wagentür wieder hinter sich.

Plötzlich tauchte im Mondlicht vor ihr wie aus dem Nichts eine Bestie auf, mit gesträubtem Nackenhaar und gefährlich gebleckten Zähnen. Ein dumpfes Knurren drang aus tiefer Kehle.

Celiska riss das Messer aus ihrem Gürtel und wich einen Schritt zurück. Sie prallte hart mit dem Rücken gegen Eljums Wagen.

Kalter Schweiß stand auf ihrer Stirn.

Mit laut pochendem Herzen presste sie zwischen den Zähnen hervor: »Kleiner Wolf ... was ist in dich gefahren?«

Der Hund hob den zwischen die Hinterbeine geklemmten Schwanz leicht an, als er die Stimme seiner Herrin vernahm. Die gebleckten Zähne verschwanden wieder unter den Lefzen.

Doch das Fell blieb weiterhin gesträubt, die Vorderpfoten trippelten unruhig.

Celiska ging langsam in die Hocke und winkte den Hund zu sich heran. Kleiner Wolf kam zögernden Schrittes näher und ließ sich von dem Mädchen das struppige Fell streicheln. Doch Celiska spürte deutlich, wie der Körper des Tieres zitterte und das Hundeherz wie rasend klopfte.

»Hast du einen Geist gesehen, Kleiner Wolf?«, flüsterte Celiska in das hoch aufgerichtete Hundeohr.

Der Kleine Wolf gab ein leises Winseln von sich und drückte sich eng an das Mädchen.

Mit zusammengekniffenen Augen spähte Celiska in die vom kalten Mondlicht erhellte Nacht. Doch es war weder etwas zu sehen noch zu hören. Auch von den Wölfen war keine Spur zu entdecken. Celiska hoffte sehr, dass, falls sie irgendetwas Bedrohliches verfolgte, die Wolfsbrüder aufpassen und der Gefahr gewachsen sein würden.

»Damals, als ich noch klein war«, erzählte Eljum am nächsten Tag auf dem Kutschbock, »hat mein Vater mit mir immer ein Spiel gespielt. Und weißt du ...«, er warf ihr einen lächelnden Blick zu, »... man ist doch nie zu erwachsen, um zu spielen, oder?«

Wie es Celiskas Art war, erwiderte sie darauf nichts, sondern sah ihn nur stumm an.

»Er hat angefangen, mir eine Geschichte zu erzählen«, fuhr Eljum fort. »Und ich musste dann ein Stück weiter erzählen, bis er dann wieder dran war. Würde dir das Spaß machen?«

Celiska zuckte mit den Schultern. Geschichten und Legenden wurden in ihrem Volk zu Tausenden erzählt. Wie oft hatte sie an Adjoks Seite an einem flackernden Lagerfeuer gesessen und den Erzählungen der Erwachsenen gelauscht. Geschichten von Bären, Wölfen und großen Jägern hatten sie Zeit ihres Lebens oft behaglich in den Schlaf gelullt.

»Ich fange mal an«, sagte Eljum. »Vielleicht fällt dir ja etwas dazu ein.« Er räusperte sich theatralisch und warf einen Blick in die Runde, so als sei die sie umgebende Landschaft mit unsichtbaren Zuhörern gefüllt. »Vor langer, langer Zeit fiel ein sonnengelber Vogel vom Himmel und landete weich in einer hohen Schneewehe.«

Celiska runzelte belustigt die Stirn. Was war das für ein merkwürdiger Anfang?

»Etwas benommen blieb der Vogel einige Zeit liegen und schaufelte sich dann langsam mit seinen breiten Flügeln aus dem Schnee heraus. Mit großen Augen schaute er sich um und sah nichts außer Schnee und Eis. ›Wer bin ich?‹, fragte sich der Vogel selbst. ›Und woher komme ich?‹ Ja, das gute Federvieh hatte sein Gedächtnis verloren.«

Celiska musste bei der Vorstellung eines vom Himmel gefallenen, gelben Vogels ohne Gedächtnis schmunzeln. Diese Geschichte hatte ohne Zweifel einen reichlich seltsamen Anfang.

Eljums auffordernder Blick verriet ihr, dass sie jetzt an der Reihe war. Sie überlegte einen Moment und setzte die Erzählung dann mit bedächtiger Stimme fort: »Der Vogel wusste nicht einmal mehr, dass er ein Vogel war«, sagte sie. »Und als er eine weiße Hasenfamilie durch den Schnee huschen sah, meinte er sich zu erinnern, dass er eines dieser hoppelnden Tierchen sei. Er glaubte, er sei wohl bei einem weiten Sprung auf den Kopf gefallen und habe deshalb so furchtbare Kopfschmerzen. Mit einem Ruck befreite der Vogel sich aus dem Schnee und begann unbeholfen hinter den Hasen herzuhüpfen.«

Eljum, der ihr aufmerksam zugehört hatte, stieß ein kurzes vergnügtes Lachen aus: »O ja! Und wie er da mehr durch den Schnee taumelte, als dass es ihm gelang zu hoppeln, blieb die Hasenfamilie stehen und schaute sich zu ihm um. ›Was bist denn du für ein komisches Ding?‹, fragte die Hasenmutter, und die Hasenkinder kicherten. Der sonnengelbe Vogel antwortete: ›Erkennt ihr mich nicht? Ich gehöre doch zu euch!‹

Doch die Hasenmutter schüttelte den Kopf. ›Nein, so ein Unsinn! Ich habe dich noch niemals im Leben gesehen – zu uns kannst du nicht gehören!‹«

Celiska setzte die Geschichte unverzüglich fort:

»Die Hasenkinder aber sagten: ›Mama, lass ihn uns mitnehmen. Er ist doch sonst ganz allein!‹ Die Hasenmutter hatte ein weiches Herz, und so nahmen sie den Vogel zu sich. Der hatte große Probleme, mit ihnen gemeinsam Gras und Blätter zu rupfen – und als er sich einen eigenen Bau in der Erde buddeln sollte, war er völlig überfordert ...«

Nun brach Eljum in so lautes Lachen aus, dass ihm die Tränen die Wangen herabliefen. Beinah wären ihm die Zügel aus der Hand gefallen. »He, das ist ja köstlich! Ein Vogel, der ...« Er verschluckte sich, musste husten, und Celiska klopfte ihm energisch auf den Rücken. »... ein Vogel, der ...«, versuchte er unter Husten und Lachen fortzufahren, »der in der Erde rumgräbt ... und glaubt ... und glaubt ...« Er schüttelte sich, dass die Kutsche bebte.

Der Kleine Wolf blieb stehen und warf einen Blick zurück auf den ihm folgenden Wagen. Eljum hatte ein gerötetes Gesicht, und seine Wangen glänzten von Tränen. Dabei war seine Miene so kindlich vergnügt, dass Celiska sich ein Lächeln nicht mehr verkneifen konnte. Eljum wischte sich mit einer Hand über die Augen und das feuchte Gesicht, während er noch immer laut lachte.

»Du bist dran«, forderte ihn Celiska auf.

Eljum holte tief Luft, doch plötzlich setzte bei ihm ein heftiger Schluckauf ein. Er hüpfte bei jedem Hicks auf dem

Kutschbock in die Höhe, während seine noch immer feuchten, braunen Augen fröhlich leuchteten.

»Ich – HICKS! – habe einen Schluckauf – HICKS!«, stellte er zutiefst belustigt fest.

»Ich höre das«, erwiderte Celiska mit einem kleinen Lächeln. Der Mann war wie ein zu groß geratenes Kind, stellte sie fest: *Er könnte mein kleiner Bruder sein ...*

Kleiner Wolf ließ von vorne ein lautes Bellen hören, sodass Celiska den Blick von Eljum abwandte und sich umschaute.

Von weitem näherte sich eine Gruppe von Wagen und Reitern, die hinter einem flachen, grünen Hügel zum Vorschein gekommen waren.

Das Mädchen stupste Eljum an und wies auf die sich langsam weiter vorwärts bewegenden Reisenden. Eljum seinerseits presste die flache Hand zwischen seine Zähne und biss mit hochrotem Kopf angestrengt darauf. Auf diese Weise wollte er wohl den Schluckauf beruhigen. Doch dieser ließ sich vorerst nicht bezähmen, sodass Eljums Körper weiterhin alle paar Momente von einem lauten HICKS! geschüttelt wurde.

»Reisende«, stellte Celiska fest. »Keine Norbaden, aber vielleicht doch Händler.«

»Immer Vorsicht walten lassen – HICKS! –, Mädchen«, meinte Eljum, nun wieder ernst geworden. »Sie reiten wie wir Richtung Born. Wollen wohl auch die Fähre nehmen. Wir werden zusehen, dass wir erst am Fährhaus auf sie treffen.«

Er lenkte die Pferde ein wenig nach links, sodass der Winkel, in dem sie auf die fremde Reisegruppe zuritten, steiler wurde. So würde es noch eine Weile dauern, bis sie sich begegneten. Vorausgesetzt, die anderen änderten nun nicht ebenfalls ihren Kurs und bewegten sich direkt auf sie zu.

Celiska zählte fünf Reiter und drei offene Kutschen. Insgesamt etwa zehn Personen. Keine Kinder – und ob

Frauen dabei waren, war auf die Entfernung nicht auszumachen. Es handelte sich jedenfalls eher um große, kräftige Gestalten. Eljum bedachte die Gruppe weiterhin mit misstrauischen Blicken.

Celiska hingegen machte sich kaum Sorgen bezüglich der nur sehr allmählich näher kommenden, fremden Reisenden. So sah gewiss keine Gruppe wilder Räuber aus. Ähnliche Reiseverbände traf man des Öfteren selbst im hohen Norden an. Wenn es sich nicht um Händler handelte, die mit den Völkern des Nordens ihre Geschäfte machten, dann waren es zumeist irgendwelche Abenteurer oder einfach nur ein loser Verband von Menschen, die zufällig das gleiche Ziel besaßen.

Außerdem gab es bei Eljum ja nicht viel mehr zu holen als einen Haufen stinkender Kräuter. Und Celiskas spärliche Besitztümer konnte man an den Fingern einer Hand abzählen.

Da Eljum nicht die geringsten Anstalten machte, mit der Geschichte vom gelben Vogel fortzufahren, nahm Celiska ihre Flöte heraus, setzte sie an die Lippen und begann, eine aus frühester Kindheit vertraute Melodie zu spielen, die sogleich das Antlitz ihres Bruders Adjok in ihrem Kopf heraufbeschwor. Adjok, wie er sie im Arm hielt und tröstete, als sie sich bei einem Sturz die Knie aufgeschlagen hatte. Adjok, wie er sorgsam ihre Wunden reinigte und dabei mit liebevoller Stimme zu ihr sprach.

Der große Jäger hatte immer ein gutes Herz besessen.

Kleiner Wolf ließ sich ein wenig zu ihnen zurückfallen und lauschte mit gespitzten Ohren der Flötenmelodie.

Aus den Augenwinkeln sah Celiska, dass Eljums Schultern herabsanken und er sich wieder etwas zu entspannen schien.

Sie fragte sich, warum er bloß eine solch lange, gefahrvolle Reise ganz alleine auf sich genommen hatte, wenn er doch so ängstlich war. Vielleicht hätte er besser von Anfang an in schlagkräftiger Begleitung reisen sollen.

Zur späten Nachmittagsstunde erreichte Eljums Kutsche den großen Fluss, der sich ›Born‹ nannte. Schon von weitem sah Celiska, dass es sich um einen breiten Strom handelte, der sich wie ein gewaltiges blaues Band durch die grünende Landschaft schlängelte.

Am Ufer des Born standen einige wenige, geduckte Steinjurten der Jänak. Es handelte sich wohl um das Fährhaus und um ein paar kleine Wohnhäuser. Nicht genug, um den Namen ›Dorf‹ zu verdienen.

Die fremde Reisegruppe befand sich nun ein gutes Stück hinter ihnen, sodass Eljum und Celiska als Erste den Fluss erreichten.

Die Fähre bestand aus grob zusammengezimmerten Holzstämmen. Sie wurde an einem Seil, das von einem Ufer zum anderen gespannt war, über den Fluss geführt und befand sich zurzeit am diesseitigen Ufer. Ein Fährmann allerdings war weit und breit nicht zu sehen. So stiegen Celiska und Eljum erst einmal vom Kutschbock und schauten sich um. Kleiner Wolf legte sich sogleich unter einen Baum und streckte die in letzter Zeit stark beanspruchten Pfoten von sich.

Celiska gesellte sich zu ihrem kleinen Gefährten und kraulte ihn ausgiebig hinter den Ohren, woraufhin er herzhaft gähnte. Eljum seinerseits machte sich auf die Suche nach dem Fährmann und ging auf die kleinen Steinjurten zu.

Die Stimmen der fremden Reisegruppe klangen zu Celiska hinüber, und auch das Rattern der Kutschenräder war deutlich zu hören. Das Mädchen ließ sich neben ihrem Hund im Gras nieder und blickte den Ankommenden entgegen.

Überrascht musste sie nach einiger Zeit feststellen, dass es sich bei der sich nähernden Gruppe nicht ausschließlich um Menschen handelte. Neben einer der Kutschen ging mit trägen Schritten ein kräftiger Zweibeiner mit tiefschwarzer Körperbehaarung und einem vorstehenden

Unterkiefer, offenbar ein Ork. Der Ork trug einen Metallring um den Hals, der mit einer Kette am Wagen befestigt war.

Celiska hatte in ihrem Leben nur wenige, einzelne Exemplare seiner Gattung zu Gesicht bekommen. Doch die Mutter hatte ihr erzählt, dass Orks sich gern zu ganzen Horden zusammenrotteten, um Nivesenlager zu plündern und zu brandschatzen. Und die Geschichten der Stammesältesten hatten oft genug von blutrünstigen, bestialischen Orks gehandelt, die ganze Familien in die Gefangenschaft führten und Nivesenkinder zu Sklaven machten. Der Ork, der sich nun dem Fährhaus am Born näherte, war offensichtlich selbst ein Gefangener. Trotzdem erschauerte Celiska bei seinem Anblick. Des Weiteren bestand die Gruppe dort tatsächlich überwiegend aus Männern. Nur zwei – allerdings sehr groß gewachsene – Frauen, kräftig wie Bären, mischten sich unter die Truppe. Die drei Wagen hinterließen tiefe Spuren im Erdreich, die Zugpferde leisteten offensichtlich Schwerstarbeit. Als sie nahe genug heran waren, grüßten einige der Männer Celiska freundlich. Celiska hob zur Antwort kurz die Hand.

Als die Gruppe gerade neben der Eljums Kutsche zum Stehen kam und die Männer mit erschöpften Gesichtern von ihren Pferden stiegen, tauchte Eljum in Begleitung eines kleinen, feisten Mannes auf, offensichtlich der Fährmann. Dieser rieb sich beim Anblick der zahlreichen Kundschaft erfreut die Hände und rief einen Gruß in die Runde.

Eljum machte sich auf den Weg zu seiner Kutsche, als er aus den Augenwinkeln den in Ketten gelegten Ork erblickte. Augenblicklich verfinsterte sich seine Miene, die Augen verengten sich zu schmalen Schlitzen. Er ballte die Hände zu Fäusten und steuerte mit weit ausholenden Schritten geradewegs auf den Ork zu, der ihm mit dümmlichen Miene entgegenblickte.

Eine der Frauen, die den Vorgang beobachtet hatte, stellte sich Eljum in den Weg.

»He, he, nun mal langsam!«, rief sie aus. »Wer wird denn gleich ...?«

»AUS DEM WEG!«, donnerte Eljum mit einer Stimme, die Celiska bis ins Mark fuhr.

Doch die Frau machte keine Anstalten, dem Kräutersammler zu gehorchen. Sie baute sich breitbeinig vor ihm auf, die muskulösen Arme vor der breiten Brust verschränkt.

Auch die anderen Reisenden horchten auf. In ihren eben noch freundlichen Mienen zeichnete sich nun Kampfbereitschaft ab.

Der Kleine Wolf sprang auf die Beine und beobachtete die Szene mit misstrauisch angelegten Ohren.

Eljum hielt nur wenige Fingerbreit vor der ihm im Weg stehenden Frau. Seine Nasenspitze berührte fast die ihre, als er abermals brüllte: »GEH MIR AUS DEM WEG!«

»Ich denke gar nicht daran«, presste die kräftige Frau, die einen halben Kopf größer als Eljum war, böse hervor. Thorwaler nannte man diese stämmigen Nordleute, das wusste Celiska. Es waren raufllustige Menschen, mit denen nicht zu spaßen war.

Eljum gab ein zorniges Knurren von sich, das Celiska eine Gänsehaut verursachte. Dann machte er einen schnellen Satz zur Seite und war im Nu an der schwerfälligen Thorwalerin vorbei.

Mit langen, wütenden Schritten stapfte er auf den Ork zu, die Fäuste wild schüttelnd.

»Du von allen Göttern verfluchte Missgeburt wirst was erleben ...!«, keuchte er.

Die Reisegruppe geriet mit einem Schlag in Bewegung. Alle stürzten herbei, um den außer sich geratenen Kräutersammler aufzuhalten. Die Frau, die ihm den Weg verstellt hatte, zückte einen Dolch und sprang mit mächtigen Sätzen hinter Eljum her.

Celiska wurde es eiskalt. Das Messer in der weißen Hand der Mutter erschien urplötzlich vor ihrem geistigen Auge und entzündete brennende Qual. Ihr Herz setzte vor Angst einen Schlag aus.

»Eljum, NICHT!«, schrie sie quer über den Platz.

Der Kräutersammler schien den Ork mit bloßen Händen erwürgen zu wollen, denn er hob die Arme und spreizte die Finger. Dicke Adern schwollen an seinem Hals.

Die Frau hinter ihm riss den Dolch hoch.

Celiska stieß einen unartikulierten Schrei aus, als etwas wie ein heißer Blitz durch ihren Körper fuhr. Ihre Augen weiteten sich. Die Arme wurden wie von einem unsichtbaren Puppenspieler nach oben gerissen, die Hände formten eine geschlossene Kugel. Durch die heiß kribbelnden Fingerspitzen raste alle Energie aus ihr hinaus. Wie in einem Traum sah Celiska alles Licht rings umher erlöschen; die Welt war von einem Augenblick zum nächsten in Dunkelheit getaucht. Die Thorwalerin, deren Umrisse Celiska gerade noch erkennen konnte, hielt abrupt in ihrem Lauf inne, einen Laut der Überraschung ausstoßend. Der Dolch glitt ihr bei dem plötzlichen Halt aus der Hand und fiel zu Boden.

Flackernd kehrte wenige Herzschläge später das Licht zurück.

Allgemeine Verwirrung herrschte. Auch Eljum war stehen geblieben, blickte sich nun ratlos um. Die anderen Thorwaler, die sich schneller wieder von ihrem Schrecken erholt hatten, griffen ihn bei den Schultern und zerrten ihn von dem dämlich blickenden Ork fort.

Erschöpft und atemlos sackte Celiska in die Knie.

Aufgeregte Stimmen klangen wie aus weiter Ferne zu ihr hinüber. Ihr Kopf war leer und der Körper ausgepumpt wie nach einem langen, schnellen Lauf. Ihr Herz raste und sein Klopfen war für eine Weile das Einzige, worauf sich Celiskas Sinne richten konnten. Erst als Kleiner Wolfs raue, warme Zungen durch ihr Gesicht fuhr, kam sie langsam wieder zu sich. Die Arme zu bewegen, um dem treuen Hund das zottige Fell zu streicheln, bedurfte einiger Anstrengung. Schwanzwedelnd nahm Kleiner Wolf die Liebkosung seiner Herrin entgegen, während sich diese mit müden Augen umsah.

Der Ork war nun verschwunden, er war wohl weggeführt worden.

Die Thorwalerin hatte sich nicht vom Fleck gerührt und blickte starr vor sich hin, während sie murmelte: »... Sonne ausgelöscht ... stockdunkel am helllichten Tag ... Eingriff der Götter ...«

Eljum befand sich inmitten einer Gruppe von vier starken Männern, die ihn noch immer festhielten. Doch der Kräutersammler schien sich inzwischen einigermaßen beruhigt zu haben und antwortete auf das Zureden der Reisenden mit leichtem Nicken.

Der untersetzte Fährmann stand in einigem Abstand von der Gruppe und starrte Celiska aus großen Augen an. Dem Mädchen war dieser Blick äußerst unangenehm und deshalb erwiderte sie ihn mit böse gerunzelter Stirn. Beinah erschreckt wandte der Mann sich ab.

»Grausamkeit ist es, die unsere Welt regiert«, sagte Eljum am abendlichen Lagerfeuer jenseits des Born, den Blick auf die gelben Flammen gerichtet.

Celiska biss sich auf die Unterlippe und presste die kalten Handflächen gegeneinander. Ja, grausam war das Ende ihres Stammes gewesen. Und ihr leeres Herz schlug noch immer.

»Sie sind wilde Bestien, die ohne Gewissen Männer, Frauen und Kinder töten«, fuhr Eljum mit leiser Stimme fort, und sein Mund verzog sich schmerzhaft.

»Die Orks?«, fragte Celiska verwirrt.

»Sie sind Missgeburten, Monster«, erklärte Eljum weiter, ohne auf die Zwischenfrage des Mädchens einzugehen. »Man darf sie nicht wie Haustiere mit sich herumführen. Nachts springen sie dich an und reißen dir den Kopf ab.«

»Ich habe von ihnen gehört«, erwiderte Celiska.

»Sie haben vor ein paar Jahren ein Nivesenlager überfallen. Man sagt, es gab viele Tote.«

Tote! – Schwellende, dunkelgrüne Flecken. Süßlicher Gestank.

Celiska wurde übel.

»Ich wünschte«, sagte Eljum, »ich wäre der gelbe Vogel. Einfach vom Himmel zu fallen, ohne Vergangenheit, ohne Erinnerung ...«

Celiska schloss die Augen und tastete unter ihrem Lederhemd nach dem Amulett.

Jenseits des Flusses

Grün war das Land jenseits des großen Flusses.

Celiska hatte niemals zuvor so viele blühende Bäume gesehen. Sie saß staunend auf dem Kutschbock, während der Kleine Wolf schwanzwedelnd umhersprang und den zahlreichen Vögeln nachjagte.

Eljums Laune besserte sich beim Anblick der vom Winterschlaf erwachten Natur nicht. Mürrisch knurrte er den beiden Pferdchen Befehle zu und zerrte ungeduldig an den Zügeln.

Celiska wagte es kaum, ihn anzusprechen. So saß sie nur still da, atmete die warme, klare Luft und wünschte sich, Adjok an ihrer Seite zu haben. Nach einer Weile holte sie ihre Flöte hervor und begann, ein Lied zu spielen, zu dem Adjok und sie des Abends gemeinsam am Lagerfeuer gesungen hatten. Die hohen Flötentöne brachten die Luft zum Vibrieren und bereiteten ihr ein angenehmes Gefühl.

Aber Eljum schien Celiskas Musik nicht zu genießen.

»Hör doch auf damit«, fuhr er sie an. »Das Gepiepse geht mir auf die Nerven.«

Celiska warf ihm einen kurzen Seitenblick zu, doch er schaute sie nicht an. Seine Miene war mürrisch. Das Mädchen beschloss, die Flöte wieder einzustecken.

Eljum war den gesamten Tag über äußerst wortkarg. Hin und wieder schimpfte er über den Kleinen Wolf, der laut einem Hasen oder einem Vogel hinterher kläffte.

Auch schien es Celiska, als sei der ohnehin schon intensive Kräutergeruch seines Körpers heute stärker denn je. Sie wandte das Gesicht häufig von ihm ab, um die Nase in den frischen Wind zu halten.

Die Rast zur Mittagszeit war Celiska höchst willkommen. Eljum zügelte die Pferde in der Nähe eines einsam am Waldrand liegenden, großen Steinzeltes. Während der Kräutersammler sich wortlos in das Innere seines Wagens zurückzog, aß Celiska einige der am Tag zuvor gesammelten Beeren aus ihrem Gepäck. Danach gesellte sie sich zu dem Kleinen Wolf, der kurz im Schatten eines Baumes geruht hatte, doch nun wieder auf den Beinen war, um neugierig im Gras zu schnuppern.

Von dem Jänakzelt klang unverkennbar das Lachen von Kindern herüber, das Celiska magisch anzog. Das Ballspiel der Taarjuk gegen die Leika kam ihr in den Sinn. Danjuks rundes, rotes Gesicht erschien vor ihrem geistigen Auge.

Es schien ihr, als habe sie Adjok laut lachen gehört.

Der Hund folgte dem Mädchen in Richtung der Steinjurte, die Ohren aufmerksam gespitzt und mit sachte wedelndem Schwanz.

Hinter Büschen und Bäumen kam eine Grasfläche und mitten darin die erwartete Steinjurte zum Vorschein. Zuerst fiel Celiskas Blick auf einen blonden Jungen, einen ganzen Kopf kleiner als sie, der gegen einen Lederball trat. Der Ball flog im hohen Bogen über die Wiese, wo ein älterer, ebenfalls blonder Junge ihn annahm und mit einem Tritt in ein Erdloch versenkte. Ein anderer Junge und ein etwa fünfzehn Sommer zählendes Mädchen, wohl die gegnerische Mannschaft der soeben erfolgreichen Jungen, machten lange Gesichter und forderten den Ball, um das Spiel neu zu beginnen.

Celiska blieb einen Moment lang stehen und beobachtete die Szene. Sie sah, wie das Mädchen sich mit dem Ball auf der Mitte der Wiese postierte. Die anderen umringten sie lauernd. Plötzlich fiel der Blick des kleinsten Jungen auf die stumm zuschauende Fremde.

»Heda«, rief der Kleine Celiska zu, »wer bist denn du?«

Celiska zuckte zusammen und wäre im ersten Moment am liebsten davongelaufen. Doch der Wunsch, sich zu dieser fröhlichen Gruppe zu gesellen, war übermächtig. Sie trat zögernd näher heran, während die anderen sie neugierig betrachteten. Der Kleine Wolf folgte ihr auf den Fersen.

Das große Mädchen, zu dessen Füßen der Lederball lag, stemmte die Hände in die Hüften. »Na, so eine wie du hat uns gerade noch gefehlt, Rotschopf!« Der Tonfall war eher neckend als bösartig. Das ermunterte Celiska, ihr die Frage zu stellen, die ihr auf dem Herzen brannte: »Darf ich mitspielen?«

Der kleine, blonde Junge schüttelte daraufhin heftig den Kopf.

Das große Mädchen schenkte ihr einen skeptischen Blick. »Für meine Mannschaft bist du zu schwach.«

»Wir wollen dich auch nicht«, sagte einer der anderen.

»Und warum nicht?«, frage Celiska ihn und hob stolz das Kinn an, um sich ihre Verunsicherung nicht anmerken zu lassen.

»Darum nicht«, gab der Junge schnippisch zurück und lachte. Der kleine, blonde Junge zog eine alberne Grimasse.

Celiska warf einen kurzen Blick in die Runde. In den Gesichtern der Kinder war Ablehnung zu lesen.

Doch so schnell wollte sie nicht aufgeben. Sie würde ihnen schon zeigen, was in ihr steckte!

Ein flinker Satz nach vorn, und Celiska hatte den Ball in den Händen. Die vier anderen Kinder reagierten recht schnell, aber nicht schnell genug. Mit gesenktem Kopf flitze Celiska zwischen den nach ihr greifenden Händen hindurch und hatte im nächsten Moment das Erdloch erreicht, in das sie den Ball versenkte. Sie hob den Kopf und sah vier staunende Augenpaare.

»Flink wie ein Hase«, gab einer der Jungen atemlos zu.

Celiska schüttelte mit einem kleinen Lächeln den Kopf. »Ich bin ein Wiesel«, erklärte sie.

»Kannst du auch treten?«, wollte der kleine Junge wissen.

Celiska nickte.

»Gut, spiel mit«, meinte das größere Mädchen und grinste breit. »Du gehörst natürlich zu unserer Mannschaft. Lumin und Vito können dafür den Hund haben.«

Freundlich hechelnd kam der Kleine Wolf herangetrabt

und blieb bei den Kindern stehen, offenbar erwartete er gestreichelt zu werden. Doch das Spiel musste weitergehen, so fiel keine Liebkosung für ihn ab.

Von einem Moment auf den anderen fand sich Celiska inmitten kreischender Kinder, die sich fröhlich um einen Lederball balgten. Hier wurde der Ball mit den Füßen über das Feld getreten, statt ihn, wie die Nivesenkinder es taten, in den Händen zu halten. Doch dies war schon der einzige Unterschied. Ruppigkeit und Spieleifer waren dieselben wie unter den Lieska-Madukju. Es wurde gerempelt und gespuckt. Celiska wirbelte über das Feld und brachte ihrer Mannschaft einen Punkt nach dem anderen. Schwitzend und glücklich vergaß sie völlig, wo sie sich befand und dass ihre Mitspieler ihr völlig fremd waren. Adjok und Lauka erwachten in ihrem Herzen zu neuem Leben. Und der breite Danjuk baute sich wieder vor ihr auf und versperrte ihr den Weg. Sie musste unter seinen Armen hindurchschlüpfen und Haken schlagend wie ein Hase den Gegnern entkommen. Sie lachte und riss die Arme hoch, als es ihr wieder einmal gelungen war, den Lederball in das Erdloch zu befördern.

»Sieg für die Leika!«, rief sie auf nivesisch und schüttelte das schweißnasse Haar.

Von der Steinjurte her erklang plötzlich die Stimme einer Frau: »Lumin! Vatja! Vito! Her mit euch! Es gibt Essen!«

Die vier Jänak–Kinder blickten zum Haus hinüber, wo ihre Mutter stand und winkte.

»Oh, Essen! Es wird auch Zeit!«, rief der kleine Vito und rannte als Erster davon. Die anderen drei folgten ihm, ohne für Celiska ein Wort des Abschieds zu haben.

Schwer atmend stand sie nun allein da. Ihre Schultern sanken langsam herab, während sie den Kindern nachblickte. Und mit einem Schlag war in ihrem Inneren wieder die gewohnte Leere.

Von weitem kam ein Ort in Sicht, der aus einer größeren Ansammlung von Holz- und Steinzelten bestand. Neugierig lehnte Celiska sich auf dem Kutschbock vor: War dies die erste richtige Jänak–Stadt, die sie zu Gesicht bekämen?

Eljum hatte ihr gesagt, dass ihr Ziel, Norburg, noch einige Tagesreisen entfernt lag. Eine weitere Stadt auf ihrer Route hatte er nicht erwähnt.

Die Steinzelte waren größer als all diejenigen, die Celiska bisher in ihrem Leben gesehen hatte. Staunend blickte sie die hohen Mauern empor, während der Wagen über eine mit grobem Stein gepflasterte Straße holperte.

Einige Reiter und voll beladene Karren kamen ihnen entgegen. Doch insgesamt war nicht viel Betrieb auf den schmalen Straßen des Ortes.

Nichtsdestotrotz blickte Celiska sich mit staunenden Augen um, in dem Glauben, bereits im Herzen der fremden Welt der Jänak zu sein.

Bäume und Sträucher wuchsen unverdrossen an diesem Ort, der in Celiskas Augen doch bereits einer Steinwüste glich. Blumen, so unverwüstlich wie die zähen Kräuter des Nordlandes, brachen durch die breiten Risse im Straßenpflaster. Und überall um sie herum wurde Garethi gesprochen, die Sprache der Jänak.

Aus einem der steinernen Zelte drang rauer, unmelodischer Gesang. Die hölzerne Tür stand weit offen und über dem Eingang schwang ein rostiger Eisenwimpel im leichten Wind quietschend hin und her

Eljum lenkte die Kutsche vom Weg herunter und um das Haus herum in einen schmutzigen Hinterhof. Dort stieg er vom Kutschbock ab und gab die Pferde in die Obhut eines eilig herbeigelaufenen, dreckstarrenden kleinen Jungen. Der Junge warf den beiden Fremden, hauptsächlich aber Celiska, aufdringlich neugierige Blicke zu, bevor er sich an das Abspannen der müden Tiere machte. Eljum kontrollierte mit einem schnellen Handgriff, ob die Türen des Wagens fest verschlossen waren, bevor er Celiska mit einer Geste bedeutete, ihr in das Steinzelt zu folgen.

Drinnen war es so laut, wie es sich draußen auf der Straße bereits angedeutet hatte. In rauchgeschwängerter Luft, die durch die geöffnete Tür zur Straße nicht vertrieben werden konnte, saßen mehrere stark angeheiterte Gestalten und sangen schmutzige Lieder. Celiska verstand den Sinn der Texte kaum und hegte den leisen Verdacht, dass dies gar nicht bedauernswert war.

Sie setzten sich an einen freien Tisch in einer Ecke. Eljum orderte bei einem spindeldürren Mann mit Hakennase und besudelter Schürze ein Gerstenbräu für sich und eine Kanne Milch für Celiska.

»Hast du Hunger?«, fragte der Kräuterhändler das Mädchen.

Celiska schüttelte schnell den Kopf. Der Anblick der undefinierbaren Speisen, die einige der anderen Gäste unachtsam in sich hineinstopften, verursachte ihr Übelkeit.

Besonders unangenehm fiel ihr ein narbengesichtiger, fettwanstiger Kerl auf, der sie beide schmierig grinsend musterte, während ihm das Fett des soeben in den Mund geschobenen Fleischstücks über das Kinn rann.

Am liebsten wollte sie diesen Ort so schnell es ging wieder verlassen. Sie hatte das Gefühl, hier ersticken zu müssen.

Auch dem Kleinen Wolf war seine Unbehaglichkeit anzusehen. Er legte sich nicht zu Füßen seiner Herrin nieder, als diese sich widerstrebend neben Eljum auf eine schäbige Holzbank setzte, sondern drehte sich rastlos im Kreis und beäugte unruhig sein Umfeld.

Eljum schien sich in all dem Gebrüll und Gestank recht wohl zu fühlen. Vielleicht deshalb, weil er so lange nicht mehr unter Menschen seines Stammes gewesen war.

Der Kräutersammler lehnte sich behaglich auf der unbequemen Bank zurück und genoss schweigend sein Getränk.

Nach einer kurzen Weile, als sie die bereits leicht saure Milch hinuntergewürgt hatte, beschloss Celiska, nicht länger an diesem Ort zu bleiben.

Der Kerl am Nachbartisch grinste Celiska hämisch an, als diese mit dem Kleinen Wolf den Gasthof wieder verließ. Der Blick dieses verwahrlosten, brutal wirkenden Mannes, der wie ein finsterer Kriegsknecht gekleidet war, verursachte Celiska einen kalten Schauer. Folglich beeilte sie sich, nach draußen zu gelangen. Die frische Luft und der klare, blaue Himmel taten Celiska unendlich gut.

Eljum wollte die Nacht nicht im Gasthof, sondern außerhalb des Dorfes verbringen. Er bezahlte für die Verpflegung der Pferde und lenkte die Kutsche zum Wald, der ›Bornwald‹ genannt wurde.

Celiska schlug ihr Nachtlager wie immer in einem gewissen Abstand zum Wagen im schützenden Dickicht auf.

Sie lag noch lange wach mit der brennenden Frage im Herzen, ob ihr die raupelzigen Brüder des Nordlandes in das fremde Land über den breiten Fluss hinweg gefolgt waren. Doch es war weder in der Nähe noch in der Ferne Wolfsgeheul auszumachen. Im Gegenteil, es herrschte unheimliche Stille um sie herum.

Der Kleine Wolf drückte seine kalte Schnauze gegen ihren Arm und ließ im Schlaf ein dunkles Knurren vernehmen. Seine Beine führten gemächliche Ruderbewegungen aus, als schleiche er im Traum an eine Beute heran. Liebevoll legte Celiska den Arm um den warmen, haarigen Leib des treuen Freundes und drückte ihn leicht an sich. Der Kleine Wolf schnaufte zufrieden und leckte träge mit der Zunge über ihre Wange. Nach kurzer Zeit folgte ihm Celiska ins Reich der Träume.

Ein unheimlicher Laut, wie ein schmerzvolles Winseln, schreckte Hund und Herrin auf. Der Hund hob ruckartig den Kopf, spitzte die Ohren. Celiska saß im Nu aufrecht, den Arm noch fester um den Körper des Tieres geschlungen. Die Stille kehrte augenblicklich zurück. Kein Knacken war im Unterholz zu hören, kein Nachtvogel ließ seinen Schrei vernehmen. Eine Wolke verfinsterte das silberhelle Madamal, welches sicherlich in Kürze dem Morgengrauen weichen würde.

Celiska presste sich an den Kleinen Wolf, eine kalte Gänsehaut am ganzen Körper. Sie fühlte, wie die Muskeln des Hundes vor Anspannung zitterten.

Das Winseln war aus der Richtung von Eljums Wagen gekommen. Doch dieser lag nun, wie alles andere, in vollkommener Stille und Dunkelheit.

Plötzlich waren, in einiger Entfernung, kräftige Schritte auf dem harten Erdboden zu hören, das laute Knacken von Zweigen, das Rascheln von Laub.

Der Kleine Wolf sprang auf die Beine und war mit einem Satz Celiskas Griff entwischt. Der Hund verschwand augenblicklich in die Finsternis der Nacht.

Celiska, packte ihren Dolch und setzte wieselflink hinter ihm her, mit weit aufgerissenen Augen die Schwärze absuchend.

Sie wusste nicht, welche Gefahr dort, am nahen Waldrand, auf sie wartete, doch musste sie ihrem treuen, unvernünftigen Freund beistehen. Sie konnte ihn nicht allein ins Ungewisse laufen lassen, wen oder was er auch immer dort anträfe. Niemals wieder würde sie es zulassen, einen Freund zu verlieren, das hatte sie sich geschworen. Den Dolchgriff fest umschlossen, erfasste sie ein ungeheurer Mut, gepaart mit einer wilden Entschlossenheit, diesen Gegner nicht zum Zuge kommen zu lassen.

Die Wolke gab das Madamal wieder frei, sodass Deres Angesicht abermals mit dessen kaltem Licht überschüttet wurde.

In Celiskas Hand blitzte die scharfe Spitze des Dolches, ihre flinken Füße huschten fast lautlos über den Boden. Augen und Ohren waren auf das Äußerste geschärft. Das

Mädchen war bereit, jeglichem Angreifer seinen Dolch ohne zu zögern in dieKehle zu rammen.

Wieder die kräftigen Schritte, diesmal viel näher. Fast ein Stampfen. Es handelte sich augenscheinlich um einen Vierbeiner, wohl ein gewaltiges Untier. Sein Schatten zeichnete sich undeutlich vor den in den silbergrauen Himmel ragenden Bäumen ab.

Celiska verlangsamte ihren Schritt, spannte die Muskeln. Erst jetzt nahm sie das wilde Rasen ihres Herzens wahr.

Welcher Art von Ungeheuern konnte man im Lande der Jänak in der Finsternis der Nacht begegnen?

Der Kleine Wolf gab ein kurzes, raues Kläffen von sich.

Voll schmerzlicher Angst duckte Celiska sich und schlich an den riesigen Schatten heran, im steten Bewusstsein, dass sie längst entdeckt worden war.

Doch wie mächtig dieses nun still verharrende Wesen auch sein mochte, sie würde sich ihm tapfer entgegenstellen. Ihr Messer würde sein Ziel treffsicher finden.

Das Ungetüm hob den Kopf, der lang und kantig war und auf einem breiten, langen Hals thronte. Es gab ein Schnauben von sich.

Celiska blieb abrupt stehen, den Kopf leicht zur Seite geneigt, ungläubig ihren vermeintlichen Gegner anstarrend.

Dies waren die Umrisse eines zwar gewaltig großen, jedoch ansonsten völlig normalen Pferdes. Die Vorderhufe scharrten nun eher unschlüssig über den Erdboden, die Nüstern blähten sich.

Langsam trat Celiska näher, von Erleichterung noch ganz überwältigt. Sie erblickte den Kleinen Wolf unweit von diesem riesigen Pferd in Lauerstellung, bereit, dem Gaul seine scharfen Zähne in die Flanken zu schlagen.

Beruhigend redete sie auf ihren vierbeinigen Freund ein und zerrte ihn behutsam von dem Pferd fort.

Der Kleine Wolf knurrte verärgert und ließ nur äußerst widerstrebend von seinem vermeintlichen Gegner ab.

Das große Pferd stapfte mit seinen gewaltigen Hufen einige Schritte nach vorn und schnaubte ungeduldig, während es Eljums Wagen anstarrte.

Erst jetzt bemerkte Celiska den Sattel des Tiers, sowie Packtaschen und andere Dinge, die am Sattel befestigt waren. Im Nu waren ihre Sinne wieder auf das Äußerste geschärft, denn sicherlich war der Reiter nicht sehr weit entfernt.

Celiska hob den Kopf und lauschte, während sie den Hund weiterhin fest umklammert hielt. Leise Geräusche drangen durch die Nacht: ein Quietschen der Kutschenräder, unruhiges Schnauben von Eljums Pferdchen, das unterdrückte Schnaufen eines Mannes.

»Wolf, komm mit«, befahl Celiska mit leiser, aber fester Stimme, während sie den Hund am Nackenfell zurück in Richtung Nachtlager zog. Der Kleine Wolf gab einen Laut von sich, der wie ein lang gezogener Seufzer klang und beugte sich widerstrebend dem Willen des Mädchens.

Gemeinsam schlugen die beiden den Rückweg zu Eljums Wagen ein, so geräuschlos und schnell wie möglich. Celiska erinnerte sich an eine Lehrstunde mit Adjok, als der große Bruder ihr beigebracht hatte, wie man sich am besten an einen Bären heranpirscht. Seine Anweisungen beherzigte sie nun, ihre Angst völlig in sich einschließend, den Dolch in der Rechten. Da die Wolken das Madamal nun endgültig freigegeben hatten, konnte Celiska gut jeden Stein und jeden Ast auf ihrem Weg erkennen. Deutlich waren die dunklen Umrisse der Kutsche auszumachen, in der Eljum seine Nächte verbrachte. Wieder quietschten die Räder des Wagens, als etwas Schweres sich im Inneren bewegte. Dann plötzlich öffnete sich die hintere Wagentür und ein Kopf schaute kurz heraus.

Celiska duckte sich tief und verharrte still. Auch der Kleine Wolf, der Adjok oft zur Jagd begleitet hatte, erstarrte.

War es Eljum, der dort sichernd den Kopf in alle Richtungen wandte und gleich darauf wieder verschwand?

Oder war es ein Fremder, der in den Wagen eingedrungen war?

Als die Wagentür sich wieder geschlossen hatte, setzte Celiska beherzt ihren Weg fort. Der Kleine Wolf gab durch einen dumpfen Knurrlaut zu verstehen, dass ihm irgendetwas ganz und gar nicht geheuer war.

Celiska erreichte im nächsten Moment die Kutsche und drückte sich flach dagegen, den Blick fest auf die hintere Tür geheftet, die den einzigen Zugang zum Innenraum darstellte.

Im nächsten Augenblick wurde die Tür geöffnet, und eine groß gewachsene, feiste Gestalt kam zum Vorschein, bei der es sich unmöglich um Eljum handeln konnte.

Celiska hatte bisher noch keinen Bären gejagt, aber sie wusste, sie musste sehr schnell und entschlossen sein, um jemanden zu überrumpeln, der so viel größer und stärker war als sie. Doch es mangelte ihr an Entschlossenheit. Wie konnte sie einem Menschen den Dolch ins Herz stoßen, von dem sie nicht sicher wusste, ob er gekommen war, um zu töten?

Sie zögerte einen Moment zu lange.

Als Kleiner Wolf ein leises Knurren von sich gab, wirbelte der Fremde erstaunlich behände herum und hatte im nächsten Moment Celiskas rechten Arm mit eisernem Griff umklammert. Der Dolch rutschte dem Mädchen aus den Fingern und fiel zu Boden.

Grimmig grollend sprang der Hund dem fremden Mann an die Kehle. Doch dieser wehrte das Tier mit einem reaktionsschnellen, wuchtigen Schlag seines freien Armes ab. Kleiner Wolf jaulte kurz auf, stürzte zu Boden und ging gleich darauf abermals zum Angriff über.

Der silberne Schein des Madamals fiel auf ein brutales, narbiges Gesicht, das Celiska sofort bekannt vorkam. Dies war der feiste Kerl aus dem grausigen Jänak-Wirtshaus, dessen fieses Grinsen sie verfolgt hatte. Der harte Griff des Mannes schmerzte gewaltig. Es war unmöglich, sich ihm zu entwinden. Und abermals hob der Fremde den freien Arm, um den angreifenden Hund fortzuschleudern. Celiska wusste, dass der vierbeinige Freund so lange keine Ruhe geben würde, bis er mit zerschlagenem Schädel am Boden läge.

Die Angst brach aus Celiskas Innerem wie ein Sturm hervor. Panisch versuchte sie, sich loszureißen.

Wieder gelang es dem grobschlächtigem Kerl, dem Hund einen harten Schlag zu versetzen, nachdem die Fänge vom kleinen Wolf knirschend an seinen metallenen Armschienen abgeglitten waren. Grässlich fluchend fuhr seine Hand gleich darauf zum Gürtel.

Celiska trat dem Gegner gegen das Schienbein und versuchte, ihm in die Hand zu beißen. Das Blut rauschte in ihren Ohren, Hitze durchströmte den Körper.

Metall glänzte in der Hand des feisten Kerls. Scharfer Stahl, bereit, den Kleinen Wolf zu zerfetzen.

Panik erfüllte sie ganz und gar.

Ein gellender, nicht enden wollender Schrei entwich ihrer Kehle, der stetig zu einem ohrenbetäubenden Wolfsgeheul anschwoll. Es war ihr, als schreie sie all ihre Ängste in diesem Augenblick aus sich heraus. Für wenige Augenblicke nahm sie ihre Umwelt so deutlich wahr, wie sie es noch nie zuvor getan hatte. Plötzlich war es nicht mehr die Nacht, die sie kannte; es hatte sich vieles verändert: Der beißende Körpergeruch des Fremden stach ihr wie ein Dolchstoß in die Nase, sie hörte Nagetiere im Unterholz rascheln, und die Bäume zeichneten sich überdeutlich vor dem Nachthimmel ab. Alles war ihr zugleich fremd und vertraut; niemals zuvor hatte sie Ähnliches empfunden.

Ein lautes Brüllen erfüllte die Luft, das nicht von Celiskas Lippen kam.

Im nächsten Moment war sie frei.

Der markerschütternde Ruf, den Celiska ausgestoßen hatte, verebbte langsam, und damit auch die Schärfung ihrer Sinne. Erschöpft und ausgelaugt lehnte sie sich zurück an den Kutschwagen, unfähig, einen klaren Gedanken zu fassen.

Völlige Leere breitete sich in ihrem Geist aus. Sie sehnte mit jeder Faser ihres Körpers das gerade vergangene Gefühl zurück.

Nur sehr langsam und ohne große Anteilnahme nahm sie das direkte Geschehen in ihrem Umfeld wieder wahr: Ihr Gegner war brüllend auf die Knie gefallen, sich mit beiden Händen die Ohren haltend. Ein feines Rinnsal aus Blut hatte sich einen Weg zwischen den Fingern seines rechten, ledernen Handschuhes gesucht. Winselnd und leicht humpelnd zog Kleiner Wolf sich von dem Mann zurück.

Die nächsten Augenblicke verschwammen in Celiskas Kopf, als entstammten sie einer Traumwelt.

Sie sah sich Eljums Wagen hinaufklettern, um nach ihrem Gefährten zu sehen. Zu ihrer Erleichterung ging es ihm erstaunlich gut. Er schüttelte gerade die Reste der Fesseln ab, die ihm der feiste Räuber offensichtlich angelegt hatte. Die Seile sahen zerfasert aus und strömten einen Geruch aus, als hätten sie jahrelang in einem feuchten Sumpf gelegen.

Eljum wollte den Räuber mit eigenen Händen erwürgen, voll Wut sprang er von der Kutsche. Doch der Angreifer hatte sich inzwischen davonmachen können. Schleifspuren auf dem Boden zeigten, dass er mehr gekrochen als gegangen war.

Kleiner Wolf hockte winselnd unter der Kutsche.

Sie spannten die Pferde an, und irgendwie gelang es Celiska, ihren sichtlich angeschlagenen, doch widerstrebenden vierbeinigen Freund auf den Kutschbock zu heben.

Schweigend holperten sie über den unebenen Boden ein gutes Stück in den Wald hinein, bis die Bäume zu dicht standen, um eine Kutsche weiter hindurchzulassen.

Trennung

Die weitere Nacht verlief höchst unruhig.

Celiska fand keinen Schlaf, und auch der Kleine Wolf starrte ständig ängstlich in die Dunkelheit.

Der Räuber hatte nichts von Eljums Habseligkeiten erbeuten können, jedoch hatte er ihnen allen den Frieden geraubt.

Celiska war sich nun endgültig sicher, dass ihr die Welt der Jänak nicht gefiel. Sie sehnte sich mit ganzem Herzen zurück in ihre Heimat. Doch ihr Zuhause war zerstört. Nur Leichen lagen zwischen den Jurten und starrten stumm klagend in den grauen Himmel.

Auch der Wald, dieser finstere Riese mit seinen Tausenden schweigenden Wächtern, flößte ihr Unbehagen ein. Tiere schrien in der Nacht, deren Stimme Celiska nie zuvor vernommen hatte. Sie war überzeugt, von bösen Geistern umringt zu sein, obwohl ihre Sinne diese nicht wahrnehmen konnten.

Zusätzlich begann Eljum in seinem Wagen merkwürdige Laute auszustoßen, die Celiskas Herz mit kalter Furcht erfüllten. Heulen, Keuchen und Schluchzen waren zu hören. Die Pferdchen schüttelten unruhig ihre dicken Mähnen und schmiegten sich dicht aneinander.

Eine Zeit lang überlegte sie, ob sie nach ihrem Gefährten schauen sollte. Doch sie erinnerte sich noch sehr gut daran, dass es Eljum eher erschreckt als erfreut hatte, als sie ihn das letzte Mal aus seinen vermeintlichen Alpträumen hatte wecken wollen. So blieb sie still auf ihrem Nachtlager liegen und wartete, bis die Geräusche aus Eljums Wagen irgendwann gegen Morgen verklangen.

Der neue Tag begann nicht im Geringsten angenehmer, als der vorherige geendet hatte.

Eljum war von Anfang an übelster Laune. Die Kräutertinkturen, die er zur täglichen Körperpflege verwendete, dufteten schärfer denn je. Und darunter mischte sich ein äußerst unangenehmer Geruch nach Fäulnis, der in Celiska Übelkeit aufkommen ließ.

Der Kleine Wolf, übernächtigt und von schmerzenden Prellungen gepeinigt, zog sich schniefend und winselnd zurück, wenn Eljum auch nur einen Schritt in seine Richtung machte. Celiska fiel es ebenfalls äußerst schwer, sich in der Nähe ihres Reisebegleiters aufzuhalten. Beim Frühstück brachte sie vor Übelkeit keinen einzigen Bissen herunter. Sie zweifelte stark daran, dass es ihr gelingen würde, auch nur bis zum Mittag auf dem Kutschbock neben Eljum zu verharren.

»Was ist los?«, fragte der Kräutersammler sie mit zusammengezogenen Brauen. »Warum verziehst du das Gesicht?«

Celiska schluckte: »Mir ist nicht gut«, wich sie aus, während sie überlegte, ob dies der Zeitpunkt sei, sich von Eljum zu trennen und die Reise allein fortzusetzen.

Eljums blickte sie forschend an.

Hinter Mauern aus Eis konnte Celiska ganz tief in seinen Augen verborgen die ihr wohl bekannte Wärme wiederfinden. Doch durch ihr kleines, schüchternes Lächeln war der alte Eljum nicht hervorzulocken.

»Grins mich nicht so blöde an«, sagte er böse und wandte sich abrupt wieder seinem Frühstück zu.

Celiska erhob sich und schaute sich nach dem Hund um. Kleiner Wolf lag in einiger Entfernung im Schatten eines Baumes und beobachtete die beiden Menschen mit aufmerksam erhobenem Kopf. Das Mädchen ging zu dem Hund herüber, hockte sich neben ihn und kraulte ihn hinter den Ohren. Genüsslich legte der Kleine Wolf den Kopf auf die Seite, sachte mit dem Schwanz wedelnd.

»Wir gehören zusammen, du und ich«, flüsterte Celiska dem Tier liebevoll zu.

Ihr Entschluss, sich von Eljum zu trennen und die Reise gemeinsam mit dem treuen Hund fortzusetzen, erhärtete sich. Sie fragte sich, ob Eljum ihr in seiner gegenwärtigen Laune den weiteren Weg in die Stadt Norburg erklären, oder ob er einen Wutanfall über die plötzliche Trennung bekommen würde.

Sie beschloss, zuerst einmal ohne große Worte mit dem Packen ihrer spärlichen Habe zu beginnen und keine Anstalten zu machen, sich damit auf dem Kutschbock niederzulassen.

Der Kleine Wolf blieb an Ort und Stelle liegen und sah ihr von weitem zu. Als die warme Karenfell-Decke in ihrer Ledertasche verschwunden war, hatte Eljum bereits sein Frühstück beendet und begann wortlos damit, die beiden Pferde anzuspannen. Celiska wartete ab, bis er mit dieser aufgrund der täglichen Routine schnell erledigten Arbeit fertig war. Die Tiere waren allerdings am heutigen Morgen seltsam unruhig, scharrten mit den Hufen und wandten ihre Köpfe widerwillig von ihrem Besitzer ab. Die Schweife waren in ständiger Bewegung, so als wollten sie imaginäre Fliegen fortscheuchen. Dann hob Eljum den Blick, und seine Augen begegneten stumm Celiskas.

»Was ist los?«, knurrte er, doch in seinem Gesicht war eine Spur Verunsicherung auszumachen. Entsetzt stellte Celiska fest, dass dort, wo ihr Reisegefährte vorhin noch mit nackten Füßen gestanden hatte, welke, bräunliche Flecken im Gras sichtbar waren. Inzwischen hatte Eljum wieder seine Stiefel übergezogen und so diesen gespenstischen Effekt aufgehoben.

Das Mädchen hob leicht den Kopf. »Ich muss nun alleine weitergehen«, stellte sie mit Nachdruck fest.

Eljum hob die buschigen Brauen. »Alleine?«, fragte er.

Celiska nickte.

»Was soll das?«, wollte ihr Reisegefährte wissen. Seiner Stimme war hauptsächlich Verwunderung zu entnehmen, Zorn schwang nur am Rande mit.

Celiska zögerte kurz, dann meinte sie, eine Lebensweisheit der alten Kisa rezitierend: »Ein Sprichwort sagt, dass jeder Mensch seinen Lebenspfad allein beschreiten muss. Unsere Wege kreuzen sich hin und wieder – doch niemand begleitet uns von Anfang an bis zum Ziel.«

Eljums Gesicht verhärtete sich merklich, seine Hände krampften sich zusammen. »Was ist das denn für ein Unsinn?«, fragte er mit leiser, bebender Stimme. »Sind wir nicht Freunde?« Celiska blieb ihm darauf eine Antwort schuldig. Sie sah sich nach dem Kleinen Wolf um, der von seinem Ruheplatz aufgestanden war und sich nun zu seiner Herrin gesellte.

»Ach«, knurrte Eljum, »*den* nennst du also deinen Freund? Einen dummen Köter!«

Das Mädchen schwieg weiter, wandte den Blick aber wieder Eljum zu. Dieser kam mit einigen schnellen Schritten auf Celiska zu, was den Kleinen Wolf dazu veranlasste, sich wie zum Sprung zu ducken und die Ohren drohend anzulegen.

»Waren wir nicht Freunde?«, schimpfte Eljum. »Hatten wir nicht viel Spaß zusammen? Und jetzt rennst du einfach weg und lässt mich stehen? Behandelst mich wie ein Stück Unrat?«

Celiska verspürte den Drang, nach ihrem Dolch zu greifen. Doch konnte sie sich nicht im Entferntesten vorstellen, gegen Eljum tatsächlich eine Waffe einzusetzen.

Der Kleine Wolf gab ein drohendes Knurren von sich.

»Mistvieh!«, herrschte Eljum den Hund an, und seine großen Hände griffen im nächsten Moment nach Celiska. Das Mädchen sprang behände zur Seite, doch der Kräutersammler erwischte es an der linken Schulter und hielt es mit eisernem Griff fest. Celiska ermahnte sich selbst, Ruhe zu bewahren, obwohl ihr Herz raste. Dem Hund gab sie ein kurzes Zeichen mit der Hand, nicht anzugreifen. Kleiner Wolf gehorchte, verharrte aber mit gebleckten Zähnen in Angriffsbereitschaft.

»Ich muss gehen, Eljum«, sagte sie mit beherrschter Stimme und blickte dabei ihr Gegenüber fest an. Sein harter

Griff an ihrer Schulter schmerzte, doch davon ließ sie sich nicht ablenken.

»Du bleibst«, erwiderte Eljum ebenso fest, jedoch mit einem bösen Unterton. Seine braunen Augen funkelten kalt wie Eiskristalle.

»Dein Pfad ist nicht meiner«, warf Celiska ein und versuchte, sich sanft aus seinem Griff zu lösen. Doch die Hand des Kräutersammlers krampfte sich nur noch fester um ihre Schulter.

»Bitte«, sagte Celiska, »lass mich einfach gehen.«

Eljum schüttelte heftig den Kopf. »Nein«, meinte er düster und griff auch mit der anderen Hand nach ihr.

Das Mädchen schlug nach der Hand und versuchte, sich aus seinem Griff zu winden. »Wolf!«, rief Celiska, und der Hund sprang mit einem Satz an Eljum hoch, schnappte nach dessen ausgestrecktem Arm.

Eljum brüllte auf, als die scharfen Zähne sich in sein Fleisch bohrten. Seine Celiskas Schulter umgreifende Hand rutschte zur Seite und bekam das Lederband zu fassen, das um Celiskas Hals lag. Mit einem Ruck zerriss das Band, als Eljum die Hand fortzog. Doch das Amulett fiel nicht auf die Erde. Die Finger des Kräutersammler schlossen sich um das Lederband, während dieser wütend nach dem Hund trat. Kleiner Wolf zog sich kläglich jaulend zurück.

Celiska war nun frei und stürzte sich sogleich auf Eljum, um ihm das Amulett wieder zu entreißen, das ihre Mutter ihr am Tage ihres Todes persönlich um den Hals gelegt hatte. Eljum gab ein lautes, zittriges Lachen von sich.

»Ist es das?«, brüllte er und hob die Faust, aus der das Amulett baumelte, hoch über seinen Kopf, während sein anderer Arm schlaff an der Seite hing. »IST ES DAS, WAS DICH SCHÜTZT?«

»Gib es zurück!«, forderte Celiska, während sie Eljum wild mit Fäusten traktierte. »Es gehört mir!«

Doch Eljum schien Celiska bereits gar nicht mehr wahrzunehmen. Irgendetwas anderes schien seine Aufmerksamkeit geweckt zu haben. Er blickte mit weit aufgerissenen Augen über sie hinweg, drehte sich dann abrupt um und stürmte davon.

Celiska griff ohne nachzudenken nach ihrem Dolch und lief ihm nach. Tapfer folgte ihr der Kleine Wolf, hinkend und sichtlich angeschlagen.

Eljums Flucht führte sie tiefer in den Wald hinein. Deutlich hörte Celiska schwere, menschliche Schritte hinter sich, nahm sich aber nicht die Zeit, sich umzusehen. Bäume und Büsche standen bald so dicht, dass ihre gesamte Aufmerksamkeit nach vorne gerichtet war. Und wieder erschien die bleiche Hand der Mutter vor ihrem geistigen Auge. Schmerzhaft krampfte sich Celiskas Herz zusammen: Das Amulett war das einzige Erinnerungsstück, das sie aus dem Totendorf mitgenommen hatte. Es war alles, was ihr von der Mutter geblieben war.

Und ihre flinken Beine trugen sie immer näher an den Mann heran, der ihr dies kostbare Gut geraubt hatte. Äste streiften ihr Gesicht, verhakten sich an der Felljacke.

Ihr Atem ging stoßweise, keuchend, doch spürte sie keine Erschöpfung.

Alles, was sie wahrnahm, war der sich verringernde Abstand zwischen sich und dem Fliehenden.

Kleiner Wolfs gequältes Aufjaulen ließ Celiska zusammenfahren. Ihr auf Eljums Rücken konzentrierter Blick wurde für einen kurzen Moment abgelenkt. Sie wandte den Kopf um nach ihrem vierpfötigen Freund. Der war nirgends zu sehen. Weit und breit nur Laub und tief hängende Äste.

»Wolf!«, rief sie atemlos. Doch hinter ihr waren nur die schweren Schritte und der Atem des Verfolgers zu hören.

Im Bruchteil eines Herzschlags fiel Celiskas Entscheidung für den treuen Freund.

Abrupt schlug sie einen Haken nach links, sodass der unbekannte Verfolger an ihr vorbei stürmte. Wie an der Schwere der Schritte zu erkennen gewesen war, handelte es sich um einen gewaltigen Klotz von einem Mann, der zusätzlich schwere Rüstungsteile trug.

Celiska sah ein gewaltiges, langes Schwert über einem breiten Rücken.

Sie erkannte den Räuber wieder, der gestern in Eljums Wagen eingedrungen war. Dieser hatte den Blick fest auf Eljum geheftete und scherte sich nicht im mindestens darum, dass Celiska nun schnell den Rückweg einschlug.

Aufmerksam und voller Angst suchte das Mädchen den Waldboden nach dem Kleinen Wolf ab. Tiefe Schatten unter dichtem Gebüsch ließen Celiska angestrengt die Augen zusammenkneifen.

Wo war der treue Freund nur?

»Wolf!«, rief sie laut und lauschte nach einer Antwort.

Eine kleine Weile blieb es still.

Dann ein leises Winseln, irgendwo zu ihrer Rechten.

»Wolf ...!«

Mit schnellen Schritten war Celiska bei dem am Boden liegenden Hund, legte sanft beide Hände auf den warmen Tierkörper. Kleiner Wolf hatte den Kopf erhoben. Seine warme, feuchte Zunge fuhr über Celiskas Wange.

Celiska tastete sanft den Körper des Hundes ab. Rücken und Beine waren von schmerzhaften Prellungen übersät. Doch Celiska spürte bald eine innere Gewissheit, dass keinerlei ernsthafte Verletzungen vorlagen. Dieses starke Gefühl innerer Sicherheit war ihr von früher bekannt, als sie die von der alten Kisa behandelten Kranken berührt hatte.

Doch auch der kalte Hauch des nahenden Todes war ihr damals zum ersten Mal begegnet; gerade vier Sommer hatte sie gezählt.

Doch nun war die Erleichterung groß, dass der einzige Freund, der ihr auf der Welt geblieben war, nicht sterben würde.

Vorsichtig nahm Celiska den Kleinen Wolf in den Arm, während dieser weiter freundlich ihr Gesicht leckte.

Eljum war mit dem Amulett, an dem Celiskas Herz hing, in den Wald entkommen. Doch Kutsche und Pferde standen noch immerdort, wo er sie verlassen hatte.

Sicher würde er zurückkehren, um sein Eigentum an sich zu nehmen. Vielleicht würde auch der Räuber wieder dort auftauchen, falls er es überhaupt auf den Inhalt der Kutsche abgesehen hatte.

Celiska beschloss, sich in der Nähe der Kutsche zu verstecken, um dort auf Eljum zu warten. Sie wollte um jeden Preis das Erinnerungsstück zurück, das sie mit den Wurzeln ihrer Sippe verband.

Doch musste sie zunächst eine Weile warten, bis der Kleine Wolf wieder auf die Beine kam. Das Tier war in einer derart traurigen Verfassung, dass es Celiska schwer ums Herz würde, ihn auf seinen schwankenden Beinen stehen zu sehen. Leider war es ihr nicht möglich, den schweren Hund zu tragen. Darum musste er wohl oder übel auf eigenen, schmerzenden Pfoten den Rückweg antreten.

Das treue Tier folgte seiner Herrin mit langsamen, schwankenden Schritten, die jedoch mit der Zeit etwas fester wurden. So kamen sie nicht so schnell vorwärts, wie Celiska es sich gewünscht hätte.

Ständig hielt sie die Ohren gespitzt und lauschte auf Geräusche, die ihr zeigten, dass jemand aus dem Wald zum Lagerplatz zurückkehrte. Sie war bereit, jederzeit gemeinsam mit dem Kleinen Wolf lautlos im Gebüsch zu verschwinden.

Doch es blieb still hinter ihnen, bis sie den Platz erreicht hatten, wo die Kutsche stand.

Celiska fand ein Versteck im Unterholz, wo Kleiner Wolf sich in eine Erdkuhle schmiegen und ausruhen konnte. Sie selbst hielt in der Rechten fest den Dolch, den Blick auf den Ort geheftet, wo jederzeit entweder Eljum oder der narbengesichtige Räuber auftauchen konnte. Dieser hatte es offensichtlich nicht auf den Inhalt des Wagens, sondern auf Eljum persönlich abgesehen.

Welche alte Fehde die beiden auch immer auszutragen hatten, Celiska war daran nicht interessiert. Sie wollte einzig und allein ihr Eigentum zurück. Darum hoffte sie auch, dass der kräftige, fetthaarige Kerl Eljum im Wald nicht erwischte und ihm womöglich das Amulett abnahm. Dann würde sie nämlich einem Gegner gegenüberstehen, mit dem noch weniger einfach zu diskutieren und erst recht zu kämpfen war.

Plötzlich spürte sie den Griff einer Hand an ihrem Nacken – und eine andere Hand umklammerte so hart ihr Handgelenk, dass der Dolch aus ihren kraftlosen Fingern glitt.

Der Kleine Wolf knurrte.

Eine raue Stimme ganz dicht hinter ihrem Rücken flüsterte: »Halt den blöden Köter ruhig, sonst drehe ich ihm den Hals um.«

»Wolf,«, presste Celiska hervor, »still.«

Die kräftigen Hände zogen Celiska auf die Beine und drehten sie herum. Sie blickte in ein narbiges Gesicht mit zwei kleinen, blitzenden Augen.

Es war der Räuber, der versucht hatte, Eljum im Wagen zu fesseln.

»Noch so ein mieser Trick wie gestern Abend, und ich schicke dich auf der Stelle zu Boron, du kleine Hexe«, raunzte er sie an, während er sie noch immer festhielt.

Celiska blickte fest und stumm in sein Gesicht. Kurz überlegte sie, wer wohl dieser Boron sei und was sie bei ihm solle, entschied sich dann aber, später darüber nachzudenken. In ihr tobte die Angst, doch anmerken lassen wollte sie sich das nicht.

Der Mann fragte: »Was hast du mit diesem Kerl zu schaffen?«

Fauliger, scharfer Atem schlug ihr ins Gesicht.

Celiska gab keine Antwort.

Der Fremde schüttelte sie so kräftig, dass ihre Zähne aufeinander schlugen. Doch es zeichnete sich dabei kein

Zorn in seinem Gesicht ab, nur grimmige Entschlossenheit.

»Spuck's aus, kleine Kröte!«, befahl er.

Celiska schwieg beharrlich weiter.

Der grobschlächtige Kerl schnaubte laut, sodass Speicheltropfen auf sie herabregneten. Dann ließ er sie plötzlich los.

Celiska blieb stehen, wo sie war. Ihr Herz raste, Blut rauschte in ihren Ohren. Nach außen zeigte sie davon nichts, riss sich krampfhaft zusammen.

Der Mann ließ seine kräftigen Arme mit den breiten Fäusten herabsinken.

»Ich tu dir nichts«, versicherte er plötzlich. »Der alte Gordon schlägt doch keine kleinen Kröten wie dich.«

Die harten Züge seines vernarbten Gesichts schienen das Gegenteil von dem zu sagen, was er gerade behauptet hatte. Celiska konnte sich nur zu gut vorstellen, dass sie es hier mit einem Menschen zu tun hatte, in dessen Leben die pure Gewalt regierte. Seine schwere, dreckverkrustete Rüstung und die große Anzahl klirrender Waffen sprachen Bände. Diesem grobschlächtigen Kerl war auf keinen Fall zu trauen.

Wäre der Kleine Wolf nicht, der jämmerlich zusammengesunken, jedoch mit aufmerksam gespitzten Ohren in seiner Erdkuhle hockte, würde sie sich einfach umdrehen und fortlaufen.

»Lass uns gehen, den Hund und mich«, forderte Celiska deshalb mutig von ihrem Gegenüber. So klein und hilflos sie sich auch gegenüber diesem Riesen fühlte, so wenig wollte sie doch der Angst nachgeben.

»Was hast du gesagt, du kleine Kröte? Sprich lauter!«, befahl der Fremde verärgert und wendete im gleichen Augenblick sein unbeschädigtes, linkes Ohr in ihre Richtung. Celiska konnte sich nur mühsam ein Grinsen verkneifen und hob erneut mit etwas lauterer Stimme an: «Du sollst den Hund und mich gehen lassen.«

»Gehen willst du?«, fragte der Mann zurück. »Und gleich dem nächsten dreckigen Mörder in die Arme laufen!«

»Ich kann schon auf mich aufpassen«, erwiderte Celiska prompt.

Der Fremde lachte höhnisch. Ein Schwall nach Schnaps stinkender Atemluft traf das Mädchen.

»So wie du g'rad eben auf dich aufgepasst hast, kleine Kröte?«, spottete er.

Celiska straffte sich.

»Ich bin keine Kröte«, sagte sie und blickte ihm fest in die Augen. »Ich bin eine Leika.«

Der Mann schnaubte ein zweites Mal. Celiska hob jedoch diesmal rechtzeitig die Hände vor das Gesicht.

»Klar«, spottete der Fremde. »Was immer du auch bist, du gehörst auf jeden Fall zu deiner Mama und nicht zu so einer stinkigen Ratte wie diesem Norbaden–Verschnitt, den du dir da angelacht hast.«

Celiska verschränkte die Arme und starrte den Mann, der sich selbst Gordon nannte, böse an. Ihre Angst geriet inzwischen in Vergessenheit. Dieser Kerl machte sie einfach nur noch wütend.

»Ich kenne dich nicht«, funkelte sie ihn an. »Aber Eljum habe ich gekannt, und er hat mir geholfen!«

Gordon schüttelte den Kopf, sodass die fettigen Haarsträhnen flogen.

»Eljum!«, höhnte er. »Wo wollte die Ratte dich denn hinbringen? Hier, wo du jetzt bist, gibt's nur noch Wald und sonst nichts. Suchst du etwa den Riesen im Bornwald?«

»Das geht dich nichts an«, erwiderte Celiska und warf einen Blick auf den Kleinen Wolf, der sich inzwischen mühsam auf die Beine gehievt hatte. »Komm, Wolf«, sagte sie und wandte dem fremden Mann entschlossen den Rücken zu.

Für einen kurzen Moment flammte die Angst wieder auf, doch sie kämpfte sie energisch nieder. Sie zögerte nur einen kurzen Moment, bevor sie sich nach ihrem auf dem

Boden liegenden Dolch bückte und diesen zurück an seinen Platz in ihre Jacke steckte.

»He, Kleine«, raunzte Gordon hinter ihr. »Dein guter Freund heißt gar nicht Eljum, er hat dich angelogen.«

Celiska wandte sich zu ihm um.

»Und?«, fragte sie. »Lügst du etwa nicht?«

»Der Kerl ist ein gesuchter Mörder. Und so, wie der Knilch aussieht, kriegt der keinen gestandenen Mann platt. Vergreift sich wohl eher an Gören wie dir – und an schwachen Weibern.«

Celiska hob herausfordernd das Kinn: »Und das soll ich dir glauben?«, fragte sie.

In den Augen des Mannes erkannte sie ein böses Glitzern, seine Hände waren noch immer zu Fäusten geballt. Er sah selbst nicht aus wie jemand, der Kinder und Frauen heldenhaft beschützte. Eher wie ein stinkender Säufer und Meuchelmörder.

Celiska konnte den Kerl absolut nicht leiden. Er war ganz eindeutig ein Lügner. Nur hatte sie keinen Schimmer, was er mit seinen Lügen bezwecken wollte.

Gordon hob den rechten Arm, grinste schief und winkte ab. Metall schepperte. »Is' eh egal«, sagte er. »Tu, was du willst, dummes Blag.«

Damit drehte er sich um und stapfte in die Richtung von Eljums Kutsche. Celiska beobachtete, wie er die Türen des Wagens öffnete und im Inneren verschwand.

Jetzt machte dieser Kerl sich also daran, Eljums Habseligkeiten zu durchwühlen, wohl auf der Suche nach Kostbarkeiten. Ein elender Räuber war dieser Gordon, nichts weiter!

Gedankenverloren kraulte sie den Hals des Hundes, den Blick auf den knarrend hin- und herschwankenden Wagen gerichtet.

Es widerstrebte ihr, sich umzuwenden und zu gehen.

Sollte sie etwa diesem fiesen Kerl mit dem dreckigen Grinsen widerspruchslos Eljums Hab und Gut überlassen?

Und noch etwas quälte sie: Wenn sie jetzt diesen Ort verließ, dann würde sie auf jede Möglichkeit verzichten, ihr Amulett zurückzubekommen. Das Gesicht der Mutter erschien so deutlich vor ihren Augen, dass sie keuchend den Atem ausstieß.

Das Amulett war wie ein Band zu ihrer Vergangenheit. Sie konnte auf keinen Fall darauf verzichten!

Also entschloss sie sich, Gordon in das Kutscheninnere zu folgen.

Bisher hatte sie Eljums Wagen niemals betreten, da dieser seinen privaten Bereich gehütet hatte wie eine alte, kauzige Kaskju ihre Jurte.

Der massige Gordon füllte den verbliebenen Raum zwischen Kisten und Kästen beinah vollständig aus, sodass Celiska sich hineinzwängen musste. Die Luft war erfüllt von einem Geruch nach Schnaps, Schmutz und Schweiß, der eindeutig von Gordon ausging. Dieser Gestank konnte beinah mit dem ekelhaften Geruch Eljums am heutigen Morgen mithalten.

Gordon war gerade dabei, eine der verschlossenen Holzkisten mit der breiten Klinge eines klobigen Dolches aufzustemmen.

»Nichts weiter als ein Dieb bist du«, erklärte Celiska entrüstet hinter seinem Rücken.

Gordon ließ sich nicht stören. Er wandte nicht einmal den Kopf, als er knurrte: »Bist du noch nicht weg, Kröte?«

»Das sind Eljums Sachen«, mahnte ihn Celiska mit gesenkter Stimme.

»UND?«, grollte Gordon. Das Schloss der Kiste, die er gerade bearbeitete, gab mit metallischem Klirren nach. Der Deckel schwang auf.

»Du sagst, Eljum sei ein Lügner und Mörder. Aber du bist ein Räuber und Dieb«, sagte Celiska.

Gordon gab ein unzufriedenes Brummen von sich. »Verpiss dich, kleine Kröte«, raunzte er.

»Nein«, erwiderte Celiska fest.

Gordon fuhr plötzlich herum, sodass die Kutsche unter seinem Gewicht arg ins Wanken geriet. Die Räder gaben ein lang gezogenes, gequältes Quietschen von sich.

»WAS WILLST DU NOCH?«, fuhr er sie heftig an.

Celiska schrak zusammen, straffte aber sogleich wieder ihre Schultern. Sie würde sich doch nicht von einem brüllenden, schmutzigen Säufer unterkriegen lassen!

»Lass Eljums Sachen in Ruhe«, forderte sie den Mann auf, ihren ganzen Mut zusammennehmend.

»Ach«, knurrte Gordon. Zum ersten Mal nahm Celiska seine gelblichen, bereits leicht fauligen Zähne wahr. »Lässt der Knilch etwa DEINE SACHEN in Ruhe? Eben ist er noch mit deiner Kette in den Wald verduftet, erinnerst du dich?«

»Ich hol' sie mir wieder«, sagte Celiska bestimmt.

Gordon lachte laut auf: »*Du* holst sie dir wieder? Einen Dreck wirst du tun, kleines Mädchen! Der wird dich abmurksen, bevor du piep sagen kannst!«

Celiska stemmte trotzig die Arme in die Hüften.

»Ich werde sie mir wiederholen«, gab sie abermals kund.

Gordons Blick glitt kurz zu der Holzkiste, die er gerade geöffnet hatte. Mit einer knappen Geste wies er darauf:

»Guck's dir an, Mädchen«, sagte er, »was dein guter Freund so alles sammelt. Vielleicht überlegst du's dir dann noch mal.«

Celiska konnte ihre Neugierde nicht bezwingen. Ihr Blick wurde magisch von dem mysteriösen Inhalt angezogen. Im durch die Tür einfallenden Sonnenlicht nahm sie einige durchsichtige, glitzernde Gefäße wahr, deren Inhalt auf die relativ geringe Entfernung nicht auszumachen war.

Gordon bückte sich, griff mit einer seiner großen Pranken in die Kiste und holte ein Gefäß heraus, das er Celiska entgegenhielt.

Die Augen des Mädchens weiteten sich vor Schreck. Übelkeit stieg in Celiska hoch. In gelblicher Flüssigkeit schwammen zwei aufgequollene, glotzende Augäpfel.

»Hübsch, was?«, spottete Gordon und grinste breit.

»Was ... was ...«, brachte Celiska stammelnd hervor, brach dann aber ab. Für einen Augenblick verschlug es ihr die Sprache. Das Einzige, was sie denken konnte, war, dass diese Dinger keine Tier- sondern Menschenaugen waren. Woher sie diese schreckliche Gewissheit nahm, wusste sie nicht.

»Ich hab' noch mehr da drinnen gesehen«, erklärte Gordon unbarmherzig. Erstaunlich behände stellte er das Glas wieder zurück an seinen Platz und hatte sogleich ein neues in der Hand.

Celiska schloss angewidert die Augen. Ihr war, als stiege ihr der Geruch Eljums am heutigen Morgen wieder in die Nase: Tod und Verwesung. Hunderte Leichen, starrende Augen ... Ihre Augen brannten hinter den Lidern. Sie spürte unaufhaltsam die Tränen kommen.

Im zweiten Glas war etwas gewesen, das aussah wie eine menschliche Hand. Die Hand eines Kindes. Doch um es genauer zu betrachten, fehlte Celiska die Kraft. Viel zu stark regten sich in ihr die schmerzenden Erinnerungen.

Ihre Seele brannte.

»Na, willste die Wahrheit nicht sehen?«, feixte Gordon.

Sie hörte deutlich, wie er das Glas zurück an seinen Platz stellte. Er nahm kein neues hervor.

Nur sehr langsam wagte es Celiska, ihre Augen wieder zu öffnen. Eine Träne stahl sich aus ihrem Augenwinkel und lief die Wange herab. Hastig wischte sie mit dem Ärmel darüber

»Wohin sollte dieser Kerl dich bringen?«, fragte Gordon geradeheraus.

Celiska schluckte kräftig, bevor sie gepresst antworten konnte: »Norburg.«

»Norburg? Ha!«, machte Gordon. »Ich glaub', er wollte dich eher in einige dieser Gläser verfrachten als nach Norburg. Ihr wart nämlich auf dem völlig falschen Weg.«

Celiska wollte nichts mehr hören. Die spöttische, grobe Art dieses Mannes tat ihr weh. Wer oder was Eljum auch immer gewesen war: Der Kerl, der hier vor ihr stand, war bestimmt keinen Deut besser.

Das Mädchen wandte sich abrupt um und sprang vom Wagen.

Die Kutsche quietschte und ächzte, als Gordon sich ebenfalls nach draußen zwängte.

»He, kleines Mädchen!«, grölte er ihr mit seiner lauten Stimme ins Ohr. »Stehenbleiben!«

Ehe Celiska es sich versah, hatten die breiten Pranken von hinten ihre Arme gepackt und hielten sie fest.

»Lass mich ...!«, fauchte sie den groben Klotz hinter sich an. Celiska versuchte, sich seinem harten Griff zu entwinden, doch sie hatte keine Chance gegen seine starken Arme. Der Kleine Wolf war zu Celiskas Erleichterung weit und breit nicht zu sehen. Eine weitere Konfrontation mit diesem brutalen Schläger hätte das Tier womöglich das Leben gekostet.

Grob hob Gordon das Mädchen hoch und schleppte es zu seinem Pferd. Celiska trat um sich und versuchte dem Mann in die Finger zu beißen. Sie hatte nicht die geringste Ahnung, was er mit ihr anstellen wollte. In ihr kämpften Wut und Panik.

Doch ihr Kampf war völlig aussichtslos.

»Wohin wolltest du noch?«, fragte der Kerl. »Mal sehen, ob wir dich nicht an dein Ziel verfrachten können. Aber zuerst habe ich noch etwas anderes mit dir vor!«

Langsam stahl sich ein Grinsen in sein Gesicht ...

Gefangen

Gordon hatte ihr den Dolch abgenommen und ihre Beine am Sattel des großen Pferdes festgebunden. Hinter ihr sitzend hielt er ihre Arme mit einer Hand fest umgriffen und brachte sie gewaltsam zurück zu dem kleinen Ort, den Eljum und sie erst am gestrigen Tag verlassen hatten.

Celiskas Körperkräfte waren Gordons derart weit unterlegen, dass sie zu keinem Zeitpunkt eine Möglichkeit hatte, ihm zu entkommen. Heiße Wut besiegte in ihrem Inneren die schwelende Angst. Dieser Fremde hatte sie von ihrem einzigen treuen Freund, dem Kleinen Wolf, fortgerissen. Der Hund war irgendwo im Wald zurückgeblieben, erschöpft und verletzt. Celiska wollte sich um keinen Preis von dem geliebten Tier oder dem gestohlenen Amulett trennen, konnte aber nur hilflos dasitzen und sich von den vier stampfenden Hufen forttragen lassen.

»So, du kleine Kröte«, raunzte der Söldner, »du wirst mir jetzt erst mal schön erklären, wo du deinen Freund getroffen hast und wo er hinwollte! Ich kann mir kaum vorstellen, dass du mir schon die ganze Geschichte über euch beide erzählt hast. Also, raus damit!«

Das ist es also, was er noch mit mir vorhat, schoss es Celiska durch den Kopf.

Offenbar bereitete es ihm Genuss, sich an ihrer Angst zu ergötzen und weiterhin Salz in die Wunden zu streuen, welche die letzten Ereignisse ihrer Seele zugefügt hatten. Auf keinen Fall würde sie sich auf dieses scheußliche Spiel einlassen! »Er ist nicht mein Freund«, presste Celiska verbittert hervor. »Und dich soll von mir aus der Schneelaurer holen!«, fügte sie hinzu.

Celiska konnte deutlich hören, wie Gordon hinter ihr scharf die Luft einsog. Er zügelte abrupt sein Pferd.

»Du Luder glaubst wohl, ich treibe hier irgendwelche Späße?«, zischte er in ihrem Nacken. »In der Regel frage ich nicht so freundlich nach einer Antwort, sondern schneide dem Gefangenen vorher erst mal ein Ohr ab.«

Bei diesen Worten lief es Celiska eiskalt den Rücken hinunter.

In bedrohlichem Tonfall setzte der Söldner aufs Neue an:

»Ich werde meine Antworten schon bekommen, so – oder anders. Glaub' ja nicht, dass ich dich verschonen werde, nur weil du klein und mickrig bist! Also: Wenn ich in den nächsten Augenblicken nicht ein paar Antworten habe, breche ich dir den Hals! Den Scheißköter finde ich auch noch! Glaub' ja nicht, ich würde mir die Mühe machen, euch beide danach zu verscharren!«

Celiskas Hände fingen an zu zittern und ihre Kehle wurde staubtrocken: Zu welchen Grausamkeiten war dieser Schlächter nur fähig? So, wie dieser Kerl seine Drohungen ausgesprochen hatte, meinte er jedenfalls, was er sagte, da war sie sich sicher.

Nur mühsam brachte sie überhaupt noch einen Ton über die Lippen: «Ich hab dir doch schon erzählt, dass er mich nach Norburg bringen wollte. Ich habe ihn erst vor einigen Tagen getroffen, da hat er mich auf seinem Wagen mitgenommen. Er wollte ins Bornland. Wohin genau, weiß ich nicht mehr. Außerdem ist er Kräutersammler. Mehr weiß ich nicht. Wenn du mir nicht glaubst, kannst du mich ja jetzt totmachen.«

Augenblicke verstrichen in Schweigen.

Celiskas Herz raste wie eine aufgebrachte Karenherde, die Stille wurde unerträglich. Dann setzte es einen Schlag aus, als der Kopfgeldjäger ruckartig die Zügel ergriff und der Tralloper Riese sich wieder gemächlich in Bewegung setzte.

Nach Augenblicken grenzenloser Erleichterung machte sich wieder Ärger in Celiska breit. Sie musste sich eingestehen, dass sie diese Runde verloren hatte. Aber vergessen würde sie diesem Kerl das niemals!

Sie ritten an einer Holzhütte mit einem im leichten Wind schaukelnden Messingschild vorbei. Eljum hatte auf dem Weg aus dem Dorf hinaus die Straße verlassen, sodass Celiska diese Behausung auf dem Hinweg gar nicht gesehen hatte. Weit vom Dorf waren sie nicht entfernt, doch Gordon ließ auf diesem kurzen Weg eine Unmenge unflätiger und für Celiska zum größten Teil nicht verständlicher Flüche los. Er schimpfte auf »diesen götterverfluchten Meuchelmörder Radran Helis«, der sich »feige verpisst« hatte und betonte, dass er sich »diesen Schweinehund noch vorknöpfen« werde. Zusätzlich umwehte Celiska ständig der Geruch nach derbem Schnapsatem und altem, sauren Schweiß.

»Hoffe, die beiden sind noch nicht weg«, murmelte Gordon vor sich hin. »Könntest Glück haben, kleine Kröte.«

Celiska gab ein unwilliges Knurren von sich. Was auch immer Gordon mit ihr vorhatte, bereitwillig fügen wollte sie sich nicht.

»Mach mal keinen Aufstand«, ermahnte sie Gordon in lautem Tonfall. »Du kommst genau dahin, wo du hin wolltest. Sei froh, dass du mich getroffen hast.«

»Ich bin aber nicht froh«, fauchte Celiska ihn an. Am liebsten hätte sie ihm ein schlimmes Schimpfwort an den Kopf geworfen, um ihren Ärger Luft zu machen. Doch sie kannte kein passendes in Garethi – und die nivesischen Schimpfwörter würde er ohnehin nicht verstehen.

Sie erinnerte sich plötzlich an ihren Angstschrei, der den feisten Kerl bei seinem nächtlichen Überfall von den Füßen gerissen hatte: Damals war etwas über sie gekommen – oder aus ihr hervorgebrochen – eine Macht, eine Kraft – und sie war einen kurzen Moment lang kein schwaches, kleines Mädchen mehr gewesen. Dieser kurze Augenblick hatte gereicht, um diesen groben Klotz wie einen Baum zu fällen. Sie schloss fest die Augen und suchte in sich die Kraft, die bereits zweimal so kurz hintereinander aus ihr herausgebrochen war.

Nein, sie war nicht so machtlos, wie es schien.

Fest klammerte sich Celiska an diese neue Hoffnung.

Doch ihr Inneres blieb leer, bis auf ein erschreckendes Bild des Kleinen Wolfes. Schwer verletzt und jämmerlich winselnd sah sie den treuen Freund am Waldrand liegen, den gierigen Graugeier bereits über sich kreisend.

Ein gequältes Schluchzen entfuhr ihrer Kehle.

»Hör auf zu heulen!«, brummte Gordon ihr ins Ohr.

»Ich heule nicht«, log Celiska trotzig.

»Die Sache ist ganz einfach«, erklärte Gordon. »Wenn ich dich Balg los bin, dann gibt's auf jeden Fall ein Problem weniger. Dann kann ich mir den Knilch schnappen, ohne dass du mir ständig mit deiner Spielzeugwaffe vor'm Gesicht rumfuchtelst. Gibt `ne Menge Knete, kleines Mädchen, kannste mir glauben. Der alte Gordon wird noch stinkreich.«

»Goldtaler«, meinte Celiska abfällig. Sie begriff den Zusammenhang seines Gefasels nicht völlig, aber worauf es ihm ganz besonders ankam, hatte sie herausgehört. »Das ist das Einzige, woran du denken kannst, dummer Jänak.«

»Nein«, Gordon stieß ein heiseres Lachen aus. »Ich denke an viel mehr: an Goldtaler, ans Vögeln, ans Saufen und Kämpfen. Aber das ist alles nichts für kleine Kröten wie dich.«

Celiska, die gleichzeitig verwundert und erleichtert war, dass Gordon wohl ein Vogelfreund zu sein schien, ergriff sogleich die Gelegenheit beim Schopf.

»Würdest du einen verletzten Vogel einfach liegen lassen, ohne ihm zu helfen?«, fragte sie ihn.

Gordon stutzte. Dann brummte er: »Na ja, kommt drauf an, ob genügend Fleisch dran ist, um ihn zu rösten!«

Diese Antwort hatte Celiska nicht erwartet. Hatte er nicht gesagt, dass er Vögel gern hatte? Sicher gaben einige von ihnen ein gutes Mahl ab, doch ein wirklicher Vogelfreund würde doch genauso wenig einen seiner gefiederten Freunde essen, wie Celiska einen Hund verspeisen würde!

»Du bist ein Dienja-astu«, sagte sie böse, ohne zu bemerken, dass sie nun doch ein nivesisches Schimpfwort benutzt hatte.

»Damit kann ich leben«, spottete Gordon.

Ein Dienja-astu wie dieser, das wurde Celiska sich immer klarer, würde sie niemals zurück zu ihrem Kleinen Wolf lassen. Doch aufzugeben kam ihr nicht in den Sinn. Irgendwann würden sie wieder von diesem Pferd absteigen, und er müsste ihr die Füße losbinden. Dann wäre eine Gelegenheit, zu entkommen und sich auf die Suche nach dem treuen Vierbeiner und dem Amulett zu machen.

Im Ort steuerte Gordon die üble Schänke an, die Celiska bereits kannte. Auf der Straße begegnete ihnen niemand. Die schräg auf die Erde fallenden Sonnenstrahlen kündeten davon, dass es noch immer recht früh am Tag war.

Auf dem Hinterhof, wo Eljum seine Kutsche in die Obhut des schmutzigen Jungen gegeben hatte, zügelte Gordon sein Pferd: »Hehoo, Stinker.«

Eigentlich, so dachte Celiska grimmig, *hätte er statt dem Pferd sich selbst diesen Namen geben müssen.*

Gordon entließ Celiska aus seinem Klammergriff, um abzusitzen. Das Mädchen seinerseits verhielt sich ruhig und abwartend.

Derselbe Junge, der Eljums Pferdchen versorgt hatte, kam herbeigelaufen und blieb stumm, mit fragendem Blick, vor Gordon stehen.

»Ist Tali noch hier? Der knochige Bauer mit seinem dürren Weib?«, fragte Gordon ihn.

Der Junge nickte.

»Dann schaff den Kerl mal her«, befahl Gordon.

Der Junge rannte sogleich los.

Gordon begann, träge und unmelodisch vor sich hin pfeifend, Celiskas Beine vom Sattel loszubinden.

Celiska verhielt sich weiter ruhig und ließ ihre Blicke scheinbar unbeteiligt über den Hof wandern. Doch jeder Muskel ihres Körpers war aufs Äußerste angespannt.

Im selben Moment, als das zweite Bein befreit war, schnellte ihr Fuß zur Seite und traf Gordon mit aller Kraft mitten ins Gesicht. Im nächsten Augenblick hatte Celiska wieder festen Boden unter den Füßen. Fluchend spurtete Gordon mit erstaunlicher Wendigkeit um das Pferd herum.

Celiska wollte in Richtung Straße davonrennen. Die Freiheit schien ihr schon gewiss.

Urplötzlich schoss der Kopf des Pferdes vor, sodass Celiska gegen den breiten Hals prallte. Schnell duckte sie sich, um unter dem Pferdehals hindurchzuschlüpfen. Das Tier senkte den Kopf und erwischte mit den großen, gelben Zähnen einen Zipfel von ihrer Jacke. Das Mädchen riss und zerrte mit wild klopfendem Herzen, doch das Tier ließ nicht los. Und im nächsten Augenblick spürte Celiska schon den festen Griff von Gordons Pranke im Nacken.

»Du kleines Miststück«, schimpfte er. »Bist ein typisches Weibsbild, frech und hinterhältig!«

Celiska wusste genau, dass es nichts nützen würde, nach ihm zu schlagen. Hatte seine kräftige Hand einmal zugefasst, war an ein Entkommen nicht mehr zu denken.

Gordon gab Stinker den Befehl, loszulassen und drehte sie zu sich herum. Auf seiner Stirn prangte ein flammendroter Abdruck von Celiskas Lederschuh.

»Das hat alles keinen Sinn, Kröte«, grollte er. »Du wolltest nach Norburg – und du kommst nach Norburg. Vor meinen Füßen möchte ich dich nicht mehr rumlaufen sehen.«

In Celiska brodelte es. Voller Wut spuckte sie ihrem Widersacher ins Gesicht.

Gordon schüttelte den Kopf. »Das bringt dir auch nichts mehr«, höhnte er. »Die Sache ist gelaufen, Kleine.«

Gordon verfrachtete Celiska in Bauer Talins Ochsenkarren und versperrte die Tür von außen. Der Wagen war zur Hälfte gefüllt mit Käfigen, in denen träge vor sich hinstarrende Hühner hockten. Talin und seine Frau transportierten das Geflügel in die Jänak-Stadt Norburg.

Dunkel war es hier und der unangenehme Geruch von Hühnerkot drang in Celiskas Nase.

Fest schloss das Mädchen die Augen. Weite Schneelandschaften erstreckten sich in Celiskas Vorstellung bis an den Horizont, nur von einzelnen schmalen Baumriesen bewachsen.

Leicht zitternde Finger holten die Flöte aus dem Gepäck hervor. Die hohen, sehnsuchtsvollen Töne erhoben sich über Gordons selbstzufriedenes, dumpfes Lachen, das Celiska tief im Herzen einen Stich versetzte.

Jetzt, wo er sich dieser aufsässigen Göre entledigt hatte, ging es ihm schon viel besser. Bei dem, was er vorhatte, konnte er eine solche Plage wie dieses lästige Kind beim besten Willen nicht gebrauchen. Womöglich hätte die kleine Kröte noch verhindert, dass er seine wohlverdiente Belohnung, die ihm dieser in den Wald geflüchtete Knilch bringen würde, einheimsen konnte.

Mit einem zufriedenen Grinsen hielt Gordon sein Pferd neben der noch immer verlassen dastehenden Kutsche.

Sicher war es ein Risiko gewesen, den Wagen für eine Weile allein zu lassen. Wer konnte schon wissen, ob der Knilch vielleicht so dämlich war, zu seiner Kutsche zurückzukehren, um irgendetwas für ihn Wichtiges, was er bei seiner überstürzten Flucht zurückgelassen hatte, zu holen?

Und die Wahrscheinlichkeit, im Inneren der Kutsche auf Hinweise zu stoßen, die Gordon den Aufenthaltsort des Flüchtigen verrieten, war ebenfalls nicht gering.

Zusätzlich lockten im Wagen eventuell Wertsachen oder sogar klimpernde Golddukaten, die Gordon sich einsacken könnte.

Da es sich bei Helis eindeutig um einen schwachköpfigen Feigling handelte, würde es, wenn überhaupt, eine ganze Weile dauern, bis er den Mut für eine Rückkehr zusammenkratzen könnte.

Nach Gordons Einschätzung würde der Kerl sich mit großer Wahrscheinlichkeit bei einbrechender Nacht anpirschen, vor Angst schlotternd. Man musste ihn nur eine Weile in Sicherheit wiegen, um ihn aus dem schützenden Gebüsch hervorzulocken.

Das wäre sicherlich ein leicht verdienter Haufen Mäuse!

Gordon entschied sich, nach Durchsuchung der Kutsche im mit vielen weißen Blüten übersäten Geäst eines Baumes

Stellung zu beziehen, dessen Krone sich über die Kutsche wölbte. Dies war der taktisch geschickteste Ort.

Natürlich würde dieser schlecht gelungene Norbaden-Verschnitt zuerst im Inneren der Kutsche nach dem Rechten sehen wollen. Und von dem starken Ast aus konnte Gordon dann wie ein Stein auf seinen Gegner herabstürzen und ihn zu Mus zerquetschen.

Bei diesem Gedanken grinste Gordon voll Vorfreude. Es würde gut tun, diesen feigen Wicht, der bisher nur aus reinem Glück entkommen war, wie ein zappelndes Insekt unter dem Gewicht seines gestählten Körpers zu fühlen.

Das würde ihn sogar für die plärrende Nivese-Göre entschädigen!

Leider musste er feststellen, dass er sich zu früh gefreut hatte. Bevor er auch nur sein Pferd Stinker in einiger Entfernung hatte verstecken können, traf er auf den Köter des Nivesenmädchens.

Es handelte sich um ein großes, kräftiges Tier, das allerdings durch die bereits bezogenen Prügel stark angeschlagen war.

Der Hund hatte, offensichtlich schlafend, unter der Kutsche gelegen und streckte nun knurrend die Nase zwischen den breiten Holzrädern hervor. Gordon beschloss im selben Moment, mit dem Vieh kurzen Prozess zu machen und ihm die Klinge über den Schädel zu ziehen.

Langsam trat er auf den Hund zu, das gezogene Schwert bereits in der Hand. Er hatte schon immer alle Arten von Kötern gehasst. Die meisten Hunde waren blöd und feige. Und wenn man es auf ihre Besitzer abgesehen hatte, standen sie nur im Wege und zeigten ihre ohnehin nicht sonderlich Furcht erregenden Zähne.

Solange, bis man ihnen den Schädel spaltete – oder sie mit eingekniffenem Schwanz davonliefen.

»Kommst mir gerade recht«, raunte Gordon dem Tier zu. »Bin nämlich in der Stimmung, um Hundehack zu machen.«

Der Hund kam nun unübersehbar hinkend ganz unter der Kutsche hervor, die Ohren angelegt und die Zähne drohend entblößt. Ein besonders hässliches Exemplar von Köter hatte er da vor sich, fand Gordon. Er hatte die Waffe bereits erhoben und beobachtete, wie der Hund zum Sprung ansetzte. Doch die Kraft des zerschlagenen Körpers reichte nicht aus, um sich vom Boden abzudrücken. Die Beine knickten ein, und das Tier landete qualvoll jaulend auf dem Bauch.

Gordon ließ die Waffe sinken und starrte den hilflos zappelnden Hund an.

»Blöde Töle«, grollte er.

Doch in Wahrheit war er wütend über sich selbst: Seine Entschlossenheit, das Tier zu töten, war von einem Moment auf den anderen ins Wanken geraten. Spukte ihm etwa die kleine Kröte im Kopf herum, die mit ganzem Herzen an diesem Mistvieh hing? War es etwa das Bild der kleinen nivesischen Göre, die den Hund im Schlaf fest umschlungen hielt, das sein Herz verweichlichte?

Nein, entschied er, so verhielt es sich nicht.

Es wäre einfach Blödsinn, einen ohnehin halb toten Köter zu erschlagen. Das blöde Vieh würde sowieso bald verrecken.

So wandte Gordon sich von dem Hund ab, um das Pferd wegzubringen und, sobald er den Wagen untersucht hätte, seine Position im Baum einzunehmen. Eins war klar: Dies würde ein langer und sehr unbequemer Tag werden. Wichtig war, das Proviantpaket mit in sein Versteck zu nehmen. Und ein Tropfen ›Orkengalle‹ war sicher auch noch übrig, der ihn bei Laune halten würde.

Der Hund verzog sich wieder unter den Wagen, als Gordon sich von ihm abwandte. Womöglich wartete der Köter auf die Rückkehr das kleine Mädchens. Na ja, da konnte er lange warten. Bauer Talin, mit dem Gordon in der Jarlaker Schänke bis in die späte Nacht gesoffen hatte, würde das Blag schon dort abliefern, wo es hingehörte.

Er fand im Inneren des Wagens jedoch nur allerlei Gerümpel. Kein einziges Goldstück, keine Wertsachen, keine Aufzeichnungen. Einzig und allein eine Ansammlung von stark riechenden Kräutern und kleine Ekligkeiten in Gläsern. Es war wie verhext!

Enttäuscht und verärgert machte er sich daran, seine Position im Baum einzunehmen. Die Blütepracht war so dicht, dass er sich dort gut verbergen könnte. Doch schon beim ersten Versuch, sich an einem schweren Ast hochzuziehen, schmerzten seine angebrochenen Rippen so heftig, dass er aufgab.

Vielleicht hätte er ohne seine schwere, sperrige Rüstung die Möglichkeit, sich in das Geäst zu hieven. Doch es kam beim besten Willen nicht in Frage, sich aus dem Metall zu schälen! Den Lammellar hatte er in den letzten Wochen nicht einmal zum Schlafen abgeschnallt. Also entschied sich der Kopfgeldjäger, in einem benachbarten Gebüsch Stellung zu beziehen.

Er würde Radran Helis schon bei den Eiern zu fassen kriegen, das war so klar wie ein guter Selbstgebrannter.

Der Wagen des Bauern rumpelte bereits über unebene Wege aus dem Jänak-Dorf heraus. Die Hühnerkäfige erzitterten. Die Tiere gaben ein mehrstimmiges, lautes Gackern von sich, einige von ihnen schlugen heftig mit den Flügeln.

Als der Wagen durch ein besonders tiefes Schlagloch rumpelte, rutschte ein ganzer Stapel Käfige zur Seite und drohte zu kippen. Celiska sprang auf und griff mit beiden Händen nach der schwankenden Ladung, um nicht unter den Käfigen begraben zu werden.

Voll Wut dachte sie an den dummen Fettsack Gordon, der sie in diese missliche Lage gebracht hatte. Doch eines war sicher: Sie würde sich nicht unterkriegen lassen! Sie war eine Lieska-Madukju. Sie war mutig, stolz und schlau! Ihr Amulett würde sie zurückbekommen – und der treue Freund würde bald wieder an ihrer Seite sein!

Als die Käfige mit den wild flügelschlagenden Hühnern wieder im Gleichgewicht waren, ließ Celiska sie seufzend los. Dann senkte sie den Blick und entdeckte an der Stelle, wo eben noch der verrutschte Stapel gestanden hatte, ein Loch von erstaunlicher Größe in der Verbreiterung des Bodens. Man konnte direkt auf die staubige Straße blicken. Vielleicht war es ihr möglich, ihren schmalen Körper hindurchzuzwängen!

Doch im selben Moment krachte der Wagen abermals in ein gewaltiges Schlagloch, eines der hinteren Räder gab ein verdächtiges Knirschen von sich. Celiska nahm Unruhe vorne auf dem Kutschbock wahr. Die aufgeregten Stimmen des Bauern und seiner Frau erklangen.

Entschlossen steckte sie zuerst die Füße, dann die Beine durch das Bodenloch. Sie bemerkte, dass der Ausstieg nicht reibungslos ablaufen würde, da sie bereits an der Hüfte stecken blieb. Außerdem musste sie ihre unten aus dem

Wagen heraus ragende Beine stark anwinkeln, um nicht mit den Füßen über den Boden zu schleifen.

Bauer Talin zügelte die Ochsen, der Wagen kam zum Stehen.

Celiska wusste, dass ihr nicht mehr viel Zeit blieb. Sie wand sich unter großer Anstrengung hin und her. Da es ihr nicht gelang, ihren Körper auch nur einen Finger breit weiter durch das Loch zu zwängen, keimte in ihr die Befürchtung auf, hoffnungslos festzustecken.

An der hinteren Wagentür erklangen Geräusche. Jemand öffnete das Schloss. Die Bäuerin keifte böse:

»Hättest du dir die Göre bloß nicht andrehen lassen! Wenn die Käfige sie jetzt erschlagen haben ...!«

Die Hintertür schwang auf, Tageslicht strömte herein.

Celiskas Hüfte rutschte plötzlich durch die Öffnung, das Holz schürfte schmerzhaft über ihre Knochen. Im nächsten Moment berührten die Füße den staubigen Boden. Nun steckten ihre Schultern im Loch fest. Angestrengt drehte sie den Oberkörper hin und her. Raus, nur raus hier!

»He, was machst du da?«, rief eine grimmige Männerstimme. Dann folgte ein Poltern, als der Bauer in das Wageninnere stieg.

Celiska biss die Zähne zusammen. Ein heftiger Ruck – und ihre Schultern zwängten sich endlich durch das Loch. Holz knirschte. Im nächsten Moment hockte sie unter der Kutsche, umgeben von vier breiten Rädern. Holzstaub rieselte auf sie herab.

Sie ließ sich auf alle Viere nieder und kroch unter der Kutsche hervor. Plötzlich waren da grobe, schmutzige Stiefel vor ihr. Celiska hob den Blick. Der zerrissene Saum eines grauen Rockes endete über den Stiefeln, eine kreischende Frauenstimme erklang:

»Hier ist die Göre, Talin! Hier ist sie!«

Celiska war im nächsten Moment auf den Beinen und flitzte an der Frau vorbei. Diese hatte nicht einmal mehr die Zeit, nach dem Mädchen zu greifen.

Schließlich war Celiska eine Leika!

Auf flinken Beinen sauste sie die staubige Straße entlang. Die frische, kühle Luft der Freiheit strömte ihr in die Lungen, die sie begierig einsog.

Nur zurück. Zurück zu ihrem geliebten Kleinen Wolf.

Der Bauer rief ihr einen wüsten Fluch hinterher. Doch seine derben Beschimpfungen vermochten Celiska nichts anzuhaben. Im Gegenteil, sie zauberten nur ein kleines Lächeln in ihr Gesicht. Nun kannte sie die richtigen Worte, die sie diesem Ungetüm Gordon an den Kopf werfen konnte, sollte sie wieder auf ihn treffen!

Zum Glück hatten sie sich noch nicht weit von dem kleinen Ort entfernt, in dessen Nähe Eljums Kutsche stand. Die Dorfstraße war inzwischen ein wenig belebter, doch Celiska hatte kein Auge für das Treiben dieser fremden Menschen. Und ihre fremdartigen Behausungen zogen ebenfalls nicht mehr ihr Interesse auf sich. Sie konnte die Jänak nicht leiden, das hatte sie in ihrem Inneren fest beschlossen. Nie und nimmer würde sie hier bleiben wollen. Eher wollte sie versuchen, die ihr noch unbekannte Tante Jonau zu überreden, zurück in die Eislande zu kommen. Und wenn sie für immer allein mit dem Kleinen Wolf durch den Norden streifen müsste, wäre ihr dies weitaus lieber, als hier noch einen Tag länger zu verweilen.

Ihr Atem ging schwer, so sehr beeilte sie sich. Der Kleine Wolf würde sie schon vermissen. Auch er war ja ganz allein in diesem fremden Land. Und noch dazu verletzt!

Zwischen klapprigen Kutschen, schleppenden Ochsenkarren und den breiten Hufen träger Kaltblüter durchquerte Celiska, ohne nach links und rechts zu schauen, im Eiltempo das Dorf. Danach hielt sie sich weiter auf der Straße.

Sie wusste: Ein kleines Stück hinter der einsamen Schänke zwischen Dorf und Wald musste sie vom Weg abbiegen, und danach würde ihr gut ausgeprägter Orientierungssinn ihr weiterhelfen. Doch schon bevor die Schänke in Sicht kam, drangen laute Geräusche zu ihr: Jemand brüllte und fluchte. Böses Gemurmel und drohendes Gelächter mischte sich unter das zornige, lautstarke Schimpfen.

Als Celiska schnellen Schritts um eine Kurve bog, stellte sie fest, dass die tumultartigen Geräusche in der Schänke ihren Ursprung hatten. Es schien ihr ungewöhnlich, an einem derart entlegenen Ort einen solchen Krawall zu hören.

Sie blieb mitten auf dem Weg stehen, die Augen auf das einsame, kleine Haus gerichtet. Im Hintergrund erstreckte sich stumm der Wald, ringsum nichts als friedliche Natur. Doch im Haus selbst schien sich so etwas wie ein wütender Eissturm anzubahnen, denn die Stimme des Brüllenden überschlug sich; gewiss konnte man sie bis hinauf zum Ort hören: »Wisst ihr überhaupt, wem ihr gegenübersteht, ihr aufgeblasenen Wichte? Ich schulde euch gar nichts! Weder euch noch eurem ganzen Verein!!!«

Die Tür zur Straße war verschlossen.

Mit zögernden Schritten trat Celiska näher an das Haus heran. Das einzige Fenster auf der Frontseite war von innen mit dicken, gelblichen Tüchern verhängt. Man konnte nicht hineinschauen.

Sie dachte an ihren Kleinen Wolf, wandte sich ab und setzte entschlossen ihren Weg fort.

Doch kaum hatte sie das Haus halb umrundet, hielt Celiska höchst erstaunt inne: Vier schneeweiße, muskulöse Pferde mit prächtigem Zaumzeug standen hier in Reihe und Glied angebunden.

Golden glitzernde Abzeichen zierten die stolze Brust der Tiere. Lange, kräftige Hälse wandten sich in ihre Richtung, und große, dunkle Augen musterten sie ruhig. Wie die Verkörperung eisigen Morgennebels, so wirkten diese Tiere auf Celiska. Sie schienen fast eine Illusion zu sein.

Schnauben erklang, Pferdelippen bebten.

Bernsteine funkelten im Sonnenlicht wie Wolfsaugen.

»Ihr seid Geisterpferde«, flüsterte Celiska voller Ehrfurcht, während sie sich mit zögernden Schritten näherte.

Doch die breiten Hufe, die über die Erde scharrten, hinterließen reale Spuren.

In ihr keimte die Hoffnung auf, hier Hilfe zu finden. Der Zauber des Augenblicks wurde durch die bereits bekannte, wütende Stimme gebrochen:

»SCHERT EUCH IN DAS NOIONITENKLOSTER ZURÜCK, AUS DEM IHR AUSGEBROCHEN SEID! VERSCHONT MICH MIT EUREM SCHWACHSINNIGEM GESCHWAFEL!«

Eine Seitentür stand einen Spalt breit offen.

Ein letzter langer Blick auf die Pferde bestätigte Celiska, dass sie keine flüchtigen Traumwesen waren. Dann war sie mit wenigen, schnellen Schritten an der Tür und lugte durch den Spalt in das Haus hinein.

Sie blickte in einen dunklen, schmutzigen Gang. Zwei geschlossene Türen waren zu sehen, ansonsten war der Raum leer. Celiska schlüpfte hinein und war im nächsten Moment an der Tür angelangt, hinter der sich der lautstarke Streit abspielte. Ein Blick durch das Schlüsselloch zeigte ihr einen schwach beleuchteten, rauchgeschwängerten Raum. In ihrem beschränkten Sichtfeld befanden sich keine Personen, doch zeichneten sich bewegte Schatten an der gegenüberliegenden Wand ab.

Eine kleine, breite Gestalt hüpfte erregt auf und nieder, während einige hoch gewachsene, schlanke Personen sie umstanden.

»ICH WARNE EUCH: SOLLTE EINER VON EUCH AUCH NUR VERSUCHEN, HAND AN MICH ZU LEGEN, WERDE ICH IHN MIT EINEM SCHLAG IN DIE SCHNAUZE UND EINEM ANSTÄNDIGEN TRITT IN DEN ARSCH AUS DIESER KNEIPE BEFÖRDERN!«

Eine ebenso tiefe, drohende Stimme meldete sich:

»Achte auf deine Worte, Lästerlicher! Unser allmächtiger Herr wird dein frevelhaftes Gerede nicht ungesühnt lassen. Du bist den Dienern des strahlenden Praios Antworten schuldig.«

Vorsichtig drückte Celiska die Klinke nieder. Die Tür ließ sich einigermaßen geräuschlos öffnen. Doch aufgrund des gleichzeitig ertönenden Gebrülls erwies sich die Behutsamkeit des Mädchens als unnötig.

»PAAAH! SCHULDIG!!!! GEDREL, DER SOHN DER DWALON, SCHULDET NIEMANDEM ETWAS! IHR SEID WOHL NICHT GANZ BEI TROST!«

Geduckt schlich Celiska an der schmutzigen Theke entlang, hinter der ein eingeschüchterter Wirt aus einem stillen Winkel das Geschehen beobachtete. Voller Neugier lugte sie um die Ecke.

Zuerst wurde ihr Blick von den goldblinkenden, mit feinen Gravuren versehenen Helmen der vier groß gewachsenen Gestalten angezogen, die mitten in diesem verwahrlosten Raum standen. Bodenlange Umhänge, weiß wie Neuschnee, waren das zweite, was ihr an ihnen auffiel. Fibeln, besetzt mit funkelnden Bernsteinen, hielten die Umhänge geschlossen. Die Gesichter der Männer spiegelten großen Stolz und Würde wider.

Sie sahen aus wie die mächtigen Eiskönige aus einer alten Legende, die an den Lagerfeuern der Lieska-Madukju von Generation zu Generation weitererzählt worden war. Celiska hörte ihr Herz laut klopfen, während sich in ihrem Inneren bei dem Anblick dieser reinen Schönheit große Freude ausbreitete. Eiskönige, die auf den edlen Rössern des Nebelsees ritten! Ehrenhafte, makellose Wesen, getrieben vom Wind ihres geliebten Nordlandes!

Am liebsten wäre sie aus ihrem Versteck hervorgesprungen und hätte die Könige gebeten, sie gemeinsam mit ihrem geliebten Wolf und dem Amulett der Mutter zurück nach Hause zu bringen. Doch sie war vor Staunen und Ehrfurcht wie versteinert. Und dieser dicke, kleine Zwerg mit den filzigen Zöpfen und dem staubigen Bart zerstörte das Bild reiner Schönheit.

Seine Stimme war wie das Kreischen gieriger Geier über einer stillen Schneelandschaft: »SCHULDIG!«, tobte er.

»ICH SAG' EUCH, WAS ICH EUCH SCHULDE: EINEN ORDENTLICHEN TRITT IN DEN ARSCH!«

Die Stimme eines breitschultrigen Mannes mit blond gewelltem Haar erhob sehr klar und ohne jegliche Spur der Verunsicherung über das Geschimpfe des Zwergs: »Sohn des Dwalon«, ermahnte er ihn, »wir bestehen auf der Beantwortung unserer Fragen. Unser allmächtiger Herr wird jeden Übeltäter strafen, der sich in Wort oder Tat an seinen Dienern versündigt. Zähme deine Zunge, und vielleicht magst du Vergebung erlangen, wenn wir gleich über dein unflätiges Benehmen das Urteil sprechen.«

Daraufhin schüttelte der Zwerg so heftig den Kopf, dass eine Staubwolke aus seinem Bart hervorstob und ihn wie ein grauer Nebel umgab.

»ICH BIN EUCH ZU REIN GAR NICHTS VERPFLICHTET, ALSO VERSCHWINDET ENDLICH!«, zürnte er und verpasste einem herumstehenden Stuhl einen derart heftigen Tritt, dass er krachend gegen die Wand flog. Der Wirt zuckte erschreckt zusammen, und die in Weiß gekleideten griffen in einer fließenden Bewegung nach ihren Streitkolben.

Celiska atmete einmal tief durch, richtete sich auf und trat mit zitternden Knien hinter der Theke hervor.

»Ich muss mit euch reden«, sagte sie, während sich alle Blicke ihr zuwandten. »Ich brauche eure Hilfe.«

Der gute Onkel

Die Stimme brüllte und zeterte. Obwohl sie relativ weit entfernt zu sein schien, konnte Gordon das eine oder andere Wort verstehen, so laut war das Geschrei.

Noch nie war Gordon ein so stimmgewaltiges Organ zu Ohren gekommen. Irgendwo dort am Waldrand spielte sich ein handfester Streit ab.

Eine Weile wartete er ab, doch das Gebrüll verklang nicht. Er stellte sich die Frage, ob dieser Krawall wohl etwas mit dem Knilch zu tun hatte, auf den er wartete. Denn in einer solchen Einöde war eine derart lautstarke Streiterei mit Sicherheit ebenso ungewöhnlich wie ein von der Praios-Kirche persönlich gesuchter Meuchelmörder.

Verdammt, es hatte keinen Zweck, er musste sich Klarheit darüber verschaffen, was da vor sich ging. Unter gar keinen Umständen würde er sich von irgendwem das Geschäft versauen lassen.

Sicher, wenn er sich nach der Quelle des Krawalls auf den Weg machte, bestand das Restrisiko, Radran Helis hier noch zu verpassen. Allerdings würde sich dieser Kerl höchstwahrscheinlich sowieso erst im Schutz der Dämmerung blicken lassen.

Das Pferd wieder aus seinem Versteck hervorzuholen, erschien ihm etwas zu umständlich. Sehr weit war das Geschrei ohnehin nicht entfernt. Und er trug genügend Waffen am Körper, um einem ganzen Rudel Orks den Garaus zu machen.

Sein Gaul Stinker war es gewohnt, stundenlang allein an einem Ort zu verharren und auf seinen Herrn zu warten. Und das war nicht das Einzige, was das gute Vieh jedem Weibsbild voraus hatte. Gordon stapfte immer seinem Gehör nach zurück zur Straße. Sein Weg führte ihn zu der einsamen Schänke am Waldrand, die den einladenden Namen *Speis und Trank* trug.

Es war fraglich, welche Art von Wandervolk hier Unterschlupf suchte. Hinter dem Ort Jarlak, in Richtung Bornwald, gab es kaum mehr etwas anderes als Bäume. Davon allerdings mehr als genug.

Gordon hielt es für unklug, durch die Vordertür in den Laden einzufallen. Zumal es keine Möglichkeit gab, vorher einen Blick in die Hütte zu werfen, da das einzige Fenster auf der Vorderfront von innen verhängt war.

Schmunzelnd stellte er fest, dass aus dieser unmittelbaren Nähe das wütende Gebrüll im Inneren der Schänke beinah seine eigene, hoch gesteckte Schmerzgrenze überschritt.

Er war sich sicher: Einzig und allein ein Zwerg konnte einen solchen Krawall schlagen. Und dieser spezielle Zwerg war gerade dabei, vollkommen die Beherrschung zu verlieren. Ein Anblick, der Gordon recht lohnenswert erschien. Mit ein paar geübten Handgriffen kontrollierte er den festen Sitz seiner Rüstungsteile und lockerte seinen Andertalbhänder in der Scheide. So machte er sich auf den Weg um das Gebäude herum, um nach einem Hintereingang zu suchen, durch den er sich unauffällig einschleichen konnte.

Als er um Hausecke bog, blieb er abrupt stehen, und sein Kiefer klappte herunter.

»Scheiße ...«, murmelte er.

Vier weiße Pferde wandten ihre Hälse in seine Richtung. An der muskulösen Brust jedes dieser ausgebildeten Streitrösser prangte das goldene Abzeichen des Greifen. Goldbetresste, weiße Schabracken lagen auf ihren Rücken.

Diese fanatischen Praioten hatten ihm gerade noch gefehlt! Kein Wunder, dass der Zwerg dort drinnen am Toben war. Es schien, als habe er allen Grund dazu ...

Gordon dachte flüchtig daran, sich einfach schnell wieder davonzumachen. Doch der Gedanke, dass es diese Irren sicher nicht zufällig an diesen götterverlassenen Ort verschlagen hatte, hielt ihn zurück. Und war es nicht die

Kirche des großen Praios, die eine hohe Belohnung auf den Kopf des von ihm Gesuchten ausgesetzt hatte? In diesem Zusammenhang konnte er schwer an einen Zufall glauben.

Und eines wusste er ganz genau: Er würde sich von niemandem die Dukaten vor der Nase wegschnappen lassen, die ihm dieser alberne Norbarden–Verschnitt einbringen würde. Besonders nicht von diesen scheinfrommen Großkotzen!

Er kam wohl nicht darum herum, dort drinnen nach dem Rechten zu sehen. Zumindest musste er herausbekommen, was diese vier Knilche vorhatten. Denn wenn sie ihm in die Quere kämen, könnten sie ein echtes Problem darstellen, das der gute Gordon erst mal irgendwie in den Griff bekommen musste.

Zum Glück gab es tatsächlich eine Seitentür, die einen Spalt breit offen stand. Man gelangte in einen schmutzigen, schmalen Flur, von dem aus zwei weitere Türen abgingen. Die eine führte wohl direkt in die Schankstube, denn das Toben des Zwerges und das laute Krachen von berstenden Möbelstücken waren direkt dahinter mehr als deutlich zu vernehmen.

Zuerst einmal warf Gordon einen Blick durch das Schlüsselloch, um die Situation in der Schänke zu erfassen. Die einzige Person, die in seinem Blickfeld erkennbar war, stand geduckt neben der Theke und wandte ihm den Rücken zu. Es handelte sich um eine zierliche Gestalt in grauer Felljacke mit wildem, rotblonden Haar.

Ein Kind. Ein kleines Mädchen.

Gordon schluckte hart.

An der gegenüberliegenden Wand zeichneten sich deutlich die Schatten eines wütend auf- und nieder hüpfenden Zwerges und vier schlanker, mit bodenlangen Umhängen versehener Gestalten ab.

»ICH BIN EUCH ZU REIN GAR NICHTS VERPFLICHTET, ALSO VERSCHWINDET ENDLICH!«, tobte der Zwerg.

Es gab einen lauten Knall. Ein zerbrochenes Stuhlbein rollte über den Boden und prallte gegen die Theke.

Dann sah Gordon, wie die kleine Kröte sich plötzlich aufrichtete und mit einem zögernden Schritt ihre Deckung hinter der Theke verließ.

»Ich muss mit euch reden«, hörte er die Stimme des dummen, kleinen Mädchens. »Ich brauche eure Hilfe.«

»Scheiße«, murmelte Gordon abermals. Das Balg übertraf wirklich alles an Dämlichkeit, was ihm bisher begegnet war.

»Siehe da«, vernahm er eine unangenehm hochmütige, tiefe Männerstimme. »Ein kleines Mädchen an einem solch verruchten Ort.«

»Ich bin Celiska«, erklärte das Mädchen mit unüberhörbar zittriger Stimme. »Aus dem Stamm der Lieska-Madukju.«

Die altbekannten Stimme des Zwerges erklang, nun allerdings gedämpfter als noch zuvor: »Mach, dass du hier wegkommst, Mädchen. Hier geht es nicht um Kindereien.«

»Schweig, Zwerg«, gebot die tiefe Stimme, die es gewohnt zu sein schien, Befehle zu erteilen. »Ich erteile dem Kind das Wort.«

Gordon sah, wie die kleine Kröte leicht den Kopf schüttelte.

»Entschuldigung, ich bin kein Kind mehr. Ich gehe längst meinen eigenen Weg. Aber jetzt habe ich ein Problem – und weiß, dass ihr groß und mächtig seid und mir helfen könnt.«

Gordon gab ein unwilliges Knurren von sich: Es hatte ihm gerade noch gefehlt, dass das dumme Blag hier alles ausquasselte, ihn um seine Belohnung brachte und ihm zusätzlich noch diese Fanatiker auf den Hals hetzte!

»HAU AB, KIND!«, brüllte der Zwerg und hob die dicken Fäuste.

Leider ließ die kleine Kröte sich nicht beirren, sondern setzte abermals an: »Ich habe ...«

Gordon riss mit einem Ruck die Tür auf und stürmte in die Schänke hinein. Das Mädchen wirbelte herum. Vier weiß gekleidete Gestalten und ein Zwerg in schwerer Rüstung hefteten ihre misstrauischen Blicke auf ihn. Innerlich verfluchte Gordon die dumme, kleine Kröte: Diesen spektakulären Auftritt hätte er sich liebend gerne erspart!

»Da bist du ja, Mädchen«, herrschte er das Kind an, das ihn mit offenem Mund anstarrte. »Was denkst du dir dabei, einfach so abzuhauen! Deine Mutter heult nur noch – und dein Vater ist nicht mehr zu beruhigen!«

Der Blondhaarige erhob fest seine Stimme: »Seid Ihr ein Verwandter dieses Kindes?«

Gordon nickte, während er Celiskas Arm griff.

»Ich bin ihr Onkel«, log er mit einem gequälten Lächeln. »Tut mir Leid, wenn das Mädchen Euch gestört hat, Herrschaften. Die Kleine ist ein trotziger Wirrkopf.«

»Dann passt demnächst besser auf das Kind auf«, ermahnte der Mann ihn mit hochgezogenen Brauen. »In dieser Gegend sollte ein kleines Mädchen nicht allein herumlaufen.«

»Das ist nicht mein ...«, begann Celiska, doch Gordon war schneller.

»Klar, Mädchen«, sagte er nur und zog sie mit einem kräftigen Ruck zur Tür.

»Schönen Tag noch, und äh, Praios zum Gruße«, stotterte er beim Hinausgehen und nickte den hinter ihnen Herblickenden zu.

Draußen auf dem Flur klemmte er sich Celiska mit einigen schnellen Handgriffen unter den Arm und verließ eilig das Haus. Dass das Mädchen nach ihm schlug und trat, nahm er kaum wahr. Er hatte ein dickes Fell – und trug noch dazu eine massive Rüstung.

Zum Glück setzte der Zwerg dort drinnen im selben Augenblick, als Gordon den Raum verlassen hatte, sein Gebrüll fort. So ging das Gezeter des Mädchens sang- und klanglos unter: »Er lügt!«, schrie sie. »Helft mir! Er lügt!«

Im Laufschritt schlug Gordon den Weg zurück zum Wald ein. Er wusste nun genau, dass es Zeit war, das Weite zu suchen. Auf die Rückkehr des Knilchs Radran Helis konnte er nun nicht mehr warten. Er musste losziehen und ihn dort im Wald aufstöbern, bevor ihn die anderen fanden.

»Halt die Schnauze, Kröte«, grollte er, als das Mädchen nach einer ganzen Weile noch immer keine Ruhe gab. »Eigentlich müsstest du mir die Füße küssen, dummes Blag.«

»Pah«, machte Celiska entrüstet. »Deine stinkigen Dreckfüße? Und wofür? Dafür, dass du mich wegschleifst und einsperrst?«

»Du hast ja keine Ahnung«, brummte Gordon gereizt und überlegte schon, wie er dieses kleine Ungeheuer am besten wieder loswerden könnte.

Es war nur purer Zufall, dass der Blick eines der Praiosdiener auf den Ring an der Hand seines Glaubensbruders fiel. Der blaue Schimmer des Steines war gerade noch sichtbar und verlöschte im nächsten Augenblick.

Er wies mit ihrem Finger stumm auf die Hand des Gefährten, während der aufsässige Zwerg gerade lautstark kundtat, dass er hier nicht länger zu verweilen gedachte.

Der Blondhaarige senkte kurz den durchdringenden Blick, doch die Färbung des Steines war bereits verschwunden. Trotzdem verstand er die Geste seines Kampfgefährten: Magieträger. Das Kind oder der Mann.

Oder beide.

Es herrschte stille Übereinkunft zwischen den Vieren, dass es ratsam war, ihnen zu folgen.

»... GEHE ICH JETZT«, beendete der Zwerg seinen stimmgewaltigen Wortschwall.

»GEHEN?«, hob der blonde Hüne drohend an. «Euer Weg, Gedrel, Sohn des Dwalon, ENDET HIER!«

Sinnlos

Der Schrei ließ die Bäume erbeben, das Laub erzittern.

Unsäglicher Schmerz lag in dem qualvollen Laut.

Vögel flüchteten aus ihrem Unterschlupf im Gehölz und flatterten erschreckt davon.

In qualvolles, lautes Schluchzen ging der Schrei über, unterbrochen von gequältem Stöhnen und einigen bitteren Flüchen.

Eljum kniete auf der Erde, den zitternden Körper nach vorn gebeugt, sodass die Stirn beinah die Erde berührte. Die geballten Fäuste schlugen in hilfloser Wut immer wieder auf den Boden.

Kein grüner Halm, kein einziges lebendes Stückchen Moos fand sich in einem Umkreis von einem Schritt um ihn herum. Es war, als sei die Luft in diesem Bereich von einem bösen, tödlichen Gift durchtränkt.

Eljums heiße Tränen tropften auf den toten Boden, während der Wald in starres Schweigen fiel.

Ein von Ekel erregender Fäulnis durchtränkter Lufthauch wehte heran und legte sich wie eine schwere Wolke um ihn. Sofort wurde die Zunge schwer und pelzig, Lunge und Magen protestierten. Schwer nach Luft ringend, gegen die überwältigende Übelkeit ankämpfend, hob Eljum langsam den Kopf. Verschwommen sah er braune Blätter von den Bäumen rieseln. Kräftige, gesunde Baumstämme schrumpften, rissen ein und verfärbten sich vor seinen tränennassen Augen grau.

Seele und Körper krampften sich zusammen.

Wie war es möglich, dass er dieses fühlte und dennoch am Leben war?

Wie viel konnte ein Mensch denn noch ertragen?

Vor ihm beulte sich der Boden, schien auf eine grauenvolle Art lebendig zu werden. Ein schmatzendes, feuchtes Geräusch erklang, als sich das Wesen aus der Erde schälte.

Zuerst kam ein entfernt menschenähnlicher Kopf zum Vorschein, schielend und mit blutigem Schleim bedeckt. Gelbe Augen starrten ihn an, ihre Blicke drangen wie scharfe Schwerter direkt in Eljums Herz.

Doch diesmal blieb der Schrei in seiner Kehle stecken. Ein trockenes Würgen war alles, was er noch zustande brachte. Sein Wünschen und Denken richtete sich voll Sehnsucht auf einen baldigen, schnellen Tod.

Fette, schleimbesudelte Schultern zwängten sich aus dem Boden hervor. Madenartig rund und fett war der zweieinhalb Schritt lange Körper, der folgte.

Auf dem Gesicht des Ungeheuers erschien ein breites, zahnloses Grinsen.

Die Eljum bereits bekannte Stimme, die an seine Ohren drang, war wie das feuchte Gurgeln eines Lungenkranken:

»Bringt dich Heulen und Klagen an dein Ziel, schwacher Mensch? Jammernd in Selbstmitleid zu versinken? Du wusstest doch genau, worauf du dich eingelassen hast ...«

Eljum keuchte schwach. Er hob die Fäuste, ließ sie dann aber kraftlos wieder sinken. Sein Magen begann zu schmerzen. Sein Herz schien schon lange von heißen Flammen zerfressen zu werden.

Die madenartige Kreatur robbte näher heran. Wiederum erklang feuchtes Schmatzen. Der Waldboden färbte sich schwarz, wo der blutige Schleim niedertropfte. Der Kopf des Wesens streckte sich vor, berührte beinah Eljums Gesicht. Der Verwesungsgestank wurde unerträglich.

Atemholen war kaum noch möglich. In krampfartigen, zitternden Zügen füllte Eljum seine gepeinigte Lunge mit der verseuchten Luft. Seine Augen blickten in die schorfige, blutige Höhle, die den Mund der Kreatur darstellte.

»Muss ich«, fragte das Wesen böse, »aus deinem jämmerlichen Zustand schließen, dass deine Lieben für immer ungesühnt bleiben?«

Eljum keuchte, schnappte nach Luft, drehte wie in einem Krampf den Kopf hin und her.

Die Kreatur gab ein gurgelndes Kichern von sich, während dünne Blutfäden aus seinen Mundwinkeln rannen.

»Soll das ›nein‹ heißen?«, fragte sie leise und stieß eine erbärmlich stinkende Atemwolke aus. »Soll das heißen, ich kann meiner Herrin berichten, dass du weiter dein Ziel verfolgst? Ich warne dich davor, ihr Wohlwollen leichtfertig zu verschleudern ...«

»Ich bin ...«, keuchte Eljum, bevor sein Körper von einem Hustenanfall erschüttert wurde, der ihn endgültig zu ersticken drohte. Er wand sich nach Atem ringend auf dem Boden, während sein gesamtes Inneres in heißen Flammen zu lodern schien.

Voll Hoffnung dachte er, inmitten seines grauenhaften Schmerzes, dass dies der Moment des Sterbens sei. Doch bald darauf ebbte der Husten ab, Luft strömte wieder in seine hungernden Lungen. Das Atmen fiel ihm plötzlich leichter als zuvor. Und ohne es zu wollen, richtete er seinen Blick wieder auf die stinkenden Kreatur der Niederhöllen, die ihm bereits so manche Botschaft ihrer Herrin überbracht hatte.

»Ich bin«, wiederholte Eljum mit einigermaßen fester Stimme, »zu weit gegangen.« Er spürte, wie sein Herz sich bei diesem Eingeständnis fest zusammenkrampfte. Er senkte den Kopf und blickte auf das bräunliche, tote Moos.

Die Kreatur gurgelte und schmatzte. Stinkender Schleim tropfte auf Eljums Haare und rann seinen Nacken herab. Er legte die zitternden, schmutzigen Hände vor sein Gesicht.

»Opfer«, schmatzte die Kreatur. »Opfer müssen gebracht werden. Bist du, schwacher Mensch, so dumm zu glauben, der Weg der Rache sei einfach? Nein, er ist einsam und schmerzhaft.«

Eljums Hände hoben sich wieder von seinem Gesicht, gruben sich in den Waldboden, krallten sich fest ins braune Moos. Mit noch immer gesenktem Kopf brachte er nochmals stockend hervor: »Ich bin ... zu weit gegangen.«

»Zu weit gegangen ...«, knarzte das madenartige Wesen, während der fette Körper sich träge hin- und herwand. »... zu weit gegangen, Radran Helis, um jetzt noch umzukehren.«

Eljum gab ein tiefes Stöhnen von sich.

»Bitte«, sagte er, »lass mich allein.«

Doch die Kreatur scherte sich nicht um seine Bitte. Das Grinsen verschwand aus ihrem Gesicht, sie kniff die gelben Augen zusammen. »Sieh mich an«, befahl sie schneidend.

Höchst widerstrebend hob Eljum den Kopf und blickte dem Ungeheuer direkt ins Gesicht.

»Hast du schon vergessen, welchen Schmerz sie dir zugefügt haben?«, raunte schmatzend das schleimige Wesen. »Willst du sie etwa davonkommen lassen? Alles, alles wäre umsonst gewesen. Ein elender Versager wärst du. Das Wohlwollen meiner Herrin hättest du verspielt. Denkst du, sie wäre so gnädig, einem Versager den Tod zu gönnen?«

Die Kreatur gab abermals ein feucht gurgelndes Kichern von sich. Genüsslich öffnete und schloss sich die stinkende Mundhöhle, während sich Schleimfäden über die Öffnung spannten und platschend zerrissen. Klebrige Tropfen klatschten in Eljums Gesicht.

Gedehnt und von Blubbern und Gurgeln begleitet drangen Laute aus der tiefen, blutigen Kehle des Wesens, die sich zu einem Wort formten:»S i n n l o s.«

Das Wort drang durch Eljums Ohren direkt in seine gepeinigte Seele. Er spürte deutlich, wie sich ein kläglicher Schrei in seinem Inneren formte, der mit aller Macht nach draußen drängte. Sein Mund öffnete sich, die Lippen bebten. Doch es kam kein Laut heraus.

Sinnlos wäre sein ganzer Kampf, so durchfuhr es ihn. Sinnlos wären all die Opfer, die er gebracht hatte. Sinnlos seine Schmerzen, seine Tränen, sein heißes Streben an jedem einzelnen Tag der letzten Jahre. Sinnentleert all seine Gedanken, seine Hoffnungen, seine verzweifelte Liebe, sein verzweifelter Hass.

Niederlegen und Sterben? Ohne Vollendung des angefangenen Werkes? Oh, wie heiß sein Herz noch immer brannte!

Nein, er konnte weder sterben noch aufgeben.

Nun endlich sah er es deutlich: Der Weg zurück existierte nicht mehr. Alle Brücken waren abgerissen.

Aufgeben hieß, sein Herz zu begraben.

Aufgeben hieß, Elen ein zweites Mal sterben zu lassen.

Tiefe Verzweiflung bemächtigte sich seiner.

Heftig schüttelte Eljum den Kopf, während seine Fäuste Erde und totes Moos zerquetschten:

»Nein«, stieß er mit bebender Stimme hervor. »Ich kann hier nicht stehen bleiben! – Weiter ... weitergehen! Einsam und in Schmerzen ... Für Elen.«

Die Madenkreatur gab ein lautes Zischen von sich, während der fette Körper ekstatisch zuckte. Schleim spritzte durch die Luft, regnete auf Eljum herab und ätzte sich durch seine Kleidung. Eljum hob die Hände, seine Finger öffneten sich, Erde und verdorrtes Moos fielen zurück auf den Boden.

Wie ein heißer Strom fuhr der Schrei aus ihm heraus, als er den Kopf in den Nacken legte.

Markerschütternd, durchdringend.

Er schrie, kreischte und brüllte.

Es war eine Anklage gegen die Götter.

Es war eine Herausforderung an die ganze Welt.

Er schrie, bis sein Innerstes völlig leer war.

Dann sackte er kraftlos in sich zusammen, während stumme Tränen über sein Gesicht strömten.

Wutentbrannt spuckte Celiska vor Gordon aus. Sie fand keine Worte für das, was er ihr angetan hatte: Sie fortzureißen von den einzigen Menschen, die vielleicht bereit gewesen wären, ihr zu helfen! Was wollte dieser Kerl eigentlich von ihr? Wohin sie auch ging, war er ihr stets im Weg!

Gordons Gesicht war gerötet, seine Augen flackerten böse.

»Warum, beim blutsaufenden Kor, treibst du dich immer noch hier rum?«, herrschte er sie an.

»Lass mich in Ruhe«, keifte Celiska zurück und wandte sich von ihm ab. Aus dem Augenwinkeln jedoch sah sie, wie seine schwere Hand nach ihr griff. Schnell duckte sie sich weg und die Pranke sauste an ihr vorbei ins Leere. »Dienja-astu!«, verspottete sie ihn auf Nivesisch.

»Du dämliches ...«, begann Gordon voll Zorn. Auch bei seinem zweiten Versuch bekam er das Mädchen, das sich gewandt wie ein Eichhörnchen bewegte, nicht zu fassen. Aus hellen Bernsteinaugen funkelte es ihn über die Schulter hinweg an, bevor es plötzlich auf schnellen Beinen davonflitzte.

Celiska wusste genau, dass der behäbige Gordon ihr auf ihrer schnellen Flucht nicht folgen konnte. Und das bissige Pferd hatte er diesmal auch nicht dabei, um sie aufzuhalten.

So blieb ihm nichts anderes übrig, als ihr bitterböse hinterherzufluchen.

Niemals wieder wollte sie sich von diesem Kerl erwischen lassen! Das schwor sie sich.

Kurz bevor sie Eljums Kutsche erreichte, humpelte ihr der liebe Kleine Wolf entgegen. Sie lief auf ihn zu, ließ sich vor ihm auf die Knie fallen und schloss ihn sanft in die Arme, während seine warme Zunge durch ihr Gesicht schlabberte.

»Schnell«, sagte sie zu dem so unerwartet rasch wiedergefundenen treuen Freund. »Wir müssen fort, bevor der stinkige Jänak hier auftaucht.«

Also führte sie den auf unsicheren Beinen hinter ihr her wankenden Hund tiefer in den Wald hinein, darauf bedacht, möglichst wenig Spuren zu hinterlassen. Sie musste dem Kleinen Wolf eine für seinen Zustand relativ lange Wanderung zumuten, um sicher zu sein, dass der Fettsack sie nicht so schnell wieder aufspüren würde. Es tat ihr im Herzen Leid, wenn sie sah, wie die Hinterbeine des Tieres einknickten und es sich nur aus Treue zu seiner Herrin immer wieder aufrappelte.

Bald hatten sie einen Ort erreicht, an dem Celiska sich einigermaßen sicher fühlte. Zwischen den mächtigen Wurzeln eines alten, dicken Baumes ließ sie sich nieder. Kleiner Wolf legte sich an ihre Seite, bettete den Kopf auf ihren Oberschenkel und richtete die Augen auf ihr Gesicht.

Zärtlich tätschelten Celiskas Hände Kopf und Körper des Hundes. Doch gleichzeitig zogen düstere Gedanken in ihr Herz ein: Den Kleinen Wolf wieder gesund zu pflegen, würde sie Zeit kosten, die sie nicht hatte. Eljum konnte sie nur folgen, solange seine Spuren hier noch frisch waren. Ansonsten würde sie ihn und das Amulett ihrer Mutter für immer im Wald verlieren.

Doch den Hund zurückzulassen würde seinen sicheren Tod bedeuten. Er wäre ein leichtes Opfer für Raubtiere – oder er würde elendig verhungern. Ein tiefer Seufzer entfuhr ihr. Die treuen, braunen Augen hingen an ihr, folgten ihren Blicken.

Die blauen Augen der Mutter hatten flehend geschaut, die Lippen beschwörend die Worte geformt: »Hüte das Amulett. Hüte es gut.«

Celiska zog die Hände von dem Tier fort, presste sie vor das Gesicht. Die Stimme der Mutter klang weiter intensiv in ihren Ohren, als säße sie direkt neben ihr: »Hüte es gut.«

Kleiner Wolf gab ein leises Fiepen von sich, als spüre er die innere Zerrissenheit seiner jungen Herrin.

Celiska biss sich fest auf die Unterlippe. Die Sehnsucht nach der Mutter überwältigte sie fast. Wie konnte sie ihr den letzten, so inständig geäußerten Wunsch verwehren, indem sie das ohnehin schon durch ihre eigene Schuld verlorene Amulett einfach aufgab?

Wie ein leises Wispern gesellte sich eine weitere Stimme zu der Stimme ihrer Mutter in ihrem Kopf. Ein ferner Ruf drang zu ihr.

Ein Ruf, der nicht aus menschlichen Worten bestand, sondern sich wie ein starkes Band um ihre Seele schlang und sie fortziehen wollte von hier.

Zurück in die Heimat. Zurück in das Nordland, wohin ihr Herz sich sehnte.

Der Ruf wurde lauter, eindringlicher. Die Stimme der Mutter verklang ganz allmählich, und mit ihr ging der Schmerz.

Zurück blieb das nagende Heimweh.

Celiskas Herz formte eine leise Antwort auf das Rufen, einen warmen Willkommensgruß: Sei willkommen, Botschafter aus meinem geliebten Eisland. Ich kenne dich, habe dich schon früher gehört ...

Bevor sie mit Eljum den großen Fluss überquert hatte, hatte diese Stimme ohne Worte zu ihr gesprochen. Wie ein alter Freund erschien sie ihr. Jemand, der sie zurückbringen wollte an den Ort, an den sie mit ganzem Herzen gehörte. Die Stimme sprach nun zu ihr über Freundschaft und Hilfe. Ein wohliger Schauer durchlief Celiskas Körper. Die Hände sanken wieder von ihrem Gesicht herab, und ihre Augen spähten voll Erwartung um sich.

Sie spürte deutlich, dass jemand in ihrer Nähe war.

Ein leises Wispern in ihrem Inneren sagte ihr, dass sie keine Angst zu haben brauchte. Sie würden einander gegenüberstehen, sich in die Augen sehen können.

Kleiner Wolf hob den Kopf und blickte aufmerksam auf eine Stelle im Unterholz. Celiska richtete ihren Blick gebannt auf denselben Fleck. Ein Rascheln kündete von nahendem Besuch.

Der Kleine Wolf stand mühsam auf, den Schwanz leicht erhoben, die Ohren gespitzt. Auch Celiska erhob sich, den Körper erwartungsvoll gespannt.

Aus dem Unterholz spähte ein Augenpaar hervor.

Eine schwarze Nase an einer langen, pelzigen Schnauze streckte sich witternd zwischen den Blättern heraus.

Dann traten sie aus ihrem Versteck hervor, auf langen, schlanken Beinen, mit hoch erhobenen Köpfen: zwei große, kräftige Rauwölfe. Die beiden Tiere waren deutlich größer als der Kleine Wolf, der selber alles andere als ein kleiner Hund war. Doch Celiskas treuer Freund zeigte keinerlei Angst, sondern trat nur stumm einen Schritt auf die Wölfe zu und senkte leicht den Kopf, als wolle er sich verneigen. Sie waren ihr also über den großen Fluss gefolgt, stellte Celiska voller Erstaunen fest. Und sie waren es gewesen, die sie gerufen und getröstet hatten, von fern, mit ihren körperlosen Stimmen.

Still standen sie sich gegenüber, die Blicke der Wölfe waren fest auf das Mädchen geheftet. Und abermals erklangen ihre wortlosen Stimmen in Celiskas Innerem: Zurückgeleiten wollte man sie. Zurück in die Welt, in die sie gehörte. Aufgaben warteten. Aufgaben, die nur sie erfüllen konnte.

Wer bin ich, fragte Celiska stumm zurück, *dass ihr mir folgt bis an das Ende der Welt? Dass ihr mich vor dem Schneelaurer rettet? Dass ihr mich zurückbringen wollt?*

Doch sie blieben ihr die Antwort schuldig: *Komm mit uns*, forderte man sie aufs Neue auf.

Celiska schüttelte den Kopf: *Später. Ich muss mir erst etwas zurückholen, was man mir gestohlen hat.*

Die Wölfe wandten gleichzeitig die Köpfe und richteten ihre Blicke auf den Hund. Zuerst mit zögernden, dann mit immer fester werdenden Schritten setzte der Kleine Wolf sich in Bewegung und ging auf seine Artverwandten zu.

Voll Erstaunen begriff Celiska: Für den Kleinen Wolf würde gesorgt sein! Sie würde ihn wieder in ihre Arme schließen können, nachdem sie ihr Eigentum von Eljum zurückerlangt hatte!

Die Wölfe gaben ihr zu verstehen, dass sie warten würden. Und Celiska versprach ihnen mit vollem Herzen, ihnen zu folgen, wenn sie die beiden letzten Wünsche ihrer Mutter erfüllt hätte: das Amulett zu hüten – und die Tante in Norburg zu finden.

Die raupelzigen Brüder zogen sich zurück ins Dickicht, während der Kleine Wolf noch einen langen Blick zurück auf seinen Herrin warf. Die neuerliche Trennung schien ihm schwer zu fallen, und auch Celiska gab ihren Freund nur ungern in die Obhut anderer. Gerne würde sie ihm schmerzstillende Aufgüsse einflößen und seinen geschundenen Körper liebevoll mit Heilkräutern umwickeln, um die Heilung seiner Wunden zu beschleunigen und die Zeit für ihn erträglicher zu machen. Doch dafür blieb ihr keine Zeit. Sie musste Eljum folgen.

Ihr guter Orientierungssinn führte sie problemlos an die Stelle, wo sie die Verfolgung Eljums zugunsten des Kleinem Wolfes aufgegeben hatte. Nach allen Seiten sichernd näherte sie sich dem Ort, denn sie erwartete, jeden Augenblick auf Gordon zu treffen. Doch von dem fetten Jänak war weit und breit nichts zu sehen.

Eljums Spuren waren noch deutlich zu sehen, waren sie doch von Gordons schwerem Körper über eine größere Strecke hinweg zusätzlich ausgewalzt worden. Äste waren geknickt, Laub zerdrückt, Stiefelsohlen in die Erde gedrückt.

Celiska ahnte, dass nur der Anfang so einfach sein würde. An irgendeiner Stelle hatte Eljums wilde Flucht aufgehört. Und genau dort musste sein Verstand wieder begonnen haben zu arbeiten.

Wiedersehen

Gordon wusste genau, dass die kleine Kröte sich direkt auf den Weg in den Wald gemacht hatte. Das Einzige, was sie im Vorwärtskommen behindern würde, wäre der blöde Köter, den sie mit Sicherheit in ihr Schlepptau genommen hatte.

Aber was sollte es? Wenn die Kleine den Gesuchten zuerst fand, würde der sie entweder kaltmachen, oder sie würde mit ihrer geliebten Halskette davonkommen. Die Belohnung würde das Blag ihm nicht streitig machen, darauf war es gar nicht aus.

Das Einzige, was ihn wirklich störte, war, dass die kleine Kröte ihm von nun an wieder vor den Füßen rumspringen würde. Der Gedanke kotzte ihn wirklich an.

Schließlich hatte sie ihm schon genug Ärger eingebracht. Jetzt hatte er wegen ihr diese verrückten Fanatiker auf sich aufmerksam gemacht. Das konnte bedeuten, dass er sich eine Menge Ärger an Land gezogen hatte, auf den er wirklich gern verzichten würde. Er konnte nur hoffen, dass diese hochheiligen Fatzken den Schwindel geschluckt hatten und sie beide für unwichtige Dahergelaufene hielten. Doch sicher war er sich da nicht. Deshalb hieß es von nun an, Augen und Ohren weit aufzusperren. Denn mit diesen Gegnern wäre nicht zu spaßen.

Gordon brachte seinen Gaul Stinker in einem notdürftig hergerichteten Versteck in einem etwas abseits gelegenen Waldstück unter, bevor er sich an die Verfolgung machte. Er sorgte für ausreichend Futter und Wasser für die nächsten zwei bis drei Tage. Wenn er Pech hatte, würde die Verfolgung vielleicht etwas länger dauern. Doch das schwere Pferd durch das dichte Unterholz zu führen, brächte seine Erfolgsaussichten sicherlich gänzlich zum Erliegen.

So folgte Gordon der Spur vom heutigen Morgen in den Wald hinein. Zunächst war es sehr einfach, den ausgewalzten Spuren im Wald zu folgen: Zweige waren zerknickt, Laub zertrampelt.

Grimmig dachte Gordon daran, wie Helis ihm am heutigen Morgen entkommen war. Aber Waldlauf stand nun einmal nicht auf der Liste seiner Lieblingsaktivitäten. Und dann hatte ihm auch noch eine dämliche Baumwurzel den Weg versperrt und ihn ins Stolpern gebracht. Er war mit voller Wucht auf die Schnauze gefallen. Seine beim Kampf mit den Wegelagerern gebrochenen Rippen hatten eine heiße Schmerzserenade gesungen, zwischen Moos und Wurzeln hatte er sich gewälzt wie ein Gaul mit Kolik. Er hasste nichts mehr als solche Momente.

Helis hatte natürlich die Zeit genutzt, um sich davonzumachen. Und Gordon hatte es für einfacher gehalten, zuerst einmal, keuchend und schnaufend, den Weg zurück zum Wagen einzuschlagen, als ihm durch den unwegsamen Wald hinterher zu hecheln. Waldläufe waren, wie gesagt, nicht seine Sache. Und sich einzig und allein auf seine eher spärlichen Kenntnisse im Fährtenlesen zu verlassen, wollte er lieber vermeiden.

Na, nun war er doch zurückgeworfen worden auf den ursprünglich verworfenen Plan.

Es war nicht zu vermeiden, der inzwischen einige Stunden alten Fährte des Flüchtigen in den Wald zu folgen. Einen Hinweis auf einen Unterschlupf hatte die Durchsuchung der Kutsche nicht ergeben. Und das dumme kleine Mädchen hatte offensichtlich nicht die geringste Ahnung, was das wirkliche Ziel ihres Weggefährten sein mochte. Jedenfalls hatte der Knilch nicht den Weg nach Norburg eingeschlagen, das stand fest.

Ein gutes Wegstück nach der Stelle, wo Gordon bei der Verfolgungsjagd gestürzt war, hatte offensichtlich die wilde Flucht des Verfolgten geendet. Es wurde plötzlich sehr viel schwieriger, seine Spuren zu entdecken.

Die Augen konzentriert zusammengekniffen, bewegte sich der Söldner gebückt durch das Unterholz. Gleichzeitig achtete er aufmerksam auf alle Geräusche um sich herum, um unangenehme Überraschungen zu vermeiden. An sein linkes Ohr drangen die zahlreichen typischen Laute des Waldes. Glücklicherweise war das aufdringliche Piepen in seinem rechten Ohr langsam einem dumpfen Rauschen gewichen. Mit jeder weiteren Stunde kehrte auch die Wahrnehmung leiserer Geräusche wieder zurück.

Was hat die kleine Hexe mit ihrer Heulerei bloß angestellt?, fragte er sich nicht zum ersten Mal verärgert.

Langsam, doch zielstrebig setzte er seinen Weg fort. Hin und wieder wich er von der Fährte ab und musste kurz darauf wieder umkehren und sich neu orientieren.

Plötzlich nahm er in einiger Entfernung ein seltsames Geräusch wahr, das ihn aufhorchen ließ. Es war eine Art Blubbern, als würde irgendwo in einem gewaltigen Kessel Wasser gekocht. Gordon reckte den Hals und drehte langsam den Kopf, um die Richtung zu orten, aus der das Geräusch kam. Das Blubbern ging derweil in ein feuchtes Schmatzen über. Dann folgte das Krachen und Splittern von Holz.

Gordon konnte diese Laute nicht so recht einordnen, doch sie klangen beunruhigend. Er zog sein Schwert aus der Scheide und hielt es griffbereit vor sich, während er sich, auf das gesundes Ohr vertrauend, in Bewegung setzte.

Das Knirschen verstummte für einen Moment, stattdessen erklang ein gurgelndes, feuchtes Kichern, das Gordon unwillkürlich an einen alten Kumpanen denken ließ, der sich zu Tode gesoffen hatte: Der Kerl hatte nach literweise ›Orkengalle‹ recht ähnliche Geräusche von sich gegeben. Der Gedanke an den guten alten Ollo machte Gordon für einige Augenblicke etwas schwermütig, doch er konnte den nostalgischen Gedanken schnell wieder abschütteln. Hier wartete ganz bestimmt nicht sein Kumpel Ollo mit roten Triefaugen und einer ganzen Schwadron schmutziger Witze auf den Lippen. Der war längst unter der Erde verrottet.

Das Splittern, Knirschen und Schmatzen erklang erneut. Gleichzeitig erblickte Gordon hinter tief hängenden Ästen und Zweigen den toten Wald: Ein Teppich von bräunlich-grauem Moos lag vor ihm, während ein sanfter Wind beißenden Schimmelgeruch in seine Nase trieb.

Der Söldner blieb stehen und blickte sich um.

Baumstämme und Gehölz, die am nach Moder und Verwesung stinkenden Boden wuchsen, hatten sich grau verfärbt und waren teilweise mit grünlichem Schimmelrasen überzogen. Tiefe Risse zeigten sich im Holz der Stämme. Kein einziger Baum in Sichtweite trug auch nur ein Blatt. Braun und verwelkt lag das junge Laub zu Füßen der Bäume.

Gordon verspürte nicht die geringste Lust, seinen Fuß auf diesen verfluchten Boden zu setzen. Ihn beschlich das Gefühl, die Hand der Verwesung könne sich im selben Augenblick nach ihm ausstrecken und seinen Körper verdorren lassen.

Voller Misstrauen nach allen Seiten sichernd, schlich er mit größter Vorsicht am Rand des stinkenden Gebietes entlang. Die Grenze zum unberührten Teil des Waldes war wie mit einem Zirkel gezogen. Er hatte Ähnliches schon an den Grenzen zu den Schwarzen Landen gesehen; die Erinnerung daran ließ ihn schaudern. Kurz nach dem angeblich sicherem Grenzzugang wurde damals mehr als die Hälfte seiner Kampfgefährten von den Schergen des Dämonenmeisters Borbarad dahingemetzelt. Es war ein fürchterlicher Angriff gewesen, mit einem Kampfdämonen im Schlepptau der Gegner.

Wieder erklang das gurgelnde Kichern, diesmal sehr viel lauter. Gordon hob sein Schwert ein wenig an, setzte seinen Weg aber unbeirrt fort. Was auch immer dort sein Unwesen trieb, jetzt war er froh, dass er damals nach der Schlacht einem toten Krieger sein geweihtes Schwert abgenommen hatte. Ohne jeden Zweifel hatte der sowieso keine Verwendung mehr dafür.

Dass hier etwas abgrundtief Böses im Spiel war, war kaum zu leugnen. Doch sich zurückzuziehen, ohne einen Blick auf den Feind geworfen zu haben, wäre die Tat eines Feiglings. Und ein Kämpfer, der schon knietief im Gedärm seiner Feinde gestanden hat, machte sich nicht so schnell die Hosen voll.

Plötzlich hörte Gordon ein leises Wimmern, das von den übrigen Geräuschen beinah übertönt wurde. Und im nächsten Moment erblickte er die schleimtriefende Maden-Kreatur etwa fünfzehn Schritt vor sich, die Kiefer weit auseinander geklappt und das Maul sabbernd um einen dicken Baumstamm gelegt. Ätzender Schleim tropfte am Stamm entlang zu Boden und zerfraß knirschend das Holz. Lange Risse klafften im Stamm, verbreiterten sich zu Spalten.

Der Körper der Kreatur war etwa zweieinhalb Schritt lang, walzenförmig und von schleimigen Pusteln überzogen. Mehrere Pfeile hatten sich in das fette Fleisch gebohrt, doch das Untier schien diese nicht einmal wahrzunehmen. Vom Gesicht war nicht sehr viel zu sehen, denn dieses grub sich schmatzend und blubbernd in den Baumstamm.

Es lag ein Gestank in der Luft, der einem den Atem raubte und sogar dem abgehärteten Gordon Tränen in die Augen trieb. Die Lunge begann brennend zu protestieren.

Gordons Entschluss, diesen Ort auf der Stelle zu verlassen, stand im selben Moment fest. Hier gab es nichts zu holen. Das stinkige Mistvieh sollte sein Mittagessen lieber ohne seine Gesellschaft einnehmen!

Mit einem heftigen, unwilligen Kopfschütteln wandte Gordon sich ab und wollte sich davonschleichen. Er war froh, dass das schleimige Monster, das irgendeinem dämonischen Niederhöllen-Sumpf entsprungen war, ihn noch nicht wahrgenommen hatte.

»Aahhhh!«, machte es plötzlich blubbernd und gurgelnd hinter seinem Rücken. Seufzend warf Gordon einen Blick über die Schulter Er musste sich eingestehen, dass er nun doch entdeckt worden war. Er hatte einen Augenblick zu lange gezögert.

In dem Moment, als er sich wieder umdrehen wollte, um die Flucht anzutreten, sah er ganz oben im Geäst des Baumes, dessen Stamm eben noch von der Maden-Kreatur bearbeitet worden war, eine Gestalt hocken. Rotblondes Haar blitzte zwischen den Zweigen, von denen das sterbende Laub herabrieselte.

»Bei Rahjas prallen Titten, kann denn nicht einmal was glatt gehen?«, fluchte der Söldner laut.

Mit erhobenem Schwert stellte er sich der Schleim–Kreatur, darauf gefasst, dass ihn kein Spaziergang erwartete. Es war nichts als harte Arbeit ohne Lohn!

Gelbe Augen glotzten ihn aus tiefen Höhlen an. Der zahnlose Mund der Kreatur klappte auf und zu und machte dabei feuchte Plop–Geräusche. Aus den Mundwinkeln rann unablässig der Schleim, hier und da mit rotbraunen Blutklumpen versehen.

Mit einem grimmigen Kampfschrei stürzte Gordon sich auf das Dämonenwesen.

Aus dem walzenförmigen Körper der Kreatur schnellte plötzlich eine Unzahl langer, dünner Tentakel hervor. Sie klatschten zischend gegen Gordons Brust und Arme und hinterließen qualmende Ätzungen im Leder und Metall. Gerade noch rechtzeitig gelang es Gordon, sein Gesicht mit dem Schwert zu schützen. Dann holte er zu einem Rundumschlag aus.

Das gewaltige Schwert sauste pfeifend durch die Luft und zerschnitt die fadenartigen Arme wie Butter. Dünnflüssiger Schleim spritzte hervor. Dort, wo die feinen Tropfen auf Gordons Kopf niederregneten, schmerzten sie wie Nadelstiche. Sie ätzten sich dampfend durch Haar und Haut.

Ein Stöhnen drang aus Gordons Kehle, als ein scharfer Schmerz durch seinen Brustkorb fuhr. Die gebrochenen Rippen protestierten auf das Heftigste gegen die schnelle

Bewegung des Körpers. Doch die Kreatur ließ ihm keine Ruhe, die Tentakel schossen abermals hervor, während der fette Körper des Wesens sich langsam zu ihm heranwälzte.

Gordon ließ das Schwert nun ein zweites Mal einen kraftvollen Halbkreis beschreiben, ungeachtet des reißenden Schmerzes in seinem Brustkorb. Wieder ging ein Regen aus ätzenden Schleimtropfen auf ihn nieder.

Die Kreatur riss mit einem lauten Schmatzen das zahnlose Maul auf – und schnellte urplötzlich auf Gordon zu. Eine derart flinke Bewegung hätte man dem wulstigen, trägen Körper kaum zugetraut. Gordon machte einen raschen Satz zur Seite, sodass der runde Kopf des Wesens nur seinen rechten Arm streifte. Leder und Nieten zischten und dampften.

Bei jedem Atemzug strömte ätzende, beißende Luft in Gordons Lungen.

Die Kreatur wandte den Kopf. Ein irrsinniges Funkeln glomm in gelben Augen.

»Komm her«, keuchte Gordon, während er abermals die beidhändig geführte Klinge hob. »Ich mache Madengeschnetzeltes aus dir!«

Die schmerzenden Rippen gaben keine Ruhe, sondern sandten ein pulsierendes Stechen durch sämtliche Nervenstränge.

Gordon verspürte den Drang, sich zusammenzukrümmen. Doch er zuckte nicht einmal mit der Wimper, sondern starrte dem schleimigen Dämon ohne jede äußere Regung in die Augen.

Schwächen galt es vor dem Gegner zu verbergen, sonst war man geliefert.

Wieder riss das Wesen sein Maul auf. Schleimfäden spannten sich zwischen den lippenlosen Kiefern. Schorfig braun-rot war die klaffende Mundhöhle. Ein schriller Laut entströmte der Kehle, der weit entfernt war von allen Tönen, die Gordon je von einem lebenden Wesen gehört hatte. Gellend, hämmernd, ohrenbetäubend war der Schrei, der sich dem Madenkörper entrang. Gordons Trommelfell drohte zu zerreißen.

Doch unerschrocken holte er weit aus, täuschte einen Schwertschlag von rechts oben an. Die Kreatur wand sich zur Seite, aber die gelben Augen ließen den Blick des Gegners nicht los.

Urplötzlich änderte der Söldner die Richtung des Schlags und traf den Madenkörper mit aller Wucht in die Seite.

Der schrille Schrei wurde noch gellender, ließ die Luft erzittern. Gordons Schädel dröhnte.

Aus der klaffenden Wunde der Kreatur ergoss sich ein Schwall blutigen Schleims.

Ein weiterer wuchtiger Hieb Gordons ging ins Leere, als der Madenkörper krampfartig zu zucken begann.

Die fadenartigen Tentakel schossen erneut hervor, erwischten Gordons führenden Schwertarm und wickelten sich fest darum. Gordon spürte deutlich, welche Kraft in diesen so unscheinbar wirkenden Ärmchen steckte. Sie rissen an ihm und wollten ihn zu dem Dämon zerren, der mit noch immer weit geöffnetem Maul seinen schier nicht enden wollenden Schrei ertönen ließ.

Doch Gordon hatte der Kraft der Kreatur einiges entgegenzusetzen. Er riss den Arm mit aller Gewalt zurück, konnte sich aber bei diesem ersten Versuch nicht befreien. Giftig glommen die gelben Augen des Dämons, während der Madenkörper zuckend hin- und herruckte.

Plötzlich erklang eine helle Stimme:

»He, Schleimpfropfen!«

Die Kreatur fuhr herum und riss Gordon im ersten Moment beinah von den Füßen. Das rechte Bein des Söldners schnellte nach vorn und fing sein Gewicht im letzten Moment ab. Gordon stemmte sich sofort mit aller Kraft gegen den plötzlichen Ruck, während vor Anstrengung der Schweiß über seine Stirn lief. Die Fangarme hielten diesem Tauziehen nicht stand und zerrissen platschend. Gordons Arm war wieder frei.

Zischend und von blinder Wut getrieben wälzte sich die angeschlagene Kreatur auf das rothaarige Mädchen zu.

Gordon setzte dem Monster im Laufschritt nach, hob den Andertalbhänder und zerteilte mit einem wuchtigen Hieb Kopf und Körper der Kreatur wie ein Stück tulamidische Würzwurst. Ätzender Schleim spritzte in alle Richtungen, sodass Gordon sich auf dem Absatz umdrehte und seine Arme schützend über den Kopf warf. Der unmenschlich schrille Schrei schwoll zu einem markerschütternden Crescendo an, ebbte jedoch sogleich wieder ab.

Unheimliche Stille legte sich über den Wald.

Nur das Platschen vereinzelter Schleimtropfen auf den Waldboden war noch zu hören.

Dann war auch dies vorbei.

»Puh«, sagte eine Mädchenstimme dicht an Gordons Ohr, »da haben wir beide noch mal Glück gehabt.«

Gordon ließ die Arme und sinken und hob den Kopf. Er schaute direkt in zwei bernsteinfarbene Augen.

»*Du* hast Glück gehabt«, stellte er richtig. »*Ich* habe das Mistvieh erledigt.«

Er wandte sich um und besah sich die Bescherung am Waldboden. Von der Kreatur war außer einigen dampfenden Schleimpfützen nichts mehr übrig. Moos und Farn sahen dort, wo das dämonische Wesen seinen fetten Körper hingewälzt hatte, wie verbrannt aus. Ein schrecklicher Gestank lag in der Luft, der einer Mischung aus verkohltem Fleisch und verwesten Gedärmen glich.

»Gut«, würgte Gordon hervor, »es ist Zeit, zu gehen.«

Nach einigen schnellen Schritten hatte er wieder grün bemoosten Boden unter den Füße. Noch ein gutes Stück weiter wurde der Gestank langsam schwächer, bis er irgendwann einigermaßen erträglich war. Hier blieb Gordon stehen. Er bückte sich trotz seiner gegen diese Bewegung protestierenden Rippen, und wischte sorgfältig sein Schwert mit Moos und Laub ab. Der ätzende Schleim hatte das Metall bereits verfärbt, der Schaden hielt sich jedoch in Grenzen. Ein zufriedenes Grinsen breitete sich auf Gordons Gesicht auf, als er feststellte, dass sein wichtigstes Arbeitsgerät die Schleimattacke überstanden hatte. Dieses Schwert war in der Tat etwas ganz Besonderes, das wurde immer deutlicher.

Seine Rüstung war weitgehend intakt, wenn auch etwas angefressen und noch weniger wohlriechend als sonst.

»Ob es noch mehr davon hier gibt ...«, hörte er die wohl bekannte Stimme hinter seinem Rücken.

Er fuhr herum. Dort stand schon wieder die kleine Göre, etwas bleich und ramponiert, aber ansonsten gesund und munter.

»Warum läufst du mir nach?«, grollte er.

»Nicht, weil ich dich leiden kann«, gab sie zurück.

»Sondern?«, fragte er grimmig und wog das Schwert in seinen Händen.

»Wenn es noch mehr davon gibt ...«, sie blickte verstohlen über ihre Schulter, ehe sie sich ihm wieder zuwandte, »habe ich nicht einmal meinen Dolch, um mich zu verteidigen.«

»Pah«, Gordon spuckte einen Schleimpfriem aus, der dem des Dämons in nichts nachstand. »Wofür brauchst du deinen Dolch? Um so ein Viech damit totzukitzeln?«

Das Mädchen straffte seinen kleinen Körper und hob stolz das Kinn. »Gib mir meinen Dolch zurück – und dein Schwert dazu.«

Nun konnte Gordon nicht mehr anders, als in Lachen auszubrechen. Zu komisch klang diese überzogene Forderung für ihn.

Doch die schmerzenden Rippen brachten seinen Lachanfall recht schnell wieder zum Erliegen.

Er hob sein Schwert an. »Komm«, sagte er, »hol's dir.« Ein vorfreudiges Grinsen breitete sich auf seinem Gesicht aus.

Leider blieb die kleine Kröte dort stehen, wo sie war.

»Wie lange«, meinte sie überlegend, »wird ein dummer Jänak wie du wohl brauchen, bis er Eljum in diesem Wald gefunden hat? Seine Fährte ist von hier an kaum mehr lesbar, doch *ich* weiß genau, wo es weitergeht.«

Gordon gab ein unwilliges Schnaufen von sich. Er hatte die Fährte bis hierher verfolgt, darum musste er sich nicht von diesem Rotzblag erpressen lassen.

»Du kriegst nichts von mir«, schnauzte er das Mädchen an. »Der alte Gordon findet seinen Weg schon.«

Damit wandte er sich wieder um und ging mit großen Schritten davon.

»Ich warte hier auf dich«, hörte er sie hinter sich rufen. »Den Rest des Tages – und eine Nacht. Dann bin ich weg.«

»Verpiss dich«, presste Gordon zwischen den Zähnen heraus.

Dies sollte die schlimmste Nacht in Celiskas Leben werden.

Der dicke Schwertträger war bis zum Abend nicht zurückgekommen, und so hatte sie ihr Lager in der Astgabel eines Baumes aufgeschlagen.

Klettern konnte die Art von Ungeheuer, die ihr am gestrigen Tag begegnet war, offensichtlich nicht. Doch war es zumindest möglich, dass noch andere Monster in diesem Wald lauerten.

Sie wusste genau, dass die nächste Begegnung mit einer Kreatur wie der gestrigen ihren sicheren Tod bedeuten würde. Und das Ungeheuer hatte es anscheinend ganz gezielt auf sie abgesehen gehabt, denn es hatte ihr hinterrücks aufgelauert. Und wo eines dieser Art war, da konnten auch noch mehr sein.

Der dumme Jänak und sein Schwert waren leider ihre einzige Rettung. Und ihre einzige Hoffnung blieb, dass er sich nicht als wahrer Meister im Fährtenlesen entpuppte. Denn nur ein Meister war in der Lage, den weiteren Weg zu finden. Oder die empfindliche Nase eines Wolfes ...

Der Wald um sie herum war still wie ein Grab.

Kein Nachtvogel ließ seinen Ruf vernehmen, kein Fuchs huschte durch das Unterholz. Sogar die Luft war bewegungslos, nicht die kleinste Brise drang durch das Blätterwerk der Bäume.

Mit weit geöffneten Augen starrte Celiska in die Schwärze der Nacht. Für sie war nicht einmal an Schlaf zu *denken*. Jeden Moment erwartete sie, dass eine Bestie über sie herfiele, um sie zu zerfleischen.

Sie schreckte zusammen, als sie ein gurgelndes Geräusch in ihrer Nähe wahrnahm. Bewegungslos verharrte sie und lauschte angestrengt. Sie vermeinte, Schatten über den Waldboden huschen zu sehen, doch dann waren alle Geräusche verstummt.

Wie sehr sehnte sie in dieser Nacht Adjok herbei, in dessen starken Armen sie Geborgenheit hätte finden können. Doch es war kein Gefährte mehr an ihrer Seite, nicht einmal ihr vierpfötiger Freund war ihr geblieben.

Und nun saß sie hier und hoffte darauf, von dem stinkenden, abscheulichen Mistkerl Gordon Hilfe zu erlangen. Ein Mann, mit dem sie kein einziges Wort mehr hatte wechseln wollen. Jeder andere Ausweg wäre ihr weitaus lieber gewesen!

Und die Nacht schien nicht enden zu wollen.

Doch irgendwann, nach einer langen Ewigkeit, brach die Morgendämmerung herein. Im grauen Zwielicht wurden die Konturen der Bäume und Blätter sichtbar.

Doch die Stille blieb.

Gerne hätte Celiska ihre Flöte hervorgeholt und mit der Musik ihres Herzens den Morgen begrüßt. Doch das Flötenspiel würde jedem Lebewesen in einem gewaltigen Umkreis ihren genauen Standort verraten. So musste sie das Schweigen des Waldes weiterhin in seiner ganzen lastenden Schwere ertragen.

Plötzlich, die ersten dünnen Sonnenstrahlen brachen gerade durch das Blätterdach, waren Schritte zu hören.

Celiska richtete sich auf, all ihre Sinne waren geschärft.

Eindeutig näherte sich ein Wesen mit nicht unbeträchtlichem Körpergewicht, dem es nicht ganz gelang, die

Geräusche, die sein Kommen ankündigten, zu verbergen. Hin und wieder war ein leises Klimpern von Rüstungsteilen zu vernehmen, dann ein unterdrücktes Schnaufen.

Ein kleines Lächeln erschien auf Celiskas eben noch angespanntem Gesicht: Der fette Jänak kehrte also zurück. Na, immerhin war *sein* Gestank besser zu ertragen als der des Schleimwesens am gestrigen Tag!

Die kleine, rotblonde Hexe war es gewesen, die den Stein an Jonaros Ring zum Leuchten gebracht hatte. Das Mädchen war gesehen worden, als sie mit dem verfluchten Frevler in das Dorfgasthaus in Jarlak eingekehrt war. Der Wirt der Schänke, in der sie auf den widerspenstigen Zwerg getroffen waren, hatte sie eindeutig wiedererkannt. Er hatte an jenem Tag das Dorfgasthaus besucht, dessen Eigentümer sein Bruder war.

Die Kleine, die sich Celiska nannte, war der schwarzen Kunst mächtig und offensichtlich die Erfüllungsgehilfin des Widerwärtigen.

Ein verdorbenes Kind, durch und durch.

Zwei der Praiosdiener, darunter der blondhaarige Hüne, waren dem Mädchen zu Fuß in den Wald gefolgt. Die Hexe würde sie mit Sicherheit zu dem Gesuchten führen. Am Ende könnten sie beide einer gerechten Strafe zuführen.

Zwei weitere Kampfgefährten hatten sich auf die Fährte des schmierigen Söldners begeben, der behauptete, der Onkel des Mädchens zu sein. Dass die beiden sich, kaum dass sie die Schänke verlassen hatten, im Streit getrennt hatten, war äußerst verdächtig. Doch man würde schon in Erfahrung bringen, auf welch seltsame Weise diese verachtungswürdigen Kreaturen miteinander in Verbindung standen.

Und siehe da: Nun hatten die vier Gefährten sich tatsächlich wiedergetroffen, an diesem ganz offenkundig verfluchten Ort mitten im Bornwald. Der Wald lag hier im Sterben, kein Fleckchen Grün war mehr zu sehen. Stattdessen traf man auf Tod und Verwesung. Ein mit eitrigen Geschwüren bedecktes Kaninchen schleppte sich aus seinem Bau und verendete vor den Füßen des blonden Hünen.

Und ein bestialischer Gestank lag in der Luft, der einem brennende Tränen in die Augen trieb.

Die Blicke der Gefährten begegneten sich. In den Augen der anderen war die Erkenntnis deutlich abzulesen, dass eine verachtungswürdige Manifestation des abgrundtief Bösen an dieser Verwüstung Schuld sei. Sie alle kannten den Namen des dämonischen Wesens, das Krankheit und Verderben in diesem und noch größerem Ausmaß über alles Leben brachte.

Praios' heiliger Zorn war für Praiosdiener deutlich spürbar. Jeder, der dafür verantwortlich war, dass ein solcher Frevel hatte stattfinden können, war dafür zur Rechenschaft zu ziehen. Die kleine Hexe hatte sicher ebenso den Tod verdient wie Helis und dieser schmierige Söldner. Frevler der übelsten Sorte waren sie, Schergen des Bösen.

Oh, wären sie doch endlich alle ausgelöscht und in die Niederhöllen geschickt! Man hätte diesen Verbrechern gegen Praios' heilige Werke bereits in der Schänke, beim ersten Zusammentreffen, das überaus schmutzige Handwerk legen sollen. Ach, wenn sie in jenem Augenblick gewusst hätten, mit welch grauenvollem Pack sie es zu tun hatten!

Und nun waren der Söldner und die Hexe wieder gemeinsam unterwegs. Vielleicht war ihr lautstarker Streit auch nur eine Finte gewesen, um eventuelle Verfolger zu verwirren.

Doch eines war sicher: Die Diener des Götterfürsten würden dieses Übel restlos auslöschen, wenn es an der Zeit war!

»Bääähh«, machte Gordon und verzog dabei angeekelt das Gesicht. Dies war wirklich das widerlichste Gebräu, das ihm jemals zugemutet worden war!

»Alles austrinken«, befahl die kleine Kröte mit ernstem Blick.

Doch seine Hand fuhr wie von selbst zu dem Schlauch mit der ›Orkengalle‹, der neben ihm auf dem Boden lag. Weit riss er seinen Mund auf und legte den Kopf in den Nacken, doch es kamen nur noch wenige Tropfen aus dem Schlauch heraus. Alles Schütteln und Fluchen half nichts, es war kein Schnaps mehr vorhanden.

Gordon knallte den Schlauch wütend zurück auf die Erde.

»Ich will deinen Mist nicht mehr trinken! Es schmeckt ekelhaft ... gesund!«

Celiska hob die Brauen: »Wenn du weiter Schmerzen haben willst ... Vielleicht wird dann die nächste Made uns beide auffressen.«

Gordon spuckte verächtlich aus. »So ein Ungeziefer wird mich nicht erwischen, das schwöre ich!«

Er stützte beide Hände auf den Waldboden und wollte sich mit einem kräftigen Ruck hochstemmen, doch der heiße Schmerz, der im selben Moment durch seinen Körper fuhr, ließ ihn zusammenzucken.

Schnaubend und fluchend griff er unter Celiskas kritischem Blick nun doch zu der Holzschale mit dem von ihr zubereiteten Kräutertrunk. »Nur, damit du mir nicht weiter auf die Nerven gehst«, stellte er klar, bevor er die Schale abermals an die Lippen hob und die Flüssigkeit durch seine Kehle zwängte.

Als er danach in das zufriedene Gesicht des Mädchens blickte, hätte er das Gebräu am liebsten wieder ausgewürgt.

Doch als einige Zeit später die Wirkung einsetzte, war Gordon angenehm überrascht. Fast schien es, als hätte eine Wunderheilung seines lädierten Brustkorbs stattgefunden. Die Schmerzen waren beinah wie weggefegt, nur hin und wieder war ein stark gedämpftes Ziehen an den verletzten Rippen zu spüren.

Dafür setzte nun allerdings ein gewaltiger Durst nach Schnaps ein, der durch nichts, was in diesem Wald wuchs, zu stillen war. Celiska kam auf der Fährte ihres ehemaligen Begleiters nur wenig schneller voran als Gordon am vorigen Tag. Misstrauisch beobachtete der Söldner das Mädchen, denn er mutmaßte, dass es, wie er selbst, womöglich recht bald vom Weg abkommen und ihm eine falsche Sicherheit vorspielen würde.

Doch seine Aufmerksamkeit wurde alsbald durch das untrügliche Gefühl abgelenkt, dass sie aus nicht allzu großer Entfernung beobachtet wurden. War es ein weiterer Dämon, der sie verfolgte?

Gordon blieb stehen, blickte sich argwöhnisch um und schnupperte. Es roch nach Erde, Laub und feuchtem Moos, genauso, wie man es in einem Wald erwartete. Es war keinerlei Verwesungsgestank auszumachen, oder irgendein anderer Geruch, der störend wirkte. Doch es war ihm, als hafteten gespannte Blicke einer reglosen, doch für ihn im Dickicht des Waldes unsichtbaren Gestalt auf ihn. Dieses Gefühl war äußerst beunruhigend. Seine ohnehin geschärfte Wachsamkeit würde er aufgrund dieser Tatsache wohl noch weiter steigern müssen. Denn wer auch immer heimlich hinter ihnen herschlich, hatte sicher keine guten Absichten ...

Mit einem Schlag fiel es wie ein wahrer Schuppenregen von seinen Augen: Man hatte die kleine Kröte mit ihrem zwielichtigen Begleiter überall im Dorf Jarlak gesehen! Jeder hätte das problemlos in Erfahrung bringen können, erst recht eine Kutten tragende Respektsperson. Und als er selbst das Mädchen vor den Augen der Bannstrahler aus der Schänke geschleppt hatte, hatte auch er sich mit dem von der Praios-Kirche Gesuchten in Verbindung gebracht!

Gordon stieß ein höchst verärgertes Schnauben aus.

Wieso hatte er das alles nicht bereits vorher bedacht?

Die Wahrscheinlichkeit, dass die weiß gekleideten Möchtegern-Heiligen sich auf ihre Fersen geheftet hatten, war gewaltig! Sie wären schön blöd, wenn sie ihnen nicht gefolgt wären!

Und betrachtete man die Tatsache, dass er und die kleine Göre sich unrettbar in die ganze Angelegenheit verstrickt hatten, waren die netten Herren in Weiß sicher scharf darauf, sie drei mit einem Schlag platt zu machen.

Doch nun war es zu spät, er hatte die Fluchttür bereits hinter sich zugeschlagen. Mit heiler Haut davonzukommen, war nicht mehr sehr wahrscheinlich.

Celiskas Augen weiteten sich. Ein Lächeln erschien auf ihrem blassen, müden Gesicht, als sie sich den winzigen Tierchen näherte, die in der Nähe eines Erdlochs auf ihren Bäuchen lagen und mit den kurzen Beinen ruderten. Aus ihren kleinen, schwarzweiß gestreiften Gesichtern stachen kugelrunde, schwarze Augen hervor. Die winzigen Körper waren rundlich und mit grauweißem, flauschigem Pelz überzogen.

Diese Art von Tieren hatte Celiska noch nie im Leben gesehen. Doch dass es sich hier um Junge handelte, die durch ihre hilflose Art ihr Herz erweichten, war ihr sofort klar. Mit behutsamen Bewegungen hockte sie sich nieder, um die Tiere nicht zu erschrecken. Dann streckt sie langsam und vorsichtig die Hände aus, um die kleinen, grauen Knäuele zu berühren. Sie musste an die niedlichen Welpen denken, die Weiße Pfote oben im Nordland in einer Höhle zur Welt gebracht hatte.

Fünf kleine Tierchen waren es, und alle fünf Augenpaare richteten sich nun auf das kleine Mädchen. Ein gelbliches

Glimmen war für einen Moment im Schwarz der Knopfaugen zu sehen.

Doch bevor Celiska reagieren konnte, hatte eines der Tiere bereits einen unerwartet schnellen Satz gemacht und nach ihrer Hand geschnappt. Spitze Zähne bohrten sich in ihren Mittelfinger. Erschreckt riss sie den Arm hoch und versuchte, das Tier abzuschütteln, das sich fest in ihrem Fleisch verbissen hatte. Aus den Augenwinkeln nahm sie die schreckliche Verwandlung der anderen vier Tiere wahr: Der eben noch so flauschige Pelz fiel ihnen in dicken Büscheln aus, die Augen sackten immer tiefer in die Höhlen, die Haut schälte sich von ihren Körpern.

Die spitzen Zähne ließen abrupt ihren schmerzhaft pochenden Finger los. Ein blutiger, in Auflösung begriffener Tierkörper klatschte zurück auf die Erde. Gelbrote Augen glommen wie kleine Feuerbälle aus dem ausgezehrten Schädel.

Celiska wollte auf die Beine springen, in Panik davonlaufen. Doch plötzlich verschwamm die Welt vor ihren Augen, und aus ihren Gliedern wich alle Kraft. Sie spürte, wie sie schlagartig die Kontrolle über ihren Körper verlor, als fließe ein lähmendes Gift durch ihre Adern.

Angst befiel sie, bebende Angst.

Sie wollte nicht sterben!

Hilflos fiel sie hintenüber und blieb auf dem Rücken liegen, die weit geöffneten und halb blinden Augen auf das Erdloch gerichtet, aus dem die kleinen Tiere hervorgekrochen zu sein schienen. Doch jetzt kam etwas anderes aus diesem Loch hervor. Etwas, das wie lange, graue Arme aussah, die nach ihr griffen. Es war, als ob eine dichte Nebelwand zwischen ihren Augen und der Welt um sie herum lag, doch die zuckende, tastende Bewegung nahm sie mit Grauen wahr. Etwas schlang sich fest um ihren Arm und zog ihren Körper über den Boden, Stück für Stück.

Die Angst steigerte sich zu purem Entsetzen. Sie konnte nichts tun, nicht einmal schreien! Sie würde bei lebendigem Leib von einem Ungeheuer gefressen werden! Klägliche Laute entrangen sich ihrer Kehle, während sich die Welt um sie herum zu verändern begann. Die Gerüche des Waldes wurden intensiver, darunter mischte sich der übersteigerte Gestank der zerfallenen Tierkörper.

Ihre Sehschärfe kehrte wieder zurück, ging bald über ihre normale Sehfähigkeit hinaus. Sie sah jeden Riss, jede knorrige Vertiefung in den grauen Wurzelarmen.

Die Wurzeln griffen fester zu, sodass sie ihr beinah die Knochen zerquetschten. Sie rissen und zerrten an ihr, ihr Rücken schleifte über Moos und Steine.

Und plötzlich brach doch ein Schrei aus ihr heraus. Es war, wie bereits beim nächtlichen Überfall Gordons auf Eljums Kutsche, nur ganz zu Anfang ihre eigene Stimme, die erklang. Langsam veränderte sich der Ton, glich immer mehr einem lang gezogenen Heulen. Dem Heulen eines Wolfes.

Auch ihr Körper schien sich zu verändern, schien zu schrumpfen. Sie fühlte einen Druck in ihrem Inneren, das Ziehen der Haut. Doch da waren keine Schmerzen, nur dieses Gefühl des sich Hingebens, der Vertrautheit.

Irgendwie gelang es ihr, alle verbliebenen und neu entflammten Kräfte zu sammeln, um auf allen Vieren ein Stück davonzukriechen. Der harte Griff um ihren Arm löste sich, als sich ihre Gliedmaßen immer stärker zusammenzogen. Die Wurzeln gaben sie wieder frei.

Dann war es ihr plötzlich nicht mehr möglich, sich zu regen. Sie fühlte sich wie betäubt, das laute Heulen aus ihrer Kehle ebbte ab. Die Lider fielen ihr zu, ohne dass sie dagegen ankämpfen konnte. Sie sackte zusammen und blieb bewusstlos auf dem Bauch liegen.

Ein Schrei Celiskas ließ Gordon aufschrecken.

Die kleine Kröte war weitergezogen, während er hier gestanden, gespäht und geschnuppert hatte. Mürrisch knurrend setzte er sich nun dorthin in Bewegung, woher der Aufschrei gekommen war; darauf gefasst, dass das dumme Blag sich schon wieder selbst in arge Schwierigkeiten gebracht hatte.

Doch ganz offensichtlich war seit seinem abrupten Halt ein wenig mehr Zeit vergangen, als er erwartet hatte. Jedenfalls hatte die Kleine bereits eine recht beachtliche Wegstrecke hinter sich gebracht, denn sie war nicht gleich hinter dem nächsten Baum zu finden.

Der Schrei des Mädchens veränderte sich, zog sich in die Länge, hatte plötzlich etwas Tierhaftes an sich. Dieses wolfsartige Geheul ließ ihn augenblicklich an seine Ohren greifen.

Und dann plötzlich sah er die Bescherung: Die kleine Kröte lag bäuchlings ausgestreckt auf dem Waldboden, mit geschlossenen Augen, scheinbar ohne Bewusstsein.

Doch was war mit ihrem Körper geschehen?

Einen Moment lang glaubte Gordon, dort nur einen Kopf vor sich zu haben, der aus leeren Kleidungsstücken herausragte. Ärmel und Hosenbeine lagen zusammengesunken auf dem Boden, und auch in der Jacke schien kein Körper mehr zu stecken.

Und wo waren Celiskas Hände geblieben?

Bei genauerem Hinsehen erkannte er, dass etwas aus den Ärmeln der Jacke herausragte, das aussah wie Tierpfoten. Die Pfoten eines Hundes vielleicht.

Gordon hatte sich schon lange gefragt, was aus dem Köter des Mädchens geworden war. Und mit einem Schlag schien es ihm, als seien die beiden eins geworden!

Aus den Augenwinkeln nahm Gordon eine Bewegung wahr. Er riss seinen Blick von der obskuren Gestalt am Boden los und entdeckte graubraune, knorrige Wurzeln, die sich wie die Arme eines lebendigen Wesens an das Mädchen herantasteten, nach ihm greifen wollten.

Mit wenigen Schritten war er bei der kleinen Kröte, zog sein Schwert und hieb auf die Wurzelarme ein, zerstückelte sie regelrecht. Bei jedem Schlag erklang ein Laut wie ein ferner, schriller Schrei. Bräunlicher, zäher Saft troff aus den Wunden. Die Wurzelarme erinnerten Gordon stark an die fadenartigen Tentakel, mit denen die Maden-Kreatur nach ihm gegriffen hatte. Auch diese Greifarme verströmten einen Geruch, der in der Nase biss.

Einzig ein blutender, sich windender Stumpf konnte sich vor Gordons Schwerthieben in dem Erdloch in Sicherheit bringen, aus dem das Ding hervorgekommen war.

In dem, was von dem Mädchen übrig geblieben war, war kein Leben. Gordon wollte das Kind bei den Schultern packen und es durchrütteln, bekam aber nur die Jacke zu fassen. Er klopfte der kleinen Kröte kräftig mit flacher Hand gegen die Wangen, doch sie schlug die Augen nicht auf.

Vielleicht war es auch besser so, dachte Gordon. Wer wusste schon, welche Art von Verwandlung mit dem Mädchen vorgegangen, ob sie überhaupt noch in irgendeinem Sinne sie selbst geblieben war?

Ein schneller Griff an ihre Halsschlagader sagte ihm jedoch, dass sie noch lebte. Der Puls war recht schwach, aber regelmäßig.

Als sein Blick kurz abschweifte, entdeckte er einen schwelenden Haufen Fell und Knochen auf einem Stück fauligen Mooses.

Ihm hatte schon beim Auftreten dieses säuretriefenden Dämons geschwant, dass er diesem Helis am besten gleich den Kopf von den Schultern hätte trennen sollen. Mit den Bannstrahlern im Nacken und vielleicht einer Schwadron von Dämonen vor sich, sah die Sache ziemlich beschissen aus. Auch für eine alte Kampfsau wie ihn waren das eindeutig zu viele verschiedene Interessen, die da aufeinander prallten.

Da wünschte man sich doch die Gabe herbei, sich unsichtbar machen zu können.

Er zog das leblose Mädchen am Jackenärmel, aus dem tatsächlich eine hundeartige Pfote ragte, ein Stück von dem

Erdloch fort, in das sich der Wurzelstumpf zurückgezogen hatte.

Dann, als die Kleine noch immer nicht erwachte und ihm keine Idee kam, wie er sie wieder zum Leben erwecken könnte, sah er sich nach Spuren um, die Helis hinterlassen haben mochte.

Eines stand fest: Dieser kleine Spuk bewies, dass sie sich hier tatsächlich auf der richtigen Fährte befanden. Und vielleicht konnte er von hier an allein den Weg finden. Wieso sollte er auch darauf warten, dass das bizarre Wesen aufwachte, in das sich die kleine Kröte verwandelt hatte? Um sich noch mehr Ärger einzuheimsen, als er ohnehin schon am Hals hatte?

Aufmerksam prüfte Gordon Boden und Unterholz. Er achtete auf jeden abgeknickten Zweig, auf den winzigsten Abdruck im Moos. Und tatsächlich entdeckte er eine relativ eindeutige Spur, die in dieselbe Richtung führte, die sie bereits eingeschlagen hatten. Ein kleines Grinsen erschien trotz aller Widrigkeiten auf seinem Gesicht: Nun, er war schließlich kein Hosenscheißer. Raus aus der Sache kam er nicht mehr – also wollte er sehen, ob es für ihn nicht doch noch etwas zu holen gäbe.

Doch bald verlor sich die Spur, und er wusste nicht, wie es weiterging.

Er war nun mal ein Kämpfer und kein verdammter Waldläufer! Er gab ein ärgerliches Schnauben von sich und machte sich voll Widerwillen auf den Rückweg, zu der kleinen Göre. Wenn die sich inzwischen in irgendein Ungeheuer verwandelt haben sollte, könnte er ihr ja immer noch das Schwert in den Leib rammen.

Bei diesem Gedanken verspürte er eine merkwürdige, unangenehme Regung in seinem Inneren, die er sogleich auf Verdauungsbeschwerden zurückführte.

Noch immer lag das Kind bewusstlos am Boden. Aus den Ärmeln ragte jetzt eine merkwürdige Kombination aus menschlichen Händen und Tierpfoten: fünf verkrüppelt wirkende, mit Krallen besetzte und teilweise mit Fell überzogene Finger. Wiederum tastete er nach der Halsschlagader des Mädchens. Im ersten Moment konnte er den Puls gar nicht finden, denn er war sehr viel schwächer geworden.

»Du wirst doch nicht verrecken?«, fragte er die Kleine, die mit geschlossenen Augen vor ihm lag.

Vielleicht wirkte ein tödliches Gift in Celiskas Körper, vielleicht vollzog sich in ihr die Verwandlung zu einer pervertierten Kreatur.

Er zog den Anderthalbhänder aus der Scheide und ließ sich schnaufend neben das Kind auf den Waldboden fallen. Er würde sich schon zur Wehr setzen können, falls dieses Wesen, das dort neben ihm lag, bei seinem Erwachen feindselig gesonnen sein sollte.

Er griff nach der ledernen Tasche, die um die Schulter des Mädchens hing, und öffnete sie. Die Kleine hatte eine ganze Sammlung Heilkräuter dabei, das hatte er gesehen, als sie ihm das schmerzstillende Mittel bereitet hatte. Doch konnte er mit dem Grünzeug nicht viel anfangen. Und natürlich hatte die Göre ihre Mittelchen nicht fein säuberlich beschriftet, sondern ohne ersichtliche Ordnung in ihre Tasche gestopft.

Er berührte kurz die bizarr geformte Hand des Mädchens und bemerkte, dass diese eiskalt war. Er konnte nichts tun, außer abzuwarten und zu lauschen, ob die Verfolger irgendeinen Mucks von sich gaben. Doch das taten sie nicht. Aber das Gefühl, beobachtet zu werden, wich für keinen Moment von ihm.

Und nicht einmal einen Schluck Schnaps gab es zu saufen! So tief hatte sein Karren selten im Dreck gesteckt.

Nach und nach bemerkte Gordon Veränderungen, die an dem Mädchen vorgingen. Der Körper schien zu wachsen, die Kleidung straffte sich an Armen und Beinen. Mit der Zeit kehrte die menschliche Form immer mehr zurück.

Irgendwann begannen die weißen Finger der kleinen

Hände, die inzwischen wieder zu wirklichen Menschenhänden geworden waren, sich tatsächlich zu bewegen. Der Mund des Mädchens öffnete sich leicht und entließ ein leises Stöhnen.

»Schwein gehabt«, murmelte Gordon und angesichts der ansonsten sehr unerfreulichen Lage folgte auf diese Worte ein bitteres Lachen.

Ein ekelhafter, modriger Geschmack lag auf Celiskas Zunge. Sie fühlte sich noch immer recht benommen, obwohl seit ihrem Erwachen bereits einige Zeit vergangen war und sie längst ihren Weg fortgesetzt hatten.

»Dämonenwerk«, brummte Gordon an ihrer Seite. »Irgendwas stimmt hier ganz und gar nicht. Jemand will uns an den Kragen.«

»Aber ich lebe noch«, sagte sie. »Dieses schwarz-weiß gestreifte Tier hat mich nur betäubt.«

»Dachse«, schnaubte Gordon. »Ihr Blagen müsst auch alles anfassen, was euch aus runden Augen anglotzt, was?«

Celiska ersparte sich die Antwort darauf. Sie hielt sich mit der rechten Hand den linken Arm, der dort, wo die Wurzeln sie gepackt hatten, von blauen Flecken übersät war.

Nach einer Weile ergriff Gordon wieder das Wort: »Wenn dieses Dämonenwerk mit deinem Freund zu tun hat, wird er uns noch arge Schwierigkeiten machen. Möglicherweise haben wir uns da einen Dämonenbuhlen angelacht.«

Celiska konnte sich das Ganze nicht erklären. Warum hatte Eljum sie in Wahrheit auf seinem Wagen mitgenommen, was wollte er nur von ihr?

Mit hängenden Schultern blieb sie stehen. Sie musste sich eingestehen, dass auch sie die Fährte verloren hatte.

»Es geht nicht weiter«, murmelte sie verdrießlich.

»Dachte ich mir«, stieß Gordon mürrisch hervor. »Das ist nämlich genau das, was noch gefehlt hat.«

Schweigend starrten sie sich an.

Das Rascheln im Gebüsch ließ Gordon nach seinem Schwert greifen. Auch Celiskas Hand fuhr zu dem Dolch, den sie von dem Söldner zurückerhalten hatte. Beide blickten angespannt auf die Stelle, wo das Geräusch hergekommen war.

Eindeutig war das Knistern von Laub zu vernehmen. Jemand oder etwas näherte sich ihnen.

Doch es war kein Mensch, der sich dort durch das Gebüsch auf sie zugbewegte, das war für Celiska deutlich hörbar. Es war ein großes, vierbeiniges Tier. Und es hielt direkt auf sie zu.

Mit einem Mal wusste sie, dass sie keine Angst zu haben brauchte. Denn sie nahm eine wohlbekannte Stimme in ihrem Inneren wahr, die sie zur Ruhe gemahnte. Ein Freund war es, der ihnen zur Hilfe kam.

Plötzlich, in unmittelbarer Nähe, hörte das Rascheln auf, die Schritte verstummten.

Celiska warf einen kurzen Blick auf Gordon an ihrer Seite, der sein Furcht erregend riesiges Schwert erhoben hatte und mit zusammengekniffenen Augen auf die Stelle starrte, wo er wohl das Auftauchen eines möglichen Gegners erwartete.

Doch bevor sie irgendetwas zu ihrem Begleiter sagen konnte, stürzte dieser plötzlich nach vorn, direkt auf das Gebüsch zu, und ließ dort das Schwert krachend niedersausen.

Celiska gab einen erschreckten Schrei von sich und lief hinter Gordon her. Dieser hatte sein Schwert bereits wieder erhoben. Die Klinge war fleckig, schien blutbesprenkelt zu sein.

Celiska machte einen Sprung, streckte die Hände aus und hängte sich mit ihrem ganzem Gewicht an Gordons Schwertarm.

»Nein, nicht! Aufhören!«, schrie sie voller Entsetzen.

Gordon gab ein wütendes »Aaaaahh«, von sich und versuchte das Mädchen von seinem Arm zu schütteln.

Celiska klammerte sich fest, als ginge es um ihr eigenes Leben, und wurde dabei kräftig durchgerüttelt. Sie versuchte einen Blick auf den Waldboden zu erhaschen. Die Wolfsstimme in ihrem Kopf war verstummt, stattdessen pochte der eigene wilde Herzschlag in ihren Ohren. Die Zähne schlugen aufeinander, während sie von Gordons starkem Arm durchgeschüttelt wurde.

Am Boden zu Gordons Füßen erkannte sie nur Laub und Farnkraut. Kein zerschlagener Wolfskörper, keine Blutlachen.

Ihre Finger fanden keinen Halt mehr am Arm des Söldners, sie rutschten ab, und Celiska schlug hart auf den Boden.

»Wo ist das Vieh hin?«, brüllte Gordon, während er sich nach allen Richtungen umsah.

»Hör auf damit«, schrie Celiska ihn an. Ihr gelang es mühsam, sich wieder aufzurappeln. »Er ist ein FREUND!«

»Freund?«, erwiderte der Söldner aufgebracht, noch immer in Angriffstellung, ohne Celiska anzusehen. »Das war ein WOLF, kein Schoßhündchen!«

»Der Wolf ist mein Freund«, wiederholte Celiska, diesmal mit ruhigerer, fester Stimme.

Nun wandte Gordon sich zu ihr und blickte sie mit hochgezogenen Brauen an: »Hat dein Köter jetzt etwa seine Verwandten angeschleppt?«, wollte er wissen.

Celiska antwortete darauf nicht, sondern hob lauschend den Kopf. Die Stimme war wieder da, rief ihren Namen. Nach einigen Augenblicken hob sie den Blick wieder zu Gordon: »Er wird uns den Weg weisen«, sagte sie.

Gordon stieß schnaufend die Luft durch die Nase aus und schüttelte dabei ungläubig den Kopf.

»Steck dein Schwert ein«, wies Celiska ihn an. »Du wirst schon sehen.«

Es kostete Gordon sichtlich einige Überwindung, die Aufforderung des Mädchens zu befolgen. Er zögerte, in seinem Gesicht spiegelte sich ein innerer Kampf wider.

Dann entschied er sich, das Schwert zurück in die Scheide gleiten zu lassen. Doch sein Körper blieb angespannt, die eine Hand ruhte am Schwertgriff.

Hinter einem Busch in ihrer Nähe trat der Wolf hervor, der dem Angriff des Söldners knapp entkommen war. Es war eines der riesigen Tiere, die dem Mädchen bereits zuvor im Wald begegnet waren.

Celiska hockte sich nieder, streckte die Hände aus. Sie fühlte sich wie verzaubert von dem Blick aus hellbraunen Augen, der auf ihr ruhte. So viel hatte dieser gute Freund zu sagen, so weit war sein ungebändigtes Herz. Er war der Führer des Rudels, stark und klug. Von ihm ging der Geruch nach wahrer, ungezügelter Freiheit aus, einem Leben in der Weite der Wildnis. Sein Wesen war dem ihren so nah, dass in Celiska heftige Gefühle keimten: pochende Sehnsucht und schmerzhafte Liebe. Sie versprach ihm abermals von ganzem Herzen, mit ihm zu kommen, wenn sie ihre Pflicht im Land der Jänak erfüllt hatte.

Das Tier näherte sich langsam auf geschmeidigen Pfoten.

Der neben ihr in Bewegungslosigkeit verharrende Gordon war völlig aus Celiskas Gedanken verschwunden. Sie lauschte begierig auf die Stimme des Wolfes, sah die Bilder seines bewegten Lebens vor ihren Augen ablaufen.

Die große, schwarze Nase des Tieres streckte sich vor. Mit einem leisen Seufzer ließ Celiska ihre Finger sanft über das raue Fell des Tieres gleiten. Der Wolf würde nicht lange bleiben, musste zurück zu seinem Rudel. Er wandte sich ab, sodass Celiskas streichelnde Hand von seinem Körper glitt.

Gordons harte Stimme riss sie aus ihren Gedanken.

»Ich glaub's ja nicht«, grölte er. »Solche Kumpels wünscht man sich!«

Das Mädchen erhob sich und folgte dem Wolf, der die beiden zielstrebig zurück auf Eljums Fährte führte. Bald schon gelang es Celiska, die verlorene Spur selbstständig wieder aufzunehmen. Die Spuren schienen frischer zu sein als die vorherigen. Es war ihnen also gelungen, Eljum ein Stück einzuholen auf seinem Weg immer tiefer in den Wald hinein. Doch wie nah sie ihm bereits waren, war für Celiska nicht einzuschätzen. Offensichtlich verfolgte der Gesuchte konsequent ein ihm sehr genau bekanntes Ziel. Er irrte keinesfalls im Wald umher, sondern sein Weg schien sehr gradlinig.

Irgendwann blieb der Wolf stehen und schaute sich nach Celiska um. In den klugen Augen vermeinte Celiska das Glitzern von Eis zu erkennen. Der Ruf des Nordlandes lag plötzlich wieder in der Luft.

Das Tier drehte sich abrupt um und sandte einen stummen Abschiedsgruß. Dann verschwand es, wie es gekommen war, wieder zwischen Büschen und Bäumen.

Der Impuls, dem Wolf statt der vorgegebenen Fährte zu folgen, war einen Moment lang unermesslich stark. Es war schwer, sich zusammenzureißen. Sie schloss die Augen und beschwor das Bild ihrer Mutter herauf, so wie Celiska sie zuletzt lebend gesehen hatte: mit einem sanften, traurigen Lächeln über ihr vermeintlich sterbendes Kind gebeugt.

Nein, sie konnte nicht anders als ihren Weg fortzusetzen.

»Hast du noch mehr von diesem Viehzeug auf Lager?«, fragte Gordon schmunzelnd. »Dieser hier war jedenfalls brauchbarer, als deine kleinen Dachse ...«

Sie warf ihrem Begleiter einen eisigen Blick zu und konzentrierte sich im nächsten Augenblick wieder auf die zu verfolgende Spur.

Der melodische Gesang eines ihnen unbekannten Vogels ließ Celiska und Gordon aufhorchen.

Als das Mädchen die tief hängenden Zweige beiseite schob, fand es sich plötzlich mitten in einer anderen Welt wieder: Im dschungelartigen Urwald tat sich eine Lichtung auf, durchflutet von den warmen, gelben Strahlen des abendlichen Sonnenlichts. An diesem hellen Platz hatten Pflanzen einen Ort zum prächtigen Gedeihen gefunden, die im restlichen Wald unter dichtem Laubwerk verkümmerten. Kelchartige, südländisch wirkende Blüten reckten sich der Sonne entgegen. Reich mit prallen Früchten behangene Obstbäume standen am Rande eines kleinen Sees mit klarem, glitzernden Wasser. Fröhlicher Vogelgesang erfüllte die Lichtung, blühende Schilfhalme wiegten sich in einer leichten Brise.

Celiska hielt staunend den Atem an. Gordon trat neben sie und stieß einen leisen Pfiff zwischen den Zähnen aus.

»Na da fehlt nur noch `ne ordentliche Schänke mit ein paar fetten Mädchen darin.«

Celiska schüttelte nur stumm den Kopf. Ihre Vermutung war, dass Eljum sich vielleicht ganz in der Nähe befand. Es war jedenfalls kein abwegiger Gedanke, sich an einem solch angenehmen Ort einen festen Unterschlupf einzurichten. Er war auf direktem Weg hierher gelangt – und die Fährte setzte sich fort, in die Lichtung hinein.

Doch nach der Erfahrung mit den kleinen Dachsen meldete sich im nächsten Moment das Misstrauen.

Auch Gordon schien dem einladenden Frieden dieses Ortes eher argwöhnisch gegenüber zu stehen. »Passt nicht hierher ...«, hörte sie ihn finster knurren. Dann zog er sein Schwert und hielt es, als erwarte er jeden Moment einen Angreifer.

»Durch müssen wir«, murmelte Celiska. »Sonst verlieren wir vielleicht wieder seine Spur.«

»Wenn du irgendwelche süßen Tierchen siehst«, raunte Gordon zurück, »dann lass deine Finger davon.«

Sie wagten ein paar vorsichtige, zögernde Schritte auf die Lichtung hinaus. Celiska erblickte einen farbenprächtigen Vogel mit schimmernden langen Schwanzfedern, den Sänger jenes anheimelnden Liedes, das sie beide schon vor Erreichen dieses so seltsam schönen Ortes vernommen hatten. Stolz bog das Tier seinen Hals zurück und richtete das pflaumenfarbene Gesicht gen Himmel. Die Melodie, die aus seiner Kehle drang, erinnerte Celiska an eines der alten Lieder ihres Stammes, die sie manchmal auf ihrer Flöte spielte. Sie spürte, wie die wohlklingenden Töne sie in ihren Bann zu ziehen begannen. Es gelang ihr nicht, die Augen von dem schönen Vogel zu nehmen. Sein Lied füllte ihren Kopf und tat ihr beinah ebenso wohl wie die Berührung des raupelzigen Bruders.

Gordons Stimme drang wie aus weiter Ferne zu ihr:

»Mmmh, fettes Wildschwein ... Saftiger Braten ...«

Sie konnte mit diesen Worten nichts anfangen, darum waren sie bereits im nächsten Augenblick wieder aus ihrem Gedächtnis gelöscht. Sie richtete den trüben Blick nach vorn, ohne in Wahrheit irgendetwas zu sehen.

Weich fühlte sich der Boden unter ihren Füßen an, als ginge sie auf einem sorgfältig geschichteten Stapel von winterlichen Karenfellen.

Tief sanken ihre Füße ein. Das Wohlgefühl, das ihren Körper durchströmte, täuschte sie für einige Zeit über die Anstrengung hinweg, die das Gehen auf dem immer weicher werdenden Untergrund verursachte. Eine etwas stärkere Windbö wehte einen ihr bekannten Geruch heran, der nichts mit dem Duft der prächtigen Blütenkelche zu tun hatte, die sich auf ihren kräftigen Stängeln majestätisch um sie herum aus dem Waldboden erhoben. Der Geruch reizte Celiskas Kehle, sodass sie husten musste. Ein scharfer Misston mischte sich in das Lied des schillernden Vogels. Benommen blinzelnd bemühte das Mädchen sich, die Nebelschleier vor seinen Augen zu vertreiben und zurück in die Wirklichkeit zu gelangen.

Sie fühlte, wie ihre Füße knöcheltief im Boden versanken.

Es gelang ihr nicht, sie wieder herauszuziehen. Sie schüttelte kräftig den Kopf, um den letzten Rest der Betäubung von sich abzustreifen. Aus der Kehle des Vogels kam ein schauerliches Knarzen und Krächzen, das in den Ohren wehtat. Und derselbe Ekel erregende Gestank nach Tod und Verwesung lag in der Luft, den sie bereits von der abscheulichen Made kannte, die Gordon als ›Dämon‹ tituliert hatte.

Der Boden schien Celiska verschlingen zu wollen, denn er zog sie immer tiefer in sich hinein. Bald war sie bis zu den Knien versunken wie in einem Sumpf.

Von Angst erfasst, jedoch mittlerweile wieder bei klarem Verstand, verbot sie sich selbst, zu strampeln und zu zappeln, da sie wusste, dass sie dadurch nur noch schneller versinken würde. Ein leises, ängstliches »Hilfe«, entfuhr ihr. Sie sah den Vogel auf seinem Ast sitzen. Leere Höhlen stierten sie an, wo eben noch glitzernde Augen gewesen waren. Einige Federn schwebten gen Boden, während sie zusehends an Farbe verloren und am Ende grau und tot aussahen.

Nackte, verdorrte Haut kam unter dem Federkleid zum Vorschein. Der Schnabel schrumpfte und krümmte sich, während das Tier unartikulierte, schrille Laute ausstieß.

Faulende Früchte fielen von den Bäumen, während das Wasser des Sees sich in eine trübe, zähe Brühe verwandelte. Dicke Blasen stiegen vom Grund des Sees an die Oberfläche und entließen gurgelnd stinkende Dämpfe.

Mit schreckgeweiteten Augen starrte Celiska um sich; ihre Beine waren bereits völlig im gierig saugenden Boden verschwunden.

Plötzlich griff eine kräftige Hand nach ihrem Arm und hielt sie fest. Der Keim der Hoffnung wurde jedoch sogleich zerschlagen, als sie sich umblickte und Gordon neben sich sah, der ebenfalls tief im sumpfigen Boden steckte. In einer Hand hielt er sein breites Schwert, als sei es möglich, den Sumpf wie ein angreifendes Ungeheuer damit in die Flucht zu schlagen.

»Scheiße«, sagte er, »das Schwein hätte einen fetten Braten gegeben. Jetzt sieht's aus wie gegessen und wieder ausgekotzt.« Er grinste sie etwas dämlich an.

In seinen Augen las sie deutlich, dass auch er keine Ahnung hatte, wie sie diesem gefräßigen Sumpf entkommen sollten. Es gab nichts, woran sie sich klammern und herausziehen konnten. Die nächsten Bäume mit ihren tief hängenden Zweigen standen ein gutes Stück weit entfernt, sodass sie nicht zu erreichen waren. Und Celiskas stiller Ruf nach den Wölfen blieb unbeantwortet.

In dem Moment, als Gordon seine warme Hand von ihrem Arm wieder fortzog, brach sie beinah in Tränen aus. Diesmal hinderte sie nur ein derart kräftiger Biss auf die Unterlippe am Weinen.

Hoffnungslos war ihre Lage.

Völlig aussichtslos.

Sie waren zum Sterben verurteilt.

Ein Kitzeln auf ihrer Hand veranlasste Celiska dazu, den Blick zu senken. Eine kleine, fette Made, aus deren Leib unzählbar viele, transparente Beine wucherten, krabbelte dort. Sie schüttelte das Ungeziefer ab, doch die ruckartige Bewegung ließ sie mit einem Schlag ein gutes Stück tiefer in den Boden sinken.

Voll Ekel bemerkte sie, dass es um sie herum von ekligen Krabbeltieren wimmelte. Fleischfarbene Maden und blutrot schimmernde Käfer huschten über den Boden. Dicke, haarige Spinnen krochen auf dünnen, teilweise zerknickten Beinen zu ihr heran. Ihre Felljacke war bereits übersät von den Insekten, deren Farben und Formen allesamt etwas Unnatürliches an sich hatten. Die Köpfe der Käfer waren zu groß, ihre Beine zu zahlreich. Die Spinnen besaßen riesige, glotzende Augen. Durch die transparente Haut der Maden konnte man ihre Gedärme sehen.

Am liebsten hätte Celiska geschrien und um sich geschlagen, doch blieb sie unter gewaltiger Anstrengung stumm und reglos.

Sie starrte an sich herunter und stellte voller Entsetzen fest, dass das Ungeziefer an ihrer Jacke zu nagen begann. Viele winzigkleine Zähne zerfaserten die Oberfläche, wollten zu ihrem Körper durchdringen. Sie konnte die Nagegeräusche hören, wenn sie den Atem anhielt.

Ihr drehte sich der Magen um.

»He«, hörte sie Gordons entrüsteten Ausruf. »Ihr seid erst dran, wenn ich da unten bin. Noch ist der alte Gordon LEBENDIG!«

Celiska konnte ein Schluchzen nicht länger unterdrücken. Sie presste die Unterarme gegen die brennenden Augen.

Geräusche hallten durch die Luft, die nicht von dieser Welt zu sein schienen. Ein Quietschen und Pfeifen dröhnte neben dem immer lauter werdenden Nagen in ihren Ohren, während der Gestank unerträglich zu werden begann.

Der Boden gab ein beinah menschliches Schmatzen von sich, als Gordon neben ihr tiefer sackte.

Ein kurzes Blinzeln über die vor die Augen gepressten Arme ließ Celiska gewahr werden, dass Formen und Farben verschwammen. Etwas zerrte an ihrem Geist, wollte sie in den Wahnsinn treiben.

Die Krabbeltiere erreichten ihr Gesicht. Sie wischte sie mit den Armen fort, doch es waren zu viele, um ihrer Herr zu werden. Wie kleine Nadeln fuhren die Zähne des Ungeziefers in ihre Haut. Sie fühlte das Krabbeln zahlloser Beine.

Nun konnte sie nicht mehr an sich halten. Aus ihrer trockenen Kehle würgte sie einen gequälten Aufschrei heraus. Und im selben Moment strömten heiße Tränen aus ihren Augen. Ein Zittern durchfuhr sie, jede Faser ihres Körpers war erfüllt von Angst und Ekel.

Wie ein reißender Strom brach ein neuerlicher Schrei aus ihr hervor. Sie schrie und schrie und konnte nicht mehr aufhören.

Sie wollte fort von hier, nur noch fort.

Die Schreie veränderten sich, dehnten sich, glichen immer mehr einem lang gezogenen Heulen, das weit über die Lichtung hinaus getragen wurde. Doch die körperliche Verwandlung blieb aus. Und auch der warme Trost, den sie gespendet hatte.

Eines der kleinen Ungeheuer wollte über die Lippen in ihren Mund kriechen. Celiska keuchte und prustete, um es loszuwerden.

Fort! Fort von hier!

Schmatzend saugte der Boden an ihr, riss sie bis zu den Schultern in die Tiefe. Nur die Arme oben behalten! Sie fuhr sich mit den Händen durch das Gesicht, von Ekel geschüttelt. Fremde Töne schrillten durch die Luft, taten ihr im Innersten weh.

Fort!

Nur fort!

Ohrenpaare richteten sich auf, Pfoten trippelten unruhig auf weichem Boden.

Für menschliche Ohren war der entfernte Ruf nicht mehr hörbar, doch ihre feinen Sinne erfassten ihn.

Es war der Ruf eines der ihren.

Das Wolfskind brauchte Hilfe.

Aber die Wölfe hatten den Waldrand schon fast erreicht, waren im schnellen Lauf einem nur ihnen bekannten Ziel entgegengeeilt.

Die beiden kräftigen Rüden, die mit dem Hund in sehr viel langsameren Tempo folgten, würden das verletzt Tier nicht verlassen, um zurückzueilen.

Der Führer des Rudels baute sich in ihrer Mitte auf, reckte den Schwanz in die Höhe. Die Augen blitzten, als er seine stummen Befehle gab. Drei trennten sich von der Gruppe, zwei erfahrene Weibchen und ein junger, starker Rüde.

Eile war geboten.

Doch vielleicht war es bereits zu spät.

Die faulenden Bäume, deren Wurzeln keinen Halt mehr im Sumpf fanden, neigten sich schräg. Einige stürzten mit einem lauten ›Platsch‹ auf die matschige Oberfläche des ehemals festen Waldbodens und begannen langsam, schmatzend und blubbernd, ebenfalls einzusinken. Celiska nahm die Umgebung kaum noch wahr, denn das Ungeziefer an ihrem Körper zog ihre gesamte Aufmerksamkeit auf sich.

Erst als die Blätter eines umstürzenden Baumes ihre Wange streiften, schaute sie auf.

Äste und Zweigen ragten ihr entgegen. Doch auch der umgestürzte Baum sackte langsam, aber deutlich sichtbar in den gefräßigen Grund. Wenn sie seine Äste zu fassen bekäme, wenn sie auf ihn klettern könnte, dann wäre sie für eine Weile gerettet!

Sie streckte die Arme aus, umklammerte einen der Äste. Angewidert spürte sie das weiche, klebrige Holz, das in Auflösung begriffen zu sein schien.

Ein Ruck ging durch ihren Körper, als sie mit aller Kraft zu ziehen begann. Ein, zwei Finger breit kam sie aus dem an ihr saugenden Sumpf hervor. Dann gab der Ast ein Knirschen von sich, sodass der Schreck ihr durch Mark und Bein fuhr. Im selben Augenblick riss er wie ein dünner Faden, und Celiska sackte zurück in den Boden. In den Händen hielt sie das schlaffe, von Schimmel zerfressene Stück Holz. Angeekelt warf sie es von sich und griff sogleich nach einem neuen, stärker erscheinenden Ast.

Sie hörte Gordon hinter sich schnaufen, doch konnte sie ihm nicht helfen. Er war zu weit weg von dem Baum, seine Arme reichten nicht bis an die Zweige.

Wieder nahm sie alle Kraft zusammen, zog sich Stück für Stück, mit zusammengepressten Lippen, bis zur Brust empor.

Das Holz gab ein neuerliches Knirschen von sich, doch für den Augenblick hielt es noch. Celiska löste eine Hand, griff ein Stück weiter. Dann, nach einem kräftigen Ruck ihrer Arme, gab der Boden ihren Körper bis zum Bauch frei.

Auf ihrem Gesicht krabbelte und kitzelte es. Winzige Zähne gruben sich in ihre Haut. Doch sie hielt die Hände fest am Ast, konnte sich des Ungeziefers nicht erwehren.

Vor Anstrengung knirschte sie mit den Zähnen, als sie ihre Beine aus dem Sumpf hervorzog. Unwillig knackte das marode Holz, doch es hielt weiterhin.

Sie erreichte einen dickeren Ast, der einigermaßen tragfähig erschien. Auch seine Oberfläche war von einem schmierigen Schimmelrasen überzogen, doch das Holz darunter fühlte sich relativ fest an. Es gelang ihr, auch ihre Füße aus dem Sumpf zu ziehen und sich mit dem Oberkörper auf den dickeren Ast zu legen. Die aufkeimende Freude über die neu gewonnene Freiheit fand jedoch ein jähes Ende, als im selben Augenblick der gesamte Baum spürbar ein gutes Stück tiefer in den Sumpf sank.

Sie robbte weiter den dicken Ast hinauf, sich mit beiden Händen abstoßend. Schließlich gelang es ihr, sich umzudrehen und nach Gordon zu sehen. Der steckte bis zum Kinn im saugenden Boden, die Arme hoch über den Kopf erhoben, das Schwert mit beiden Händen haltend. Sein Gesicht war übersät mit Spinnen, Maden und Käfern, sodass nur noch die Augen hervorschauten. Er blinzelte kräftig mit den Lidern, um noch sehen zu können.

Celiska verspürte den Impuls, nach der Klinge seines Schwertes zu greifen und ihn daran zu sich emporzuziehen. Doch das wäre kompletter Unsinn. Sie würde sich nur die Hände zerschneiden, nichts weiter. Dann kam ihr plötzlich ihre Tasche in den Sinn, die sie noch immer, dreckbesudelt, über der Schulter trug. Mit dem Dolch zerschnitt sie den Trageriemen an einer Seite und band ihn an einer Astgabel fest. Diese hastigen Bewegungen verursachten ein weiteres Einsinken des Baumes, doch vielleicht bliebe ihr genug Zeit, Gordon zumindest für eine Weile festen Grund zu bieten.

Sie warf ihm die am Baum festgebundene Tasche zu. Seine linke Hand löste sich vom Griff des Schwertes und fasste nach dem Rettungsanker. Mühsam gelang es ihm, seine breiten Schultern aus dem Sumpf hervorzuziehen. Und dann musste er eine schwere Entscheidung treffen und sich von seinem Schwert trennen, das er waagerecht auf die Oberfläche des Sumpfes legte.

Doch als er gleich darauf mit beiden Händen nach der Tasche griff und seinen schweren Körper weiter heraushieven wollte, gab die Astgabel laut knirschend nach. Das faule Holz zersplitterte krachend. Mit einem Ruck sackte Gordon ein gutes Stück zurück in den schwammigen Grund, die lederne Tasche noch immer umklammernd.

»... klappt nicht ...«, hörte Celiska ihn resigniert murmeln.

Doch es *musste* irgendwie klappen!

Fieberhaft dachte Celiska nach, während auch ihr eigener, nur zeitweilig sicherer Halt langsam immer tiefer in den breiigen Boden sank. Gordon warf einen sehnsüchtigen Blick auf sein Schwert, das noch immer auf der Oberfläche des Sumpfes trieb wie ein Stück Holz auf einem See. Er wischte sich mit der Rechten wimmelndes Ungeziefer aus dem Gesicht und zerquetschte dabei den einen oder anderen Insektenkörper, der dann eine gelblich-grüne Spur auf seiner Haut hinterließ.

Celiska blickte sich nach allen Seiten um, doch vom Baum aus war kein sicheres Land zu erreichen. Um sie herum war nichts als Sumpf. Und selbst wenn sie ans Ufer gelänge, wie könnte sie ihren Begleiter einfach hier versinken lassen? Ihre ratlosen Blicke kreuzten sich.

Gordon steckte bereits wieder bis zum Kinn im Sumpf, sackte im nächsten Moment bis zum Mund ein. Ein daumendicker Käfer versuchte, die Gunst des Augenblicks nutzend, in seinen Mund hineinzukrabbeln, doch mit einem lautem Knirschen zerknackten ihn Gordons Zähne. Eine gelb-braune, eitrige Flüssigkeit lief zäh aus seinem Mundwinkel.

Im selben Augenblick, als seine Unterlippe den schlammigen Grund berührte, ging eine plötzliche Verwandlung vor sich: Die feucht glänzende Oberfläche wurde matt, es bildeten sich feine Trocknungsrisse. Der Baum unter Celiskas Füßen sank nicht mehr weiter. Und auch Gordons

Körper, dessen obere Gesichtshälfte und beide Arme aus dem Boden hervorragten, sank nicht mehr tiefer.

Es war wie ein Wunder!

Vorsichtig tastete Celiska sich von ihrem Baum herunter, berührte zögernd mit den Zehenspitzen den erstarrten Boden. Nur sehr, sehr langsam belastete sie die Füße mit ihrem Körpergewicht. Es schien tatsächlich fester Grund zu sein, auf dem man stehen konnte!

Doch das Misstrauen blieb. Ihre Schritte waren äußerst behutsam. Unter den Sohlen ihrer Füße spürte sie einen gallertartigen, aber dennoch festen Boden von gleich bleibender Härte. Die zahlreichen Insekten steckten mit ihren dünnen Beinen im erhärteten Schlick fest. Sie zappelten und ruckten, doch sie konnten sich nicht mehr fortbewegen.

Mit unverhohlenem Genuss zertrat Celiska einige von ihnen, nahm das Knirschen unter ihren Füßen mit Vergnügen zur Kenntnis.

Fluchtartig verließen die pervertierten Krabbeltiere Gordons Gesicht und sausten in alle Richtungen davon.

»Na«, knurrte der aus dem Boden herausragende Gordon-Kopf und zog eine schiefe Grimasse, »das ist ja noch mal gut gegangen.«

»Ich hole dich da raus«, sage Celiska zu ihm und griff nach dem breiten Schwert, das noch immer direkt neben ihm lag. Doch es war nicht leicht, die schwere Klinge aufzuheben, die am erhärteten Boden klebte.

»Lass das mal lieber«, hörte sie Gordons Stimme mit einem leichten Anflug von Panik sagen. Sie drehte sich wieder zu ihm um und beobachtete mit Staunen, wie ein nicht gerade kleiner, glänzender Dolch aus seinem rechten Ärmel hervorsprang.

Er knickte den Arm nach unten ab und begann mühsam, den Boden damit aufzuschaben.

Celiska seufzte beim Gedanken an die bevorstehende Kleinarbeit. Sie befürchtete, dass, während sie Gordon aus seiner misslichen Lage befreite, alles mögliche Übel geschehen könnte.

Doch auch ihr fiel nichts Besseres ein, als ihren eigenen Dolch zur Hand zu nehmen und die gallertartige Masse, die einmal ein Sumpf gewesen war, um Gordon herum abzutragen.

Aber als sie einmal angefangen hatte, war sie erstaunt festzustellen, dass die Arbeit leichter als erwartet von der Hand ging. Man konnte relativ große Stücke aus dem recht weichen Boden herausschneiden. Und als sie Gordons Körper bis zur Brust freigearbeitet hatten, gelang es ihm, sich durch kräftiges Hin- und Herdrehen selbst aus dem Grund herauszulösen. Kurz darauf kletterte er aus dem breiten Loch hervor, das im Boden zurückblieb. Sein erster, entschlossener Griff galt seinem Schwert. Mit einem lauten Ratschen riss er es vom Boden los, reinigte es von den gröbsten Schlammresten und steckte es zurück in die Scheide.

»Bei Travias fettem Arsch«, fluchte der Söldner, «bei diesem ganzen Dreck in der Rüstung kann man sich ja kaum bewegen. Das wird Stunden brauchen, meine treue Gundula zu reinigen!«

Celiska knotete mit einigen schnellen Griffen den Riemen ihrer Tasche wieder zusammen und hängte sie sich um.

Mit eiligen Schritten verließen sie den zerfallenden Ort.

Ein merkwürdiges, schleifendes Geräusch ließ Celiska noch einmal zurückblicken, als sie bereits den getrockneten Sumpf hinter sich gelassen hatten. Durch die Stämme der Bäume sah sie schemenhaft einen großen, vielbeinigen Körpers, der sich an die Stelle heranpirschte, wo die beiden vor einiger Zeit noch wehrlos im Boden gesteckt hatten.

Schnell wandte sie den Blick wieder ab und verfiel vom Laufen ins Rennen.

Die flinken Beine trugen sie weiter und weiter in den Wald hinein. Sie gönnte sich keinen Blick zurück, nahm nur das immer lauter werdende Schnaufen Gordons und das Klappern von Rüstungsteilen hinter sich wahr.

Celiska hatte nicht die geringste Ahnung, was für eine Art von Wesen sie dort zwischen den Bäumen erspäht hatte, wie schnell es laufen konnte und ob es sie überhaupt verfolgte. Doch war sie in ihrem Innersten überzeugt, dass sie auf all diese Frage keine wirkliche Antwort haben wollte.

Sie wollte nichts, als diesen Schrecken weit, weit hinter sich zu lassen.

»Cel ...«, keuchte Gordon irgendwann. An seiner Stimme erkannte sie, dass er ein gutes Stück hinter sie zurückgefallen war. Sie wagte einen schnellen Blick über die Schulter, während ihr Herz noch immer vor Panik raste. Gordon war ganz stehen geblieben und hielt sich, leicht vornübergebeugt, den schmerzenden Brustkasten. Hinter ihm war nur das im Licht- und Schattenspiel der untergehenden Sonne flirrende Grün des Waldes zu erkennen.

Celiska verlangsamte ihr Tempo allmählich, bis sie viele Schritt weiter ganz zum Stehen kam. Dann wandte sie sich um und spähte mit wachsamen Augen ins dichte Unterholz.

Nur sehr, sehr zögernd schlug sie den Weg zurück zu ihrem Begleiter ein, der irgendwo hinter Zweigen und Blättern verschwunden war.

Gordon hatte sich unterdessen zwischen den verschlungenen Wurzeln eines riesigen Baumes niedergelassen. Sein Rücken lehnte am knorrigen Stamm, und er presste beide Handflächen fest gegen die Rippen. Das Gesicht war schmerzverzerrt. Als er Celiska erblickte, bemühte er sich, seine Pein zu verbergen und brachte ein halbwegs schiefes

Grinsen zustande, während der Schweiß über seine Stirn perlte.

»Dein Wunderzeugs wirkt nicht ewig, kleine Kröte«, brachte er zwischen zusammengebissenen Zähnen hervor.

»Hat es uns verfolgt?«, fragte Celiska und blickte sich, noch immer bis in die letzte Faser des Körpers angespannt, lauernd um.

Gordon zuckte die Achseln. Doch die unbedachte Bewegung ließ das Grinsen in seinem Gesicht augenblicklich erstarren. Ein kaum unterdrückter Schmerzenslaut kam über seine Lippen.

»Hast du nichts gesehen?«, wollte Celiska von ihm wissen. »Oder gehört?«

Es dauerte einige Augenblicke, bis Gordon wieder zu einer Antwort fähig war. Seine Stimme klang noch immer gepresst:

»Es war so was wie `ne scheiß Monsterspinne. Glaub nicht, dass die viel Krach macht, wenn sie ihre Beute jagt. Aber wahrscheinlich hat sie uns gar nicht verfolgt.«

Celiska gab einen leisen Seufzer von sich. Wie gerne wäre sie in Sicherheit, geborgen in den Armen ihrer Mutter. Bis vor kurzem hatte sie nicht einmal geahnt, welche Scheußlichkeiten diese Welt bereithielt!

Einen neuen, schmerzstillenden Trank für Gordon zu bereiten, würde eine Menge Zeit kosten, die sie womöglich gar nicht hatten. Doch kaum hatte Celiska sich neben Gordon ins Moos gehockt, fühlte sie, wie die Erschöpfung sie übermannte. Die Muskeln ihrer Beine waren plötzlich kaum noch spürbar. Trotz des noch immer wild schlagenden Herzens war ihr gesamter Körper matt und müde.

Sie brauchten wohl beide eine Pause.

So öffnete Celiska ihre Tasche und holte heraus, was sie brauchte. Doch es gelang ihr nicht, ihre volle Aufmerksamkeit auf das Zusammenmischen der bereits zermahlenden Kräuter zu richten. Jederzeit erwartete sie, einen riesenhaften Schatten über ihren Köpfen erscheinen zu sehen und dürre, von Schimmelrasen überzogene Arme, die nach ihnen griffen.

Auch Gordons Hand hatte inzwischen wieder den Knauf seines Schwertes gefunden, den sie fest umschlossen hielt. Zusammengekniffene Augen schauten argwöhnisch umher.

Als Celiska etwas Wasser aus ihrem Schlauch auf die Kräuter gegossen hatte, die sie in der kleinen Holzschale miteinander vermengt hatte, schloss sie unvermittelt die Augen und sog tief die Luft durch die Nase ein. Der kräftig-herbe Geruch, der ihr entgegenströmte, war äußerst intensiv. Aus dunklen Winkeln ihres Herzens stiegen Erinnerungen empor und erfüllten ihren Kopf mit schmerzlich lebendigen Bildern: Rauch stieg von den Herdfeuern der Jurten auf und vermengte sich mit den grauen Wolken des Abendhimmels. Das runzlige Gesicht der alten Kisa war gedankenverloren dem Feuer zugewandt. Die schmalen Augen glitzerten. Die faltigen Hände hielten Mörser und Schüssel, Kräuterduft erfüllte das Innere der Jurte. Weiße Pfote ließ irgendwo dort draußen ein wolfsähnliches Heulen vernehmen.

Und Heimanuk saß mit seinen filzigen, roten Zöpfen und den großen, staunenden Augen inmitten der Nivesenkinder und erzählte eine seiner abenteuerlichen Geschichten, in denen es von heldenhaften Jägern und schönen Häuptlingstöchtern nur so wimmelte.

Adjok hob die Hände zum silbernen Bären am Himmel, legte den Kopf in den Nacken und schleuderte sein tiefes, lautes Lachen den Himmelswölfen entgegen. Hell und fröhlich stimmte die Mutter in das Gelächter mit ein, während die Karene träge blinzelnd die Köpfe reckten und nach dem Ursprung der nächtlichen Laute Ausschau hielten.

›Das Leben genügt sich selbst‹, sagte die alten Kisa mit ihrer trockenen, knarzigen Stimme. ›Glücklich ist, wer dies versteht‹.

Eine andere Stimme, die eines Mannes, erhob sich über die der alten Heilerin. Sie war rau und spröde, doch keinesfalls ohne eine Spur von freundlicher Wärme: »He, heul doch nicht, Cel ...«

Celiska öffnete die Augen und blickte direkt in das zernarbte Gesicht Gordons. Schnell fuhr ihre freie Hand über die feuchten Augen. Ein kleines, gepresstes Schluchzen entfuhr ihrer Kehle.

Gordon schien etwas verunsichert. Seine breiten, narbenübersäten Finger kratzten nervös an der Rinde der Baumwurzel herum und rissen dabei das eine oder andere kleine Stück aus der harten Oberfläche. Er blinzelte mit den Augen.

»Ich ... ich bin ...«, stammelte Celiska, noch ganz gefangen von der Lebendigkeit ihrer Erinnerungen, der starken Präsenz ihrer so qualvoll verstorbenen Freunde.

Sie hatte sich immer das Weinen verboten, doch in diesem Augenblick waren die Tränen kaum noch zu aufzuhalten. So unerwartet waren die Bilder, Laute und Gerüche über sie gekommen, dass Celiska von ihren Gefühlen überwältigt wurde. Die Monster und Dämonen des Waldes waren vergessen, der Schmerz des Verlustes wischte alles beiseite.

»Ich bin ... ganz allein«, brachte sie mühsam aus enger Kehle hervor. »Adjok, Kisa, Heimanuk ... die wilden Tiere fressen sie auf ... und ich kann nichts tun!«

»Was ist dir passiert, Kleine?«, fragte Gordon, während er seine breite Pranke auf ihren Arm legte. Warm und kräftig war diese Hand. Merkwürdig tröstlich.

Celiska schüttelte den Kopf im Versuch, die Schatten der Vergangenheit loszuwerden und den Augenblick völliger Schwäche zu überwinden.

Doch es gelang ihr nicht, wieder Klarheit in ihren Kopf zu bringen. Abermals schloss sie die Augen, nur um Adjoks Gesicht in erschreckender Deutlichkeit vor sich zu sehen.

»Sie sind tot, alle«, hörte sie sich sagen. »Die Krankheit ... diese stinkenden, grünen Beulen ... wenn sie zerreißen, dann knistern sie wie erlöschende Glut ... Adjok ist tot ... meine Mutter ... auch ...« Wieder schluchzte sie, rieb sich die brennenden Augen. Gordons Finger schlossen sich leicht um ihren Arm. Er gab ein tiefes Brummen von sich, das Celiska an einen in seiner Höhle friedlichen Bären erinnerte.

Seine Nähe hatte eine beruhigende Wirkung auf sie, das war nicht zu leugnen. Sehr, sehr langsam ließ der Schmerz ein wenig nach.

Celiska schlug die Augen wieder auf und sah Gordon an. Sein Blick war aufmerksam, beinah warm.

»Weißt du ...«, erklärte sie zögernd. »Ich habe niemanden mehr als den Kleinen Wolf. Und ich muss bald zurück, um all die ... die toten Körper zu verbrennen. Ich muss ihre Geister befreien, damit sie nicht für immer hier gebunden sind.«

Gordons buschige Brauen hoben sich.

»Ein ganzer Stamm an einer Krankheit krepiert? Und du bist die Einzige, die noch lebt?«

Celiska nickte leicht, ein leises Zittern fuhr durch ihren Körper.

»Mann, kleine Kröte, dann bist du ja echt tapfer«, stellte Gordon bewundernd fest. Unvermittelt legte er die Hand auf ihren Kopf, tätschelte ihn grob und zerwuschelte liebevoll-plump ihr Haar. Durch Celiskas Körper flutete in diesem Moment eine erstaunliche Wärme, so als sei der große Bruder plötzlich wieder an ihrer Seite.

Dann zog Gordon seine Hand hastig zurück.

»Weißte«, sagte er, »du bist zwar nur'n kleiner Furz, aber einer, der enorm stinken kann – ähm, wenn du weißt, was ich meine ...« Das schiefe Grinsen erschien wieder in seinem Gesicht.

Celiska beschloss nach kurzem Überlegen, dass er ihr wohl ein Kompliment gemacht hatte. Darum erwiderte sie unter einiger Anstrengung sein Lächeln und streckte ihm die kleine Hand entgegen.

»Freunde?«, fragte sie zögernd.

Die Finger seiner dicken Pranke schlossen sich im nächsten Moment um die ihren, sodass Celiskas Hand in der seinen völlig verschwand.

»Geht klar, kleine Kröte. Wir kriegen die Sache hier schon gedeichselt.«

»Dann«, sagte sie und reichte ihm die Schüssel mit dem Kräutertrank, »trink das, damit du wieder auf die Beine kommst.«

Gordon gelang es nicht, ein verächtliches Prusten zu unterdrücken. »So `n paar gebrochene Rippen lassen den alten Gordon nicht gleich zusammenbrechen. Es ist nur eine Kleinigkeit, Mädchen.«

Mit diesen Worten griff er nach der Schüssel, setzte sie an den Mund und leerte sie in einem Zug. Angewidert verzog er das Gesicht.

Danach lehnte er sich aufseufzend zurück gegen den Baumstamm. Sein Blick begann sogleich wieder, aufmerksam umherzuwandern, auf eine sich möglicherweise nähernde Gefahr lauernd.

»Weißt du, Kleine«, begann er plötzlich mit relativ leiser Stimme, ohne das Mädchen anzusehen. »Der gute Gordon hatte auch mal eine Familie. Das war kein Zuckerschlecken, damals auf unserem Hof. Als mein Alter starb, war ich schon ein paar Lenze älter als du. Mein großer Bruder Talbron erbte den verdammten Hof, der beim Markgrafen tief in der Kreide stand. Meine Mutter, mein verkrüppelter Bruder Panis und ich haben von da an nur Prügel von Talbron bezogen. Ich habe versucht, Talbron mit `ner Mistforke zu erledigen.« Gordon nahm sich einen Moment Zeit, um geräuschvoll einen großen, grünen Schleimklumpen auszuspucken. »Genau die richtige Waffe für'n Haufen Scheiße wie ihn«, fügte er nach einer Weile grimmig hinzu. »Leider hat's nicht geklappt. Ich bin dann abgehauen und seitdem nie wieder dort gewesen, im Lieblichen Feld.« Er zuckte resigniert die Achseln. »Die hätten mich an den nächsten Baum geknüpft. Bruder und Mutter habe ich nie wiedergesehen. Vielleicht sind sie unter Talbrons Fäusten längst krepiert.«

»... im Lieblichen Feld«, murmelte Celiska vor sich hin. Vor ihrem inneren Auge erschien ein überirdischer Ort, übersät mit bunten Blumen unter einem sonnig-blauen Himmel. Für sie war es zuvor kaum vorstellbar gewesen, dass dieser raue Kerl überhaupt einmal so etwas wie Eltern besessen hatte. Und nun erfuhr sie, dass auch Gordon seine Heimat und die Familie für immer verloren hatte. Am liebsten hätte sie ihn fest in den Arm genommen. Schon streckte sie ihm die Hände entgegen, doch ein einziger Blick von ihm ließ sie innehalten. Mehr als deutlich konnte sie die Abweisung in Gordons Miene lesen: *Verschone mich bloß mit dieser Gefühlsduselei!*

Auf der Stelle zog sie sich wieder von ihm zurück.

»Jeder kämpft für sich alleine«, brummte Gordon und verfiel danach in angespanntes Schweigen.

Eine Bewegung, die Celiska nur im Augenwinkel wahrnahm, ließ sie zusammenzucken. Gordon war erstaunlich schnell auf den Beinen. Auch sie sprang auf, während sie den Kopf in Richtung des erwarteten Angriffs drehte.

Das Erste, was sie sah, war ein Bein, das aus einem Busch herausragte.

Es war etwa zwei Schritt lang, pechschwarz und mit langen, struppigen Haaren bedeckt. Statt eines Fußes besaß dieses Bein am unteren Ende eine scherenartige Klaue.

Eine leichte Brise trug einen Übelkeit erregenden Geruch nach Erbrochenem mit sich, der äußerst unangenehme Erinnerungen in Celiska aufsteigen ließ. Sie hatte nicht genug Zeit, nach ihrem Dolch zu greifen, als plötzlich die Luft um sie herum surrte und zischte. Im nächsten Moment wurden ihre Arme wie durch dünne Schnüre fest an ihren Körper gepresst. Auch um ihre Beine schlangen sich blitzschnell transparente Fäden und machten sie bewegungsunfähig. Die Geschwindigkeit, mit der die Fäden sie trafen, riss sie von den Füßen. Sie fiel rückwärts auf den Hintern.

Doch Gordon hatte sich augenscheinlich rechtzeitig und energisch zur Wehr setzen können. Jedenfalls nahm sie die ausholende Bewegung seiner Arme und den kräftigen Schwung des breiten Schwertes zu ihrer Rechten wahr.

Im nächsten Moment wurde ihre gesamte Aufmerksamkeit auf die Stelle gezogen, wo vor nur einem Lidschlag das riesenhafte Bein erschienen war. Der Rest des Ungeheuers schälte sich nun nach und nach aus dem Unterholz, mit einer gespenstischen Lautlosigkeit. Ein zweites Bein kam zum Vorschein, vielgelenkig, mit weit geöffneter Klaue.

Und dann lugten gigantische Augen zwischen dem Blätterwerk hervor: tausende schwarz glitzernde Facetten, die Celiska allesamt zu fixieren schienen. Ihr eigenes, stark verzerrtes Abbild war in ihnen tausendfach gespiegelt: ein rothaariges kleines Mädchen, das hilflos verschnürt auf der Erde hockte. Und wie grausame Schattenbilder entdeckte Celiska im nächsten Augenblick andere Bilder in den schwarzen Spiegeln: Menschen ohne Gesichter, die sich in Schmerzen wanden, sterbende Kinder mit großen, fiebrigen Augen.

Während sie wie hypnotisiert in diese kalten, spiegelnden Augen blickte, wurde ihr ihre Erschöpfung wieder vollends bewusst.

Die Müdigkeit hatte nicht nur den Körper, sondern auch die Seele erfasst. Sie wünschte sich nichts sehnlicher, als diesen pausenlosen Schrecken zu entrinnen und in einen langen, tiefen Schlaf zu fallen. Keine Träume. Keine Erinnerungen.

Zwei weitere, haarige Beine kamen aus ihrem Versteck hervor. Die Scheren an ihren Enden klappten lautlos auf und zu, als freuten sie sich darauf, ihre Beute alsbald in mundgerechte Einzelteile zerschneiden zu dürfen.

Ein fetter Körper wurde sichtbar, eiförmig und von einem dicken Panzer geschützt, zwischen dessen Segmenten lange schwarze Haare wuchsen.

Gordon stürmte kampfbereit nach vorn, um dem Gegner den Garaus zu machen. Der spitz zulaufende Hinterleib des Ungeheuers krümmte sich im selben Moment nach oben, sodass eine runde, krustige Öffnung über dem Kopf der Spinne sichtbar wurde. Aus dem Loch schnellten, kaum mit dem Auge erfassbar, die farblosen Fäden hervor, die bereits Celiskas Körper umschlossen. Diesmal zielten sie direkt auf Gordon, der jedoch von seiner Erfahrung mit der Madenkreatur zu profitieren schien: Er zerschlug mit einem einzigen, reaktionsschnellen Hieb sämtliche Fäden, genau wie zuvor die dünnen Tentakel der Made, ohne im Vorwärtslaufen innezuhalten.

Ein leichtes Brennen im Bauchbereich veranlasste Celiska, an sich herabzusehen. Mit Schaudern erkannte sie, dass die sie umschlingenden Fäden begonnen hatten, sich in ihre Kleidung zu fressen. Die ätzende Substanz der Madententakel fand sich also auch auf den Spinnwebenfäden wieder!

Doch der Versuch, Arme oder Beine zu bewegen, mit dem Ziel, die ätzenden Fäden abzustreifen, blieb erfolglos. Ihr Körper war fest umschnürt und die Fäden, obwohl nur hauchdünn, nicht zu zerreißen.

Mit den Vorderbeinen, die äußerst kräftig und wendig waren, wehrte die Spinne Gordons Angriff ab. Eine der Scheren bekam für einen Augenblick die Schwertklinge zu fassen. Celiska bemerkte ein kurzes Zischen und Dampfen, dann rutschte die Klaue des Ungeheuers wieder vom blinkenden Eisen ab.

Die scharfen Mundwerkzeuge des Wesens bewegten sich eifrig, während zäher, gelber Schleim aus den Winkeln des Maules troff. Die Spinne trat nun ganz aus dem Gebüsch hervor, den Blick gierig auf ihre Beute gerichtet. Doch Gordon fügte sich ganz und gar nicht der ihm durch das Monster zugedachten Rolle. Sein Gesichtsausdruck wirkte, als ob er selbst große Lust hätte, seinen Gegner mit Haut und Haaren zu fressen. Er ließ das Schwert von oben auf den Kopf der Spinne herabsausen. Als die Vorderbeine des Wesens in Abwehrstellung gingen, beschrieb er mit seiner schweren Waffe einen Bogen in der Luft und schlug die Klinge von unten gegen das nun schutzlose, triefende Maul.

Der Panzer des Ungeheuers bot gegen einen solchen Hieb keinen Schutz. Eine riesige Wunde klaffte auf, während das verletzte Wesen einen Schrei ausstieß, der dem der sterbenden Made sehr ähnlich war: schrill, vibrierend, fast schmerzend.

Celiska verspürte den Drang, ihre Hände gegen die Ohren zu pressen und wurde sich ihrer völligen Hilflosigkeit bewusst.

Ihren Kopf durchfuhr ein beißender, hämmernder Schmerz.

Im nächsten Augenblick landete Gordon bei seinem verletzten Gegner einen weiteren Treffer mit seiner breiten Klinge. Er durchtrennte mit einem sauberen Schnitt eines der haarigen Vorderbeine.

Der abgetrennte Teil wirbelte durch die Luft und blieb direkt vor Celiskas Füßen liegen. Angewidert betrachtete sie die krampfartig zuckende Klaue. Sie konnte sich gut vorstellen, wie diese scharfen Scheren so manches warme, blutende Fleisch zerschnitten hatten. Vielleicht würden die restlichen sieben Klauen sich bald in ihren noch lebenden Leib bohren, falls ihr schlagkräftiger Gefährte in diesem Kampf doch noch unterläge ...

Im selben Moment, als Celiska den Kopf wieder hob, schossen erneut Fäden aus dem nach vorn gekrümmten Hinterleib der Spinne, schnellten wie Pfeile durch die Luft. Mit einem Hieb seines Schwertes gelang es Gordon, einige von ihnen im Flug zu zerschneiden, doch ein Teil der ätzenden Geschosse erreichte ihr Ziel. Die transparenten

Fäden schlangen sich blitzartig um Gordons Brust und Bauch. Mit einem harten Ruck pressten sie seine Oberarme gegen die Körperseiten und raubten ihm so ein gutes Stück Bewegungsfreiheit. Gordon kämpfte gegen diese Einschnürung an, seine Muskeln schwollen zu wahren Hügelketten und der Schweiß tropfte von seiner Nasenspitze. Aber auch er konnte sich nicht befreien. Dies waren nicht die seidigen Fäden einer natürlichen Spinne, sondern die eines abnormen Ungeheuers, von denen es in diesem Wald nur so zu wimmeln schien.

Gordon ließ sich nicht lange beirren, sondern stürmte nach vorn, zerhackte im nächsten Augenblick zwei weitere der Spinnenbeine und traf das Untier gleich darauf in die nun kaum noch geschützte Seite. Der Panzer knirschte und zerbarst unter der Wucht des eindringenden Stahls. Schleim und Blut schossen hervor, während wieder der schmerzhaft gellende Schrei erklang.

Celiska konnte es kaum fassen, als die Spinne unvermutet in sich zusammensackte und der bis ins Mark dringende Ton abrupt erstarb.

Gordons Gesicht drückte stärkstes Misstrauen aus. Er hob das Schwert abermals so weit er konnte und schlug dem Ungeheuer kräftig auf den Kopf. Auch hier zerbarst der Panzer wie eine überreife Frucht und entließ zischend stinkende Flüssigkeiten.

Celiska sah das todeskampfartige Zucken des schwarzen Hinterleibes, das Rucken der verbliebenen Beinstümpfe und das Zittern der Klauen an den unverletzten Beinen. Die spiegelnden Augen mit ihren schrecklichen Bildern wurden stumpf und leblos.

Plötzlich schossen neue Fäden aus dem sterbenden Körper, klatschten gegen Gordons Körper und wickelte sich blitzschnell um Arme und Beine. Der schwere Söldner geriet ins Wanken, überrascht von der Heftigkeit dieses unerwarteten Angriffs. Er fand sein Gleichgewicht nicht wieder, sondern fiel, genau wie vorher Celiska, rücklings auf den Boden. Doch sein Schwert ließ er nicht los. Voll Schrecken musste Celiska feststellen, dass der Körper ihres Begleiters schlagartig völlig umwickelt war.

Gordon stieß einen wüsten Fluch aus, während das Leben endgültig aus dem Spinnenleib wich. Die zuckenden Bewegungen des Untiers endeten, es blieb reglos liegen.

»Was soll der Scheiß schon wieder?«, schimpfte Gordon und kämpfte zähneknirschend gegen die feste Umarmung der dünnen Spinnenfäden an. Weder die Klinge des Schwertes noch der Dolch im Ärmel ließ sich in seiner verschnürten Position so bewegen, dass er sich frei schneiden konnte.

Celiska spürte das Brennen der ätzenden, dünnen Schnüre nun auch an Rücken und Armen. Würden sie sich bald durch ihre Haut tief ins Fleisch hinein graben?

Müdigkeit legte sich auf ihre schweren Lider. Nur wenige, schwache Sonnenstrahlen drangen noch in den Wald. Die Nacht nahte mit großen Schritten. Und Celiska sehnte sich nach Schlaf wie noch nie in zuvor in ihrem Leben.

Vergessen wollte sie.

Wie der gelbe Vogel, der vom Himmel fiel.

Mit einem Knirschen zerbrach mit einem Mal der Panzer am Bauch der Spinne. Der tote Körper sackte auf die Seite.

Celiska wollte gar nicht sehen, was sich dort am Leib des Untieres tat. Doch ihr Blick wurde wie magisch von dem neuen Geschehen angezogen.

Gordons Flüche wurden lauter: »Bei Hesindes feisten Schenkeln, was ist das wieder für ein Mist?!«

Wie ein Sturzbach ergossen sich hunderte, vielleicht sogar tausende kleiner Spinnen aus dem Bauch des toten Monsters. Als schwarze, wimmelnde Masse bewegten sich die Tiere zielstrebig auf die beiden eingesponnenen Opfer zu. Gordon und Celiska versuchten verzweifelt, sich auf dem Bauch robbend fortzubewegen. Aber die Flucht war aussichtslos. Die kleinen Krabbeltiere waren auf ihren tausenden haarigen Beinen sehr viel schneller als sie.

Celiska kämpfte gegen den Impuls an, einfach reglos liegen zu bleiben und sich somit dem sicheren Tod auszuliefern. Es gab ohnehin keine Möglichkeit zu entkommen. Wozu also noch diese Anstrengung, das Durchstehen weiterer, grausamer Ängste?

Endlich würde der lang ersehnte Schlaf über sie kommen. Ein Schlaf, aus dem sie niemals wieder erwachen würde.

Doch der pure Überlebenstrieb ließ sie weiter flüchten, ohne Hoffnung auf Rettung.

Gordons Flüche waren auf seinen Lippen erstorben. Auch er robbte um sein Leben, die krabbelnde Masse direkt auf den Fersen.

Die ersten Spinnen erreichten bald seine Beine, gruben ihre scharfen Mundwerkzeuge in die schweren Stiefel. Noch blieb seine Haut von den Angriffen der widerlichen Brut verschont, doch bald würden sie sich auf seinem gesamten Körper befinden.

Über ihr eigenes Keuchen hinweg hörte Celiska hinter sich irgendetwas in großer Geschwindigkeit durch das Unterholz brechen.

Ihr erster Gedanke war, dass sich neue Ungeheuer aus den Tiefen dieses grauenvollen Waldes näherten. Fast, als reichten die Schrecken des Tages noch nicht aus!

Gordon stöhnte. Seine Rüstung war an einer aus dem Boden ragenden Baumwurzel hängen geblieben, nun kam er nicht mehr vorwärts. Die Spinnen ergossen sich im selben Moment in einem Schwall über ihn.

Celiska hielt inne, schaute sich nach dem am Boden liegenden Gefährte um.

Und dann waren die Wölfe da.

Drei große, wild entschlossene Rauwölfe stürzten sich auf die wimmelnden Spinnen, bissen um sich, zertraten die kleinen Körper mit ihren kräftigen Pfoten, wirbelten die winzigen Ungeheuer wie lebendige, schwarze Wolken durch die Luft. Die Wölfe schlugen bereits in den ersten

Augenblicken breite Gassen in die Reihen der vielbeinigen Angreifer.

Celiska hörte sich selbst aus tiefstem Herzen seufzen. Sie verspürte innige Zuneigung zu diesen mutigen, energischen vierpfötigen Brüdern. Vielleicht würde ihr nächster Schlaf nun doch nicht der Schlaf des Todes sein!

Mit Erstaunen stellte Celiska fest, dass die Spinnen bald wie ein einziges Wesen die Flucht ergriffen. In Wellen schwappten sie über Moos, Laub und Äste, in dem hektischen Versuch, der unerwarteten Bedrohung zu entkommen. Und tatsächlich gelang es vielen, in Büschen und Unterholz zu verschwinden und die reißenden Wolfszähne hinter sich zu lassen.

Celiska rollte sich mit letzter Kraft wieder auf den Rücken. Erschöpft und dankbar blieb sie liegen, den Blick auf die mit offensichtlich großem Erfolg kämpfenden Wölfe gerichtet. Sie entdeckte, dass der wie auch immer geartete Zauber, der die ihren Körper umschließenden Fäden unzerreißbar machte, mit der Flucht der Spinnen seine Wirkung verlor. Die dünnen Schnüre zerfaserten und rissen. Die Kleidung darunter stellenweise zerfetzt und die Haut stark gerötet. Doch sie hatte tatsächlich auch dieses Grauen überlebt!

Die Wölfe hatten alles Ungeziefer restlos verjagt. Aber auch sie hatten sichtlich Verletzungen davongetragen. Celiska entdeckte Blutspuren an ihren Lefzen und Pfoten. Die Spinnen hatten ihre eigene ätzende Art, sich zur Wehr zu setzen.

Es blieb Celiska kaum Zeit, sich bei den raupelzigen Brüdern für die Rettung im Augenblick höchster Not bedanken. Die drei Tiere sammelten sich und zogen sich gleich darauf in das Unterholz zurück, aus dem sie eben hervorgekommen waren.

Celiska gab ihnen durch stumme Worte mit auf den Weg, dass sie auf immer in ihrer Schuld stehen würde, sollte sie dieses Abenteuer wider Erwarten überleben.

»Ich werd' nie wieder einen dreckigen Köter auf der Straße treten«, schwor Gordon laut, während er die Reste der Spinnenfäden von sich abschüttelte.

Sie brauchten beide einige Zeit, um sich einigermaßen zu erholen. Inzwischen schlossen sich die grau-schwarzen Schatten des späten Abends immer dichter um sie.

Gordon fragte nach einer Weile: »Was hast du eigentlich mit diesen Wölfen zu tun? Bist du so etwas wie eine kleine Hexe?«

Celiska schaute ihn ratlos an. »Eine Hexe?«, fragte sie. »Meinst du eine Schamanin?«

»So was ähnliches«, erwiderte Gordon achselzuckend. Für ihn war dieser ganze Zauberkram sowieso undurchschaubar.

Doch er wollte zumindest ungefähr wissen, warum dieses Mädchen so merkwürdig anders war, als alle Gören, die er kannte.

»Mmmh«, machte Celiska und hob den Blick hinauf zu einem Baum, den sie als ihren Schlafplatz auserkoren hatte.

»Was ist nun?«, hakte Gordon nach einer Weile ungeduldig nach. »Wie kommt's, dass du immer diese Wölfe um dich hast? Und wieso bist du selbst fast einer geworden?«

Bei diesen Worten zuckte Celiska zusammen und schaute ihn mit riesengroßen Augen an.

»Was ... was bin ich geworden?«, fragte sie sichtlich verblüfft.

»Na, als du diese kleinen Dachse gefunden hattest und bewusstlos auf dem Waldboden lagst«, erinnerte Gordon sie. »Das war nicht das erste Mal, dass du fast wie ein Wolf geheult hast ... na, sogar ein gutes Stück lauter.« Seine linke Hand fuhr zum Ohr, das noch immer ein wenig taub war. »Und dann hattest du plötzlich diese Hundepfoten, dass ich dachte, dass du jetzt auch zu einem dieser stinkigen Monster wirst.«

»Pfoten?«, echote Celiska mit einer verdutzten Miene, die nicht gespielt sein konnte.

»Ja, Pfoten«, gab Gordon etwas unwirsch zurück. Die Begriffsstutzigkeit der kleinen Kröte machte ihn ungeduldig!

Da sie noch immer keine Antwort gab, erklärte er weiter: »Du warst auf dem halben Weg, dich in deinen eigenen Köter zu verwandeln! Und weil du immer diese Wölfe um dich hast, kann das Ganze doch kein Zufall sein!«

Celiska gab ein Geräusch von sich, dass sich wie ein lang gezogenes ›Uuuuuh‹ anhörte. Danach folgte ein ungläubiges Kopfschütteln.

Gordon seufzte: »Dann weißt du also selbst nicht Bescheid ...«.

Celiska hob die Schultern, sah ihn wieder an. »Doch«, stellte sie plötzlich nüchtern fest. »Jetzt weiß ich Bescheid.«

»Ah?«, machte Gordon und zog die rechte Augenbraue hoch.

Ein schiefes, müdes Lächeln erschien auf dem Gesicht des Mädchens. »Ich bin ein Wolfskind«, sagte sie. »Ich habe es geahnt, seit diese merkwürdigen Dinge passiert sind. Aber ich wusste nicht genau, was das alles zu bedeuten hat. Mir hat ja nie jemand gesagt, wie sich ein Wolfskind fühlt, wenn es sich verwandelt ...«

»Und das heißt?«, fragte Gordon.

»Und das heißt?«, echote Celiska und blickte ihn fragend an.

»Bist du damit eine Hexe oder eine Schamanin oder was?«

»Ich habe die natürliche Gabe, mich in einen Wolf zu verwandeln«, erklärte Celiska. Ihre Stimme verriet, dass sie diese Behauptung selbst noch nicht so recht glauben konnte. »Und die Kaskju hatte Recht damit, als sie sagte, dass ich vielleicht selbst eine Schamanin werden könnte. Aber ...«, sie stockte, legte die Arme um die Tasche mit ihren Heilkräutern, »ich bin eine Heilerin. Wie die alte Kisa.«

»Und die Wölfe?«, hakte Gordon nach, der ohnehin nichts mehr verstand, aber es sich nicht anmerken lassen wollte. «Warum laufen die dir hinterher?«

»Sie sind meine Brüder«, erwiderte Celiska mit überraschend fester Stimme. »Und«, fügte sie etwas leiser hinzu, »da ist noch irgendetwas, was sie mir nicht verraten haben. Ich glaube, es gibt einen Auftrag für mich ...«

»Du kannst also mit ihnen reden?«, fragte Gordon verblüfft.

»Ja«, bestätigte Celiska kurz, wandte sich ab und begann, den Baum zu erklettern, in dessen Krone sie übernachten wollte.

Damit war das kurze Gespräch beendet.

Gordon hatte eine Ahnung von einer völlig fremden Welt erhalten, von der er wusste, dass er sie niemals verstehen würde.

Radran Helis

Endlich war Ruhe eingekehrt. Das markerschütternde Geschrei des Affen war verstummt. Vielleicht war er nach all dem lautstarken Theater schließlich verendet.

Doch Radran Helis hatte zur Zeit nicht das geringste Bedürfnis, im Käfig nachzusehen. Gedankenversunken starrte er die mit Lehm verputzte Wand an. Das Mädchen hätte längst hier sein sollen, betäubt und zur näheren Untersuchung bereit. Er konnte sich nicht erklären, was schief gelaufen war.

Die kleinen, intuitiven magischen Tricks der Nivesin, deren Zeuge Radran gewesen war, konnten nicht wirklich daran schuld sein, dass seine so sorgfältig inszenierten Fallen nicht funktioniert hatten.

War er vielleicht zu ungeduldig?

Dauerte vielleicht alles nur ein bisschen länger, und das Kind würde doch noch bis zum Morgengrauen auf seinem Seziertisch liegen? Sein Innerstes war gespannt wie eine Bogensehne. Er dürstete nach neuen Taten.

Und jetzt legte sich plötzlich die Stille wie eine schwere Last auf seine Schultern.

Er warf einen langen Blick auf die mit unterschiedlich gefärbten Flüssigkeiten gefüllten Gläser im grob gezimmerten Holzregal. Sie glitzerten im Licht der Öllampen verheißungsvoll, als seien sie von zierlichen Waldfeen mit magischen Tränken gefüllt worden.

Seine Muskeln begannen unkontrolliert zu zucken. Plötzlich verspürte er den Drang, alles um sich herum zu zerschlagen. Krampfhaft schloss er die Augen, verschränkte die Arme vor dem Leib, presste die Lippen zusammen.

Er fühlte die Erde unter sich erbeben, Lehm bröckelte von den Wänden. Die vielen Gläser erzitterten und gaben ein helles Klirren von sich, als ihre bauchigen Wände gegeneinander stießen.

Der Affe erwachte im Hinterzimmer und begann wieder mit seinem Geschrei. Radran stöhnte laut auf.

Seine Hände fühlten sich kalt an, die Stirn glühend heiß.

Die bebende Erde und der sich im Raum ausbreitende Geruch waren ihm wohlbekannte Zeichen. Er kündigte sich stets auf die gleiche Weise an, der starke und mächtige Scherge der Erzdämonin.

Doch sein letztes Erscheinen lag bereits weit mehr als ein Jahr zurück. Es war zu jener Zeit gewesen, als die Versuche in Lowangen ihren Abschluss gefunden hatten. Kurz zuvor hatte Radran sich auf die Suche nach einem neuen Unterschlupf gemacht, denn der Boden unter den Füßen war ihm zu heiß geworden.

Dann war er in die zweite Phase eingestiegen.

Als er, eingehüllt in eine beinah greifbare, stinkende Wolke, wieder die Augen öffnete, hatte das Wesen mit dem unaussprechlichen Namen sich völlig manifestiert. Tief ducken musste es sich in dem niedrigen Gewölbe. Die gewaltigen, schwarzen Flügel waren, eng am Rücken liegend, gegen die Decke gepresst. Der Körper des Wesens war massiv wie eine Felswand, sein Kopf thronte in aufgerichteter Position in mehr als drei Schritt Höhe. Die gewaltigen Hörner, in einer Reihe angeordnet vom Nackenansatz bis zur vorgewölbten Stirn, waren überzogen mit einem Rasen aus grünlich schimmerndem Pilz. Die Augenhöhlen schienen leer, nur in der finsteren Tiefe war ein böses Glitzern zu erahnen. Die säulenartigen Beine endeten in wuchtigen Hufen.

Der Körper der Kreatur war nur stellenweise von filzigem Fell bedeckt. Zumeist blickte man auf gräulichgelbe, welke Haut, die, trocken und ausgedörrt, an vielen Stellen Falten warf.

Im klaffenden Maul waren zwei Reihen spitzer, fauliger Zähne angeordnet.

»DU!«, donnerte die Kreatur mit ihrer tiefen, vibrierenden Stimme. Ein neuerliches Beben erschütterte den Raum und übertrug sich auf Radrans eiskalten Körper. Doch der Blick des Mannes blieb fest auf das Gesicht des Wesens gerichtet. Zusammenbrechen würde Radran nicht mehr. Die Zeit der Schwäche war vorbei.

»DU JÄMMERLICHES WESEN«, setzte der Dämon von Neuem an. Fauliger Atem drang aus seinem Mund und schlug Radran entgegen. Doch Magen und Lungen reagierten darauf nicht, es verschlug ihm nicht mehr den Atem. »GROSSE MACHT hast du bekommen von meiner Herrin! WIE VIEL hat sie dir gegeben – und WIE WENIG fängst du damit an, elender VERSAGER!«

Radran schüttelte unwillig den Kopf, während ihm kalter Schweiß über Stirn und Wangen rann. Die Arme hielt er weiterhin verschränkt, den Rücken energisch gestrafft.

»Nenn mich nicht Versager«, sagte er mit fester Stimme, die beinah drohend klang. »Denn ich habe an keiner Stelle versagt.«

»Und was ist mit dem Kind?«, geiferte die Kreatur und senkte tief den Kopf, um dem trotzigen Menschen in die Augen starren zu können.

Verächtlich stieß Radran die Luft durch die Nase aus.

»Eine Kleinigkeit«, erwiderte er. Sein Herz war ein harter Stein in der Brust.

Zurückgekehrt war er, Radran Helis, durch das tiefe Tal der Schmerzen und der Finsternis. Eljum war zu Grabe getragen, nachdem er zusammengebrochen war wie ein auf Sand gebauter Turm.

Wie kaltes, klares Eis, fuhr es Radran durch den Kopf. Furcht weder vor dem Leben, noch vor dem Tod. Was berührt es mich, wenn seine tödliche Pranke nach mir greift? Meine Seele ist eh verloren!

»DIE MÄCHTIGE HERRIN DER PESTILENZEN«, donnerte der Sechsgehörnte, sodass der Affe im Hinterraum endgültig verstummte, »hat dir, schwächlicher Mensch, die Macht gegeben, die Kreaturen des Waldes in ihrem Namen zu verändern. Doch DU hast es nicht einmal geschafft, auf diese Weise ein KLEINES MÄDCHEN in deine Gewalt zu bekommen! ANGST hattest du zudem, dass dieses KIND dich in deinem Unterschlupf erschlägt mit seinen jämmerlichen Funkenspielen.«

Radran hob das Kinn ein wenig mehr an, blickte unerschrocken in die bedrohlich glimmenden Höhlen.

»Das Mädchen ist so gut wie gefangen«, stellte er fest.

Ein tiefes, hallendes Lachen entströmte der Kehle des Ungeheuers, während es mit einem Huf so kräftig auf den Boden stampfte, dass einige Gläser aus dem erzitternden Regal fielen und klirrend auf den Steinboden aufschlugen.

»EIN NARR«, donnerte es, »bist du, Radran Helis, zu denken, dass ich nicht mehr sehen kann als du! Sie ist nicht allein, und sie ist nicht hilflos deinen Hinterhalten ausgeliefert! Mit ihren dilettantischen Zaubern und der breiten Klinge ihres Begleiters hat sie alle Fallen überwunden und steht nun bald vor deiner Tür!«

Radran sog tief die Luft in seine Lungen.

Beunruhigend war nicht mehr, wie in schwachen Stunden zuvor, die Gefahr, dass dieses Kind ihm plötzlich gegenüberstehen und ihn mit Hilfe eines magischen Blitzes in einem kritischen Moment außer Gefecht setzen könnte. Allein das Versagen seiner Hilfsmittel gegen ein *kleines Mädchen* setzte ihm nun zu. Und für zusätzliche Überraschung sorgte, dass sich der fette Kopfgeldjäger dem Kind offensichtlich angeschlossen hatte.

Das Muskelzucken kehrte zurück. Es war stärker als vorher.

So stark, dass er seine Arme nicht mehr verschränkt lassen konnte, sondern sie voneinander lösen musste. Seine Finger zuckten, als wollten sie wahllos nach einer Kehle greifen und zudrücken. Ihm war, als hörte er das Zerbrechen von Eis in seinem Inneren. Es klirrte und krachte in seinem Kopf, sodass seine Konzentration völlig zerschlagen wurde und ein ungeordneter, tosender Gedankensturm durch sein Gehirn schoss.

Zorn war es, der sich in den Tiefen seiner Seele zusammenbraute. Doch es war ein kalter Zorn, tödlich und fordernd.

Radrans Arme hoben sich mechanisch, streckten sich weit in die Luft. Wut glomm in seinen Augen, die, tief liegend und pechschwarz, denen des Dämons ähnelten.

»STEH NICHT HERUM!«, schrie er der mächtigen Kreatur entgegen, als sei er ihr Herrscher. »HOL SIE MIR HER, ALLE BEIDE!«

Niemand sollte ihm, Radran Helis, trotzen, schon gar nicht ein dummes, kleines Mädchen und ein fetter, schmieriger Söldner!

Die Erde unter seinen Füßen erzitterte, dröhnend hallte das Gelächter des Dämons durch die finsteren Gänge. Schwarze Flügel kratzten schabend am Gewölbe, kräftig scharrten die Hufe über den Steinboden. Eine wahre Sturzflut von Gläsern regnete aus den Regalen und zerbracht laut klirrend in tausende glitzernder Scherben.

»NUN GEH«, gebot Radran Helis mit donnernder Stimme dem Dämon. »DEINE HERRIN GAB MIR DIE MACHT, DIR ZU BEFEHLEN: NUN GEH UND HOLE MIR DIE BEIDEN! FÜGE IHNEN SCHMERZEN ZU, VERSETZE SIE IN ANGST UND SCHRECKEN, ABER BRINGE SIE MIR LEBENDIG!«

Unter Gelächter und Gestampfe verschwand der Dämon und hinterließ nichts als betäubenden Gestank und tiefe Kratzspuren seiner Hufe im felsigen Boden.

Radrans Arme sanken herab. Seine Erregung hatte sich noch längst nicht gelegt.

Die Muskeln in Armen und Beinen zuckten, als würden sie durch Blitzschläge gepeinigt. Sein Atem ging flach und stoßweise. Er stützte sich mit beiden Handflächen auf der Platte des Seziertisches ab, senkte den Kopf, sodass das Kinn die Brust berührte. Ein unkontrolliertes Zittern lief in Schüben durch seinen Körper, er ließ es mit fest geschlossenen Augen über sich ergehen.

Eine einzige, schwere Träne quoll unter seinem Lid hervor, vermischte sich mit dem Schweiß auf der Wange. Ein Wort kam über seine Lippen, gepresst und kaum verständlich: »Elen ...«

Dann fuhr er plötzlich herum, mit geballten Fäusten und wütend funkelnden Augen. Mit einem kräftigen Schlag riss er das Regal um. Ein harter Fußtritt knallte den Holzstuhl so fest gegen die Wand, dass er krachend zerbrach. Mit Wucht zertrümmerte er die Tongefäße, die in Tischnähe aufgereiht standen. Heraus quoll zähe, grünliche Flüssigkeit, die sich qualmend in den Steinboden fraß.

Er spürte nicht die Verletzung seiner Hände, sah nicht auf das Blut, das seine Unterarme hinabrann. Blind und taub war er. Ein scharfer Schnitt hatte Seele und Körper getrennt.

Nur sehr langsam beruhigte er sich, und kam wieder einigermaßen zu sich. Mit weit ausholenden, schnellen Schritten verließ er den Raum auf dem Weg ins Hinterzimmer.

Vielleicht sollte er nach den beiden Affen sehen. Nach dem einen, dessen Geschrei Stunde um Stunde alle Räume des Unterschlupfes erfüllt hatte – und nach dem anderen, der während derselben Zeit kaum einen Mucks von sich gegeben hatte.

Am liebsten jedoch wollte er seine Hände um ihre Kehlen legen und ihnen das Leben aus den kleinen Körpern pressen. Die Krankheit, mit der er sie verseucht hatte, konnte ihm selbst nichts anhaben, dafür hatte die Herrin der Pestilenz gesorgt.

Einer der Affen, die einer winzigen, rattengroßen Art angehörten, lag jedoch bereits schlaff und reglos in seinem gläsernen Käfig, das Gesicht im eigenen Erbrochenen. Ihm war das Fell büschelweise ausgefallen. Die Haut war von grünlichen Flecken, dick geschwollenen Beulen und eitrigen Wunden bedeckt.

Ihn hatte die Seuche hinweggerafft.

Bei Zweibeinern mit derart geringer Körpergröße verlief der Prozess des Sterbens sehr viel schneller als bei Menschen. Es handelte sich um nur wenige, doch äußerst qualvolle Stunden. Ansonsten hatten diese Affen eine Menge Gemeinsamkeiten mit den Menschen. Sie teilten die meisten ihrer Krankheiten in Art, Ausbreitung und Verlauf. Der Nachteil war, dass die Tiere schwer zu beschaffen und relativ teuer waren. Aber für dieses Experiment war ihr Einsatz durchaus gerechtfertigt. Vierbeiner wurden von der Krankheit nicht angegriffen und waren deshalb nutzlos für ihn.

Er wandte den Blick dem zweiten Affen zu. Mit riesigen, braunen Augen starrte dieser durch die gläserne Wand auf seinen Artgenossen. Er wirkte verschreckt, drückte sich in die hinterste Ecke seines Gefängnisses.

Das rot-braune Haarkleid dieses Tieres war völlig intakt. Auch bei näherer Betrachtung waren keine Beulen auf der Haut unter dem Fell zu erkennen. Ganz dicht bewegte Radran sein Gesicht an die Glaswand heran, suchte aufmerksam den Körper des Tieres ab. Bei jedem Individuum bedurfte es einer unterschiedlich langen Zeit, bis die Krankheit zum Ausbruch kam. Doch dieses Tier müsste nach Radrans Erfahrungen zumindest die ersten Symptome zeigen. Der Affe wandte leicht den Kopf und blickte ihm nun in die Augen. Feucht glänzte die braune Iris des Tieres, die Flügel der winzigen Nase bebten. Kleine, behaarte Finger klammerten sich im eigenen Bauchfell fest.

Es war wie ein heller Lichtstrahl, der in Radrans Gehirn drang und alles Chaos vertrieb. Die Risse im Eis schlossen sich wieder, die Muskeln entspannten sich.

Einzig der kalte Zorn blieb, schwoll neu an.

Ein Stein aus glitzerndem Silber hing an einem Kettchen am Hals des Affen. Das Tier war der einzige von ihm getestete Zweibeiner, der von der Krankheit nicht angegriffen worden war. Vermutlich war die in seinen Körper eingedrungene Seuche dort kraftlos geworden und zugrunde gegangen. Genau wie bei dem Nivesenmädchen, das auch jetzt, da es das schützende Amulett nicht mehr um den Hals trug, nicht wieder erkrankte. Eine neue Berührung mit der Krankheit war dafür vonnöten.

Sein vager Verdacht hatte sich also bestätigt. Das verfluchte, kleine Mädchen war keinen Pfifferling wert. Es hatte ihm nur kostbare Zeit gestohlen, hatte seine Gedankenströme unnütz blockiert. Der Stein war es, der die Kraft des Widerstandes in sich trug. Ein kleines, kostbares Artefakt.

Und das Kind hatte sich als wichtiger aufgespielt, als es war. In Wirklichkeit war es nicht einmal eine Hand voll Dreck wert!

Oh, er konnte es kaum erwarten, Celiska endlich den bitteren Tod zu bringen, dem sie durch diesen faulen Trick einstweilig entkommen war!

Ganz in der Nähe seines Unterschlupfes befand sich die Kleine , hatte der Dämon ihm verraten. Hier zu hocken und zu warten war nun ganz und gar nicht mehr nach seinem Sinn. Es war der Durst nach Rache, der ihn hinaus in den Wald trieb. Rache wollte er nehmen an diesem heuchlerischen, schwachen Wesen, in das er so viel Zeit und Geduld investiert hatte.

Und das Eis umschloss fest sein Herz, erstickte jeden winzigen Keim von Mitleid oder Vernunft.

Er öffnete vorsichtig die Tür des Käfigs und nahm dem vor Furcht erstarrten Affen die Kette mit dem funkelnden Stein vom Körper.

»Das Auslöschen von Leben«, sagte er zu dem Affen, »ist das Handwerk, das dem Bruder des Todes gebührt.«

Der Unterschlupf

Wie ein schwerer Stein in der Magengegend lastete das drückende Gefühl auf Celiska. Wirklich unheimlich war ihr seit einiger Zeit zumute. Es war wie eine düstere Vorahnung, dass das Schlimmste noch lange nicht überwunden war.

Im dichten Wald herrschte das Zwielicht des neuen Tages. Doch die scharfen Augen des Mädchens konnten problemlos die Fährte ausmachen, der sie und Gordon folgten. Die Fährte, die sie am frühen Morgen erst wiedergefunden hatten, als sie widerstrebend zu der Sumpflichtung zurückgekehrt waren. Aber dort hatte kein neuer Albtraum auf sie gewartet. Alles war sehr still und sehr tot gewesen.

Angst beschlich Celiska, Angst vor den kommenden Schrecken. Nach einer unruhigen Nacht in den Ästen eines Baumes, die nur wenig Erholung gebracht hatte.

In welche Art von Verderben würden sie als nächstes geraten?

Welche Kreaturen pirschten sich im Schatten des Unterholzes an sie heran, lagen blutdurstig auf der Lauer?

Einen Moment lang erschien Eljums lachendes Gesicht vor ihrem geistigen Auge. Seine warmen, braunen Augen funkelten fröhlich, während er angestrengt versuchte, den heftigen Schluckauf zu unterdrücken. Bei jedem »Hicks« hüpfte er auf dem Kutschbock auf und nieder.

Wie hätte sie erraten können, was im Kopf dieses Mannes vor sich ging, mit welchen grauenvollen Kreaturen er im Bunde war?

Einen ›Dämonenbuhlen‹ hatte Gordon Eljum genannt. Doch was im Namen Reißgrams konnte einen Menschen wie Eljum dazu bewegen, mit einem Ungeheuer einen Pakt zu schließen und Wesen heraufzubeschwören, die selbst den tapfersten nivesischen Jägern Angst und Schrecken einjagen konnten?

Und dieser Gestank, dieser immer und immer wiederkehrende, grässliche Geruch nach Tod und Verwesung! Ihr schien, als läge er wieder in der Luft, vergifte den Wald mit seiner durchdringenden Abscheulichkeit.

Sie hatte an den grünlichen Flecken gerochen, die den Körper ihres Bruders verunzierten. War es nicht derselbe Gestank gewesen, bei dem sie angeekelt die Nase gerümpft hatte? An einen seit vielen Tagen in der Sonne verwesenden Vogel hatte er sie erinnert.

Merkwürdige Geräusche veranlassten sie, den Kopf zu heben und zu horchen. Auch Gordon stand bereits stockstill, den Blick geradeaus gerichtet.

Bewegte Schatten huschten über den Boden, die keinen erkennbaren Ursprung zu haben schienen. Und das Knistern nur wenige Schritte voraus war nicht das Rascheln von trockenem Laub.

Es schien, als ginge ein leichtes Zittern durch den Waldboden. Die empfindlichen Sohlen von Celiskas Füßen begannen zu kribbeln. In der Ferne erklang der schrille Schrei eines Vogels.

Die feinen Härchen in Celiskas Nacken richteten sich auf. Durch ihre Jacke, die für den härtesten Winter des Nordlandes geschaffen war, drang Kälte.

»Oh, Scheiße«, hörte sie Gordons Stimme an ihrer Seite.

Celiska legte die Hand an ihren Bogen, erinnerte sich aber im nächsten Moment daran, dass sie all ihre Pfeile auf die Maden-Kreatur verschossen hatte, vor der sie auf den Baum geflüchtet war. Die Pfeilspitzen waren dabei vom ätzenden Schleim zerstört worden und so auf dem Waldboden nicht mehr wiederzufinden.

Als sie ihren Dolch zur Hand nahm, beschlich sie die düstere Vorahnung, dass hier etwas auf sie zukam, das man auf mehr als eine lächerliche Armeslänge Abstand halten sollte.

Das Kribbeln in den Fußsohlen wurde stärker, zog sich über die Knöchel bis in die Beine.

Wenn ihre Augen bloß etwas erkennen könnten in den Tiefen der Schatten zwischen Bäumen und Gebüsch!

Plötzlich erbebte der Boden, dass die Bäume um sie herum ins Wanken gerieten. Celiska fuhr derartig der Schreck in alle Glieder, dass sie beinah das Gleichgewicht verloren hätte und rücklings auf dem Boden gelandet wäre.

Und von einem Augenblick auf den anderen wuchs ein gewaltiger Schatten vor ihnen aus dem Boden. Viel größer und breiter als ein Mensch schien er, mit zwei säulenartigen Beinen und einem breiten, eckigen Kopf, aus dem mächtige Hörner ragten.

Gordon sog scharf die Luft ein.

Celiska biss sich fest auf die Lippe.

Das gewaltige Dröhnen, das nun anhob, war kaum als Stimme zu erkennen. Und doch lagen vibrierende Worte darin verborgen, die durch die zitternde Luft in Celiskas Bewusstsein drangen:

»IHR ... KOMMT ... NICHT ... DAVON ... IHR WÜRMER!«

»... keinen Sinn«, vernahm sie Gordons brüllende Stimme, die in dem Lärm beinah unterging. Sie riss ihren Blick von dem Ungeheuer los, um ihren Begleiter anzusehen. Dieser hatte den schweren Andertalbhänder kampfbereit erhoben, sein Gesichtsausdruck spiegelte Entsetzen und Verzweiflung wider.

Ohne die Augen von dem vor ihm stehenden Gegner zu nehmen, raunte Gordon ihr im abschwellenden Getöse zu: »Lauf, Cel. Mach, dass du wegkommst!«

Doch Celiska schüttelte heftig den Kopf, während sie ihren Dolch in derselben Manier erhob wie ihr Begleiter den Andertalbhänder: »Ein Wiesel weiß zu kämpfen.«

Gordon warf ihr einen schnellen Blick zu. In seinen Augen funkelte jäher Zorn. »Red' keinen Scheiß«, fuhr er sie an. »Ein Wiesel weiß zu rennen, wenn's Zeit ist!«

Aber sie ließ sich nicht beirren. Obwohl sie kaum mehr etwas anderes verspürte als nackte Angst, blieb sie genau dort stehen, wo sie war. Sie wich keinen Fingerbreit zurück.

Das Ungetüm stapfte auf seinen Säulenbeinen einen Schritt auf sie zu. Eine Wolke Verwesungsatem schlug ihnen entgegen und ließ Celiska würgen. Plötzlich wurde sichtbar, was das merkwürdige Knistern verursacht hatte; jenes Geräusch, das sie beide hatte aufhorchen lassen: Zwei gewaltige, lederartige Flügel entfalteten sich auf dem Rücken des Wesens. Sie bildeten eine teilweise durchscheinende, von tiefen Falten und Furchen bedeckte düstere Mandorla um Kopf und Körper. Ihr Rascheln klang trocken und welk.

Die gewaltige Pranke der Kreatur hob sich. Im ersten Augenblick glaubte Celiska, eine gigantische Version des Schwertes, das ihr Begleiter in den Händen trug, zu erkennen. Doch dann bemerkte sie, dass die Klinge in ständiger Bewegung zu sein schien, als sei Leben in ihr. Doch im Zwielicht konnte sie keine Einzelheiten erkennen, nicht den Ursprung der Bewegung ausmachen. Tief im Innern war sie sich sicher, dass sie es gar nicht genauer sehen wollte.

Wieder machte die Kreatur einen Schritt nach vorn. Diesmal tat Gordon es ihr gleich, mit dem Mut der Verzweiflung. Und Celiska zog trotz ihres zum Zerspringen hämmernden Herzens mit.

Donnerndes Gelächter erscholl aus tiefer Kehle des Gegners, ließ Celiska erneut erschauern.

»KLEINE HELDEN!«, grölte das Wesen und stampfte so kräftig auf, dass ein neuerliches Beben durch den Boden lief. Es senkte seine Waffe ein wenig, sodass Celiska einen ungewollten Blick aus der Nähe darauf werfen konnte. Ihre Übelkeit schwoll mit einem Schlag an. Sie musste kämpfen, um ihren Mageninhalt bei sich zu behalten: Eine metallische Klinge war nicht zu sehen, sondern nur ein Gewimmel von pervertierten Insekten mit glotzenden Augen und aufgequollenen Körpern. Sie erinnerten Celiska an das Ekel erregende Ungeziefer im Sumpf. Nur, dass dieses Getier noch viel abnormer und widernatürlicher wirkte, als die Käfer, Spinnen und Maden, die auf der Lichtung über sie hergefallen waren. Ihre Körper wirkten seltsam verzerrt und verdreht. Viele wanden sich in heftigen Zuckungen.

Jemand rief Celiskas Namen.

Sie erkannte auf Anhieb die Stimme wieder und schaute sich augenblicklich hastig in alle Richtungen um. Doch Eljum konnte sie nirgends entdecken.

Der Söldner hielt seine Kampfposition und schaute in Celiskas Richtung. Einige Momente lang blickten sie sich fest in die Augen.

Gordons Mundwinkel umspielte ein Lächeln.

Irritiert blickte Celiska ihn an.

Er nickte ihr leicht zu und plötzlich konnte sie in seinen Augen lesen, worauf er hinauswollte: Er wollte es ganz allein mit dem übermächtigen Gegner aufnehmen, damit sie die Möglichkeit hatte, nach Eljum zu suchen.

Sie erschrak fürchterlich bei dem Gedanken, dass Gordon im Kampf sein Leben lassen könnte.

Kaum merklich schüttelte sie den Kopf.

»Nein ...«, stammelte sie flehend, »... nicht!«

Der Kopfgeldjäger zwinkerte ihr noch einmal zu, drehte langsam den Kopf in Richtung der dämonischen Bestie, das Schwert erhoben, die Augen jetzt zu Schlitzen verengt.

»Bei Praios' mickrigem Pimmel«, zischte Gordon kaum hörbar, »jetzt reiß ich dir den Arsch auf!«

Im nächsten Moment stieß die Kreatur ein ohrenbetäubendes Brüllen aus und sprang mit mächtigem Satz heran, während Gordon ebenfalls brüllend auf den Gegner losstürmte. »KOOOOOOOOOOOR«, hörte Celiska ihn schreien.

Dann prallten die beiden Gegner mit Wucht aufeinander.

Sie fühlte sich zerrissen, wusste nicht wohin.

Eljum kam mit großen Schritten zwischen den hohen Bäumen auf sie zu. Er war gänzlich unbewaffnet. In der rechten Hand hielt er ein kleines, bauchiges Glas.

Doch Celiska nahm sich in Acht, behielt den Dolch fest in der Hand und drehte sich ganz zu ihm um. Das Getöse und Gebrüll hinter ihrem Rücken erzählte von einem erbitterten Kampf. Doch sie hatte keine Zeit, um sich danach umzusehen oder einzugreifen. Sie konnte nicht wissen, welche weiteren Tricks Eljum auf Lager hatte.

Nur wenige Schritt vor ihr blieb Eljum stehen. Unter der Pelzmütze, die mitten im frühlingshaften Wald fehl am Platz wirkte, blickten seine ruhigen, dunklen Augen sie an.

»Ich bin der gelbe Vogel«, sagte er mit fester Stimme über den Kampfeslärm hinweg.

Gordons durchdringendes Brüllen ließ Celiska zusammenfahren. Doch sie richtete weiterhin den Blick starr auf Eljum, obwohl ihr Herz sie mit ganzer Kraft zu dem kämpfenden Gefährten zog.

»Ich bin vom Himmel gefallen«, erklärte Eljum in ruhigem Tonfall, »und wusste nicht mehr, wer ich war.«

»Hast du das alles getan?«, fragte Celiska mit kaum verborgenem Zorn. »Dann ruf deinen Dämon SOFORT zurück!«

»Vielleicht hast du Recht«, meinte Eljum und löste damit einen Hoffnungsfunken in Celiska aus. Doch dann fuhr er fort: »Vielleicht hätte ich mich unter die Hasen mischen und versuchen sollen, ein Leben wie sie zu führen.«

»Hör auf damit«, fuhr Celiska ihn an. »Ruf dieses Ungeheuer zurück!«

Brüllen, Geschrei, Stampfen und Stöhnen waren zu hören. Das Mädchen wusste nicht, wie viel Zeit Gordon noch blieb. Wie lange konnte man einem übermächtigen Monster standhalten?

»Doch ich war den Toten näher als den Lebenden«, setzte Eljum ohne jede Regung seine Erzählung fort. Und tatsächlich konnte Celiska den Tod in seinen Augen sehen, aus denen alle vertraute menschliche Wärme gewichen war. »Und so bin ich bei ihnen geblieben – und ein Bruder des Todes geworden.«

Bei diesen Worten musste Celiska hart schlucken.

»Bruder ... des Todes?«, wiederholte sie. Und sie hörte wie ein fernes Echo die Stimme der Kaskju, die mit weit aufgerissenen Augen eben diese Worte über die sterbenden Lippen gebracht hatte.

Er streckte langsam die Arme aus, das Glas ohne erkennbaren Inhalt noch immer fest in der Hand.

»Komm doch her, kleine Cel. Ich habe etwas, das dir gehört. Ich gebe es dir zurück.« Sein Kopf senkte sich, und er blickte hinab auf seine andere Hand. Dort hing – statt an dem ursprünglichen Lederband – an einer Kette Celiskas silberglänzendes Amulett.

»Mach zuerst diesem Wahnsinn ein Ende«, verlangte Celiska von ihm und riss die Augen von dem begehrten Objekt los. »Bevor es noch mehr Tote gibt.«

Eljums Gesicht hob sich wieder. Zu Celiskas Entsetzen erblickte sie dort nun ein breites, leeres Lächeln.

»Ich habe nichts gegen Tote«, erklärte er. »Wo Tote sind, da ist Ruhe.«

Celiska zuckte zurück. Voll Widerwillen schüttelte sie den Kopf: »Du bist ein UNGEHEUER«, erklärte sie. »Genau, wie diese stinkenden Kreaturen, die du auf uns gehetzt hast! Du bist ein ekelhaft, stinkendes ...«.

Weiter kam sie nicht.

Eljum hatte einen Schritt nach vorn gemacht und das Glas gehoben. In seinen Augen glomm eine böse, kalte Wut, die Celiska nie zuvor in menschlichen Augen gesehen hatte.

»Und du?«, herrschte er sie an. »Du denkst wohl, du wärst etwas Besonderes, wie? Alle von deinem Stamm sind krepiert, nur du nicht! Aber du bist keine große Heldin! Du bist nichts weiter als ein Haufen Dreck! Die Krankheit war perfekt, aber wegen dir Blag habe ich daran gezweifelt!«

Ein schmerzerfüllter Schrei Gordons erschütterte Celiska zutiefst. Intuitiv wandte sie ein wenig den Kopf und ließ für den Bruchteil eines Lidschlags Eljum aus den Augen.

»Diesmal schützt dich nichts!«, hörte sie ihr Gegenüber rufen, und aus dem Augenwinkel sah sie, wie etwas auf sie zusauste.

Es war der Reflex einer guten Leika, wenn der Lederball an ihr vorbeischoss, einfach mit beiden Händen fest zuzugreifen und ihn in das Ziel zu befördern. Sie erwischte das Glas, bevor es gegen ihr Bein prallen und zersplittern konnte. Und im nächsten Augenblick hatte sie es bereits mit voller Wucht wieder in die Luft katapultiert.

Eljum hatte sich schon abgewandt. Im Forteilen rief er ihr noch ein höhnisches »Grüß deine Familie«, zu.

Dann prallte das Glas mit lautem Knall gegen seinen Hinterkopf und zerbrach in tausend Scherben. Eljum kippte vornüber und schlug mit dem Gesicht zuerst auf den Waldboden. Schnell lief Celiska zu ihm, kniete sich neben seinen reglosen Körper auf den Boden. Sie griff nach der Kette und löste sie aus der verkrampften Hand, die dicht neben seinem Kopf lag. Dabei blieb der Stein an der Pelzmütze hängen, die herunterrutschte und eine kahle, mit Geschwüren bedeckte Kopfhaut preisgab.

Angewidert verzog Celiska das Gesicht.

Wieder hörte sie Gordon brüllen, diesmal noch entsetzlicher als zuvor. Das Amulett in der einen Hand und den Dolch in der anderen, sprang sie auf die Beine und drehte sich zu den Kämpfenden um.

Das dämonische Ungeheuer hielt Gordons Körper fest mit seinen gewaltigen Pranken umklammert. Die Füße des Söldners baumelten in der Luft, Gesicht und Haare waren blutbesudelt.

Doch er hielt noch immer sein Schwert in der Hand. Mit lautem Brüllen stieß er es dem Dämon bis zum Heft in den Leib, sodass die Klinge aus dem Rücken dampfend und zischend wieder heraustrat.

Der Dämon öffnete das gewaltige Maul und stieß einen Laut aus, der zwischen Schmerz und gewaltigem Zorn lag. Dann presste er seine Pranken zusammen, sodass Gordons Knochen hörbar zersplitterten. Der Körper des Söldners erschlaffte, die Finger glitten vom Schwertgriff, sein Kopf fiel kraftlos in den Nacken.

»Gordon!«, schrie Celiska mit heiß brennenden Tränen in den Augen. Doch ihr Gefährte gab keinen Laut von sich.

Für einige Momente schien die Ausgeburt der Niederhöllen den erschlafften Leib des Söldners mit hin und her wiegenden Kopfbewegungen zu studieren. Dann ließ sie Gordons kraftlosen Körper zu Boden fallen, ähnlich einem jungen Hund, dem, des immer gleichen Spieles überdrüssig, sein Stöckchen achtlos aus der Schnauze fällt.

Celiska machte einen Schritt nach vorn, den von Tränen verschleierten Blick auf Gordon gerichtet, dessen Körper unnatürlich verdreht im Laub lag.

Der Dämon wandte sich ihr zu.

Er beobachtete Celiska abwartend. Das bösartige Glitzern in seinen tiefen Augenhöhlen verstärkte sich. Er legte den Kopf leicht schief und fragte mit gespielter Bestürzung in der Stimme: »Ein Freund von dir?«

Celiska konnte das schreckliche Wesen nur stumm anstarren, ohne ein Wort über die Lippen zu bringen.

Der Dämon blickte ihr weiter in die Augen, während er sein Bein leicht anhob und wie beiläufig den Schädel des Söldners zertrat. Er zerplatzte wie eine überreife Frucht, Hirn- und Schädelstücke spritzten unter dem gewaltigen Huf hervor.

Entsetzt und mit schreckgeweiteten Augen starrte Celiska auf das Geschehen, den Mund zu einem stillen Schrei weit geöffnet.

Das Ungeheuer musterte sie aus finsteren Augenhöhlen. Es öffnete das Maul, entblößte seine spitzen, fauligen Zähne. »Upps, wenn man nicht immer aufpasst, wo man hintritt!«, bemerkte es in entschuldigendem Tonfall. Seines triumphalen Sieges gewiss, setzte es sich langsam, doch mit stampfenden Schritten in Bewegung, direkt auf Celiska zu.

Sie hob zögernd ihren Dolch, noch immer nicht fähig, einen klaren Gedanken zu fassen. Der stinkende Atem des Dämons schlug ihr entgegen, peinigte ihre Lunge. Klein und nichtig fühlte sich Celiska, als ihr Körper von dem gewaltigen Schatten des Ungeheuers verschluckt wurde. Die Kreatur hob die blutigen, krallenbewehrten Pranken, die auch ohne die abartige Waffe bereits tödlich waren.

Es war ihr, als höre sie eine vertraute Stimme dicht an ihrem Ohr, als wehe eine leichte Brise von abgestandenem Schnaps zu ihr heran: »Ein Wiesel weiß zu rennen, wenn's Zeit ist.«

Celiska schluckte, zögerte.

Blutige Pranken streckten sich nach ihr aus. Gierig fuhr die grünliche Zunge aus dem Maul des Ungetüms heraus, leckte über die aufgequollenen, schwärzlichen Lippen.

Celiska ließ den Dolch sinken, wirbelte herum und rannte davon, so schnell sie die Beine trugen.

Erde und Laub stoben hinter ihr durch die Luft, Baumstämme sausten links und rechts an ihr vorbei, tief hängende Zweige klatschten gegen ihr Gesicht.

Hinter sich hörte sie stampfende Schritte, die sie verfolgten.

Trotz seines gewaltigen Gewichts kam der Verfolger immer näher, wie Celiska mit Schrecken feststellte. Das Stampfen steigerte sich zu einem Dröhnen.

Heißer Atem streifte ihren Nacken.

Der Schatten des Ungeheuers fiel über sie.

Es schien kein Entkommen zu geben!

Um auf einen Baum zu klettern, blieb ihr keine Zeit – außerdem könnte dieses Wesen vermutlich jeden Baum mit bloßen Händen ausreißen und sie aus den Ästen pflücken wie eine reife Frucht.

Sie nahm alle Kraft zusammen, um ihr Tempo zu steigern. Ihre Füße berührten kaum mehr den Boden, das Blut rauschte in ihren Schläfen, der Atem ging stoßweise.

Sie erahnte, dass die schwere, krallenbewehrte Pranke bereits über ihrem Kopf schwebte. Es war unmöglich, auch nur einen Fingerbreit Boden zu gewinnen. Gleich würde die riesenhafte Klaue zuschlagen, die Krallen sich in ihren Körper bohren. Jeden Augenblick konnte sie mit einem Tatzenhieb aus dem Leben gerissen werden. Egal, wie schnell sie auch lief, das Ungetüm hinter ihr war schneller. Über das Dröhnen seiner Schritte hinweg vernahm sie seinen pfeifenden, zischenden Atem. Es klang so nah wie ihr eigener, rasender Herzschlag.

Nun schlag endlich zu, dachte sie. *Versuch nicht, mich in falscher Hoffnung zu wiegen! Ich weiß, dass du direkt hinter mir bist!*

Im selben Moment entdeckte sie das Loch im Boden.

Eine hölzerne Klappe schien es zuvor verdeckt zu haben, doch nun stand diese Luke weit auf und gab den Blick frei auf das Innere eines finsteren Erdlochs. Doch es schien unendlich weit entfernt zu sein. Wie viel Zeit blieb ihr noch? Wie viele Schritte konnte sie tun, bevor sie von dem Monster zerschmettert würde?

Die Pranke über ihren Kopf hob sich, um mit voller Wucht zuzuschlagen.

Celiska stieß sich mit beiden Beinen vom Boden ab. Ihr zierlicher Körper wurde wie ein Wurfgeschoss durch die Luft katapultiert. Ihr Blick war starr auf das Bodenloch gerichtet. Würde sie es verfehlen, wäre es vorbei mit ihr!

Mit den Füßen zuerst flog sie durch die Öffnung, spürte den Luftzug der knapp an ihr vorbeisausenden Klaue.

Nun folgte ein Sturz in die Tiefe. Celiska spannte die Muskeln an. Wie ein Katze landete sie auf Händen und Füßen.

Doch der Aufprall war hart, ließ einen schmerzhaften Ruck durch ihren kleinen Körper gehen und ihre Kiefer aufeinander schlagen. Die Luft entwich pfeifend ihren Lungen.

Kahler, unbehauener Fels umgab sie. In dem schwachen, von oben hereinfallenden Licht erkannte sie eine schwere, mit einem Riegel verschlossene Holztür an ihrer Seite.

Über ihr krachte und knirschte es. Bei einem kurzen Blick nach oben nahm sie die beiden schwärzlichen, faltigen Klauen wahr, die im Begriff waren, den Fels um die Öffnung in einem gewaltigen Kraftakt aufzustemmen. Zahlreiche Risse im Stein taten sich auf, harte Gesteinsbrocken rieselten herab. Einer erwischte Celiska schmerzhaft an der Schulter.

Ihre Hände ergriffen das kalte Metall des Riegels. Er klemmte, ließ sich nicht bewegen. Celiska stemmte sich dagegen, setzte ihr gesamtes Körpergewicht ein. Der Riegel gab quietschend ein wenig nach, dann steckte er wieder fest.

Schweißperlen sammelten sich auf der Stirn des Mädchens. Über ihr gab der Dämon ein markerschütterndes Gebrüll von sich. Steine prasselten ihr auf Rücken und Arme.

Mit einem Ruck riss die Kreatur einen riesigen Felsbrocken aus der Höhlendecke. Über Celiskas Kopf klaffte nun ein Loch, das groß genug war, das Ungetüm hindurchzulassen. Es wurde stockfinster, als der gewaltige Körper sich über das Loch beugte.

Im selben Augenblick sprang der Türriegel auf, sodass Celiska ins Stolpern geriet. Doch sie konnte sich gerade noch fangen, die Tür aufreißen, hindurchstürzen und sie hinter sich wieder ins Schloss werfen.

Sie stand nun in einem aus dem Fels gehauenen, kleinen Raum mit lehmverputzten Wänden. Eine Öllampe flackerte in einer Ecke und spendete nur spärliches Licht. Die karge Einrichtung war zertrümmert, der Boden mit Scherben übersät. Einige der Scherben funkelten im gelblichen Licht und ließen Celiska an die Glasstücke denken, die ihr

Bruder Adjok im Schein des Lagerfeuers der Kaskju gezeigt hatte.

Schnell verbannte sie diesen lähmenden Gedanken aus dem Kopf, denn hinter der soeben verschlossenen Tür tobte lärmend ihr monströser Verfolger. Einen Lidschlag später flog die Tür mit einem lauten Knall aus den Angeln. Celiska konnte sich gerade noch vor dem mit Wucht in den Raum stürzenden Türblatt in Sicherheit bringen. Fieberhaft suchend drehte sie sich im Kreis, ließ die Augen über die massiven Wände gleiten. Und tatsächlich, halb hinter einem schwarzen Vorhang verborgen, entdeckte sie einen Durchgang.

Der mächtige Körper des Ungetüms passte nicht durch das Türloch. Doch das schien dem Monster nichts auszumachen.

Beinah so, als koste es nicht die geringste Kraft, stapfte es einfach hindurch und zersprengte dabei den umliegenden Fels.

Celiska huschte durch den Durchgang, gelangte in einen düsteren, lang gestreckten Flur, an dessen Ende sich abermals eine Tür befand. Irgendwo, das war ihr schmerzlich bewusst, würden diese Räume enden. Und dann saß sie in der Falle!

Wände und Boden bebten, Hufe stapften auf nacktem Fels.

Die Tür vor Celiska war unverschlossen. Sie riss sie auf, stürzte in den dahinter liegenden Raum und schloss die Tür sogleich wieder hinter sich. Es gab keinen Riegel, um sie richtig zu versperren. Doch ihr schwante, dass dies ohnehin wenig Sinn gehabt hätte. Ihr Blick fiel auf eine Unzahl von Käfigen, gestapelt bis zur vier Schritt hohen Decke. Einige besaßen Eisengitter, andere bestanden ganz aus Glas. Die meisten von ihnen waren leer.

In zwei größeren Eisenkäfigen, die ganz zuunterst standen, erkannte Celiska die bereits mumifizierten Körper zweier Orks, deren verrenkte Glieder zwischen den Gitterstäben herausragten. Schnell wandte sie den Blick von diesem neuen Bild des Grauens ab.

In einem der gläsernen Gefängnisse sah sie ein Tier hocken, das sie vor langer Zeit, als sie noch ein Kind gewesen war, bei einem tulamidischen Teppichhändler gesehen hatte: einen rötlich-braunen, kleinen Affen. Mit großen, traurigen Augen starrte er sie ängstlich an. Doch sie hatte keine Zeit, sich um das Tier zu kümmern, Sie musste einen Ausweg finden, und zwar *sofort*!

Angeekelt prallte sie von den großen, runden Gläsern zurück, die in einem Regal aufgestellt waren. Eingelegte Körperteile, wie sie bereits in der Kutsche gewesen waren, sprangen ihr ins Auge. Die sie umgebenden Flüssigkeiten waren zum größten Teil gelblich verfärbt, die Präparate selbst waren verschrumpelt und hatten bizarre Formen angenommen.

Donnerndes Gebrüll hallte durch die Räume, ließ Celiska abermals zusammenfahren.

Von hier gab es keinen Ausweg! Keine Tür, keine Klappe, nur harter Stein, wohin sie sich auch wandte!

Sie steckte in der Falle wie der traurige Affe in seinem Käfig. Und sie hörte bereits, wie die Pranke des Dämons hart gegen die Tür schlug, so, als wolle er die Höflichkeit wahren und anklopfen. Jeden Moment konnte auch dieses Türblatt aus den Angeln fliegen.

Ergab es einen Sinn, sich zu verstecken? In diesem nicht sehr großen Raum gab es keine einzige Ecke, wo dieses Wesen sie nicht auf Anhieb finden würde. Und was konnte sie mit ihrem Dolch schon ausrichten, wenn das Ungetüm nicht einmal durch Gordons breite Klinge zu bezwingen gewesen war?

Ihr fieberhaft suchend durch den Raum huschender Blick blieb kurz an einem aufgeschlagenen Buch hängen, das auf einem Schemel neben dem Affenkäfig lag. Es war das einzige Buch im Raum und es erinnerte sie an dasjenige, in das Eljum auf ihrer gemeinsamen Fahrt geschrieben hatte. Die Seiten waren mit einer fahrigen, unordentlichen Schrift bedeckt. Und in einer flüchtig hingeworfenen Skizze glaubte sie, Adjoks Gesicht zu erkennen.

Celiska riss den Blick von dem Buch los und stellte sich breitbeinig mitten in den Raum. Sie hatte sich entschieden zu kämpfen. Auch wenn der Kampf nicht sonderlich lange dauern würde.

Ihre Angst war überwältigend, sie zitterte und schwitzte am ganzen Körper. Doch sich jammernd und heulend in eine Raumecke zu verziehen, das kam ihr nicht in den Sinn.

Abermals erklang gewaltiges, dröhnendes Gebrüll auf der anderen Seite der Tür. Dann hörten die Schläge gegen das hölzerne Türblatt abrupt auf.

»IHR ...!«, hörte sie den Dämon hasserfüllt brüllen.

Eine tiefe, feste Männerstimme erklang, deren Tonfall so kalt war, dass Celiska eine Gänsehaut bekam: »Sehen wir uns also wieder, verfluchte Kreatur. Ich schwöre dir, dies wird das letzte Mal sein, dass du dein Unwesen treibst.«

Höhnisches Gelächter folgte auf diese Worte. Ein Beben ging durch den felsigen Boden.

Nun erkannte Celiska die tiefe Männerstimme wieder. Sie gehörte einem der weiß gewandeten Männer aus der Schänke! Sie hatte die Männer für Eiskönige gehalten, jene sagenhaften Gestalten aus den Geschichten ihres Großonkels, die im Yeti-Land in Kristallpalästen wohnten. Doch Gordon hatte sie von den Eiskönigen fortgezerrt. Er hatte auf die weißen Gestalten geschimpft und war offensichtlich von ihrer Bösartigkeit überzeugt gewesen.

Trotzdem verspürte Celiska den Impuls, sich ihnen bemerkbar zu machen. Gordon hatte sich mit Sicherheit geirrt in der Beurteilung dieser Menschen. Sie holte tief Luft und stieß einen lauten Hilfeschrei aus.

Doch der Schrei wurde bei weitem übertönt von einem gleichzeitig einsetzenden, lauten Donnern. Das Beben des Bodens verstärkte sich schlagartig, sodass die obersten der sorgfältig aufgestapelten Käfige umkippten und zu Boden krachten. Celiska sprang zur Seite und drückte sich an die gegenüberliegende Wand, um nicht von ihnen getroffen zu werden. Die Gläser mit den eingelegten Körperteilen gerieten ebenfalls ins Wanken und einige von ihnen fielen herunter und zerschellten mit lautem Klirren. Ihr stinkender Inhalt ergoss sich über den Boden. Angeekelt wandte Celiska den Blick ab.

Ihr Trommelfell drohte zu zerreißen, als ein ohrenbetäubendes Pfeifen die Luft in heftige Vibrationen versetzte. Unter dem Türspalt drangen grelle Lichtstrahlen hindurch und hinterließen flimmernde Punkte auf ihrer Netzhaut. Markerschütterndes Gebrüll und wildes Hufstampfen folgte. Als der Lärm draußen ein wenig abebbte, vernahm Celiska über ihrem Kopf ein lautes Krachen. Sie hob die Augen und erblickte mit Entsetzen mehrere lange, breit klaffende Risse in der steinernen Decke der unterirdischen Höhle. Die Risse verbreiterten sich zusehends, bildeten Verzweigungen. Ein schwerer Felsbrocken löste sich heraus und schlug knapp neben ihr auf den Boden, wo er krachend auseinander brach.

Der Lärm hinter der Tür stieg wieder an, eine Mischung aus schrillem Pfeifen, dröhnendem Donner und wildem Geschrei.

War es der blonde Mann, der einen Schmerzensschrei von sich gab?

Wieder setzte ein heftiges Beben ein, das die Felswände sichtbar erzittern ließ. Ein weiterer, kurzer Blick zur Decke sagte Celiska, dass sie bald unter schweren Felsbrocken begraben sein würde. Ihr blieb nur die schnelle Flucht in einen der offen stehenden, größeren Käfige, die ein metallisches Dach besaßen. Doch ihr war klar, dass auch dieser Käfig von einem Steinbrocken entsprechender Größe zerschmettert werden konnte.

Sie sah den traurigen Affen in seinem Glaskäfig, der die haarigen Hände mit einem Ausdruck des Schreckens gegen die Ohren presste. Wenn sie diesem armen, gequälten

Tier nur helfen könnte! Aber im Moment konnte sie nicht einmal sich selbst helfen. Sie fühlte sich in dem Käfig eingeengt. Der Drang, wieder hinauszuspringen wurde immer stärker. Doch außerhalb ihres kleinen Gefängnisses drohte ihr der sichere Tod. Schwere Gesteinsbrocken hagelten von der Höhlendecke und schlugen krachend auf den Boden. Ein großer Stein traf den Käfig. Mit einem lauten Knall dellte sich die Metallplatte nach innen, sodass Celiska den Kopf einziehen musste.

Das gleißende Licht, das durch den Türspalt hereinfiel, fing an zu pulsieren. Unwirkliche Schatten huschten über die Wände. Draußen brüllte der Dämon noch immer markerschütternd.

Plötzlich wurde die Tür aus den Angeln gerissen, flog in den Raum hinein und blieb krachend direkt vor Celiskas Unterschlupf liegen. Alles wurde von einem derart gleißenden Licht erfüllt, dass Celiska geblendet die Augen schließen musste. Hitze strömte in den Raum und schien Celiskas Haut in Brand zu setzen. Sie hatte das Gefühl, bei lebendigem Leib geröstet zu werden.

Wieder traf ein Felsbrocken ihren Käfig, sodass die Delle im Dach ihren Kopf noch weiter herunterdrückte. Das metallische Klirren dröhnte in ihren Ohren.

Es war ein pures Inferno, in das sie geraten war!

Als sie mühsam ihre brennenden Augen wieder öffnete, sah sie mit Entsetzen, dass das am Boden liegende Türblatt in hellen Flammen stand. Das Feuer griff mit lechzenden Zungen nach allem, was brennbar war. Die hölzernen Regale waren im Nu entzündet, ebenso der in der Ecke stehende Tisch. Auch nach ihr leckten die Flammen, hatten bereits die Gitterstäbe des Käfigs erreicht.

Sie musste aus dem Käfig heraus! Und es krachten immer mehr und immer größere Felsbrocken von der Decke!

Celiska biss die Zähne zusammen, spannte alle Muskeln an und sprang mit einem kraftvollen Satz durch das lodernde Feuer hindurch. Sie landete auf der anderen Seite der brennenden Tür mit beiden Füßen fest auf der Erde. Doch ihre Jacke hatte Feuer gefangen! Kleine Flämmchen züngelten am Fell empor, bereit, im nächsten Moment hell aufzulodern und sie mit Haut und Haaren zu verzehren.

Sie riss sich die Jacke vom Leib und schmiss sie von sich.

Direkt neben ihr schlug ein Stein ein, hinterließ einen kleinen Krater im felsigen Boden.

Ein kurzer Blick in Richtung Türöffnung ließ sie nichts als lodernde Flammen erkennen. Der Rückweg war also vollends versperrt, es gab kein Durchkommen mehr.

Ihr schwante, dass sie in Wahrheit den Käfig gar nicht verlassen hatte, denn eingesperrt war sie noch immer!

Am Rande bemerkte sie, dass das Brüllen des Dämons verebbt war. Sie nahm menschliche Stimmen wahr, verstand aber kein einziges Wort.

Vielleicht konnte sie auf sich aufmerksam machen, um Hilfe rufen.

Doch im selben Moment, als sie ihre Stimme zu einem Schrei erheben wollte, drangen die Worte des blonden Mannes auf der anderen Seite des Flammenmeers zu ihr:

»... gelobt sei der mächtige Praios, dass er uns den Frevler auslieferte, um ihn gerecht nach seinem Willen zu strafen! Gepriesen sei er, dass seine kleine Gespielin, die rote Hexe, den Flammen seines gerechten Zorns nicht entkommen wird!«

Celiska schloss entsetzt den Mund. Diese Leute freuten sich tatsächlich darüber, dass sie hier jämmerlich verbrennen würde! Und als eine Hexe bezeichnete man sie!

Dieser Praios musste ein wahres Ungeheuer sein!

Voll Schrecken sah sie, wie die Flammen den Glaskäfig des traurigen Affen umzüngelten. Die Scheiben waren bereits stark beschlagen, sodass das Tier im Inneren nur als brauner Fleck zu erkennen war. Der Affe würde bei lebendigen Leib geröstet werden!

Celiska entfuhr ein lautes Schluchzen. Was für ein schreckliches Ende das war!

Die Hitze im Raum wurde unerträglich, das Atmen war kaum noch möglich. Die Flammen breiteten sich immer mehr aus, die Luft war rauchgeschwängert.

Mit unglaublichem Getöse löste sich ein keilförmiges, vier Schritt langes Felsstück aus der Decke. Celiska drückte sich mit angstvoll geweiteten Augen gegen die Wand, glaubte, dies sei ihr sicherer Tod. Doch der riesige Fels krachte nur mit der Spitze auf den Boden, blieb als gewaltige Diagonale im Raum hängen.

Celiska hob den Blick, in ihr glomm ein Hoffnungsschimmer. Doch die Luft war derartig raucherfüllt, dass sie die obere Begrenzung des Raumes nicht mehr ausmachen konnte. Ihre Augen schmerzten, Tränen liefen über ihre Wangen.

Und dann glaubte sie, einen kühlen Lufthauch zu verspüren. War es möglich, dass über ihrem Kopf ein Stück freier Himmel war?

Sie drückte sich von der Wand ab, sprang mit entschlossenen Sätzen zum gläsernen Affenkäfig, verbrannte sich die Finger am Metallriegel und riss mit einem kleinen Schrei die Tür weit auf. Sie musste in den Käfig hineingreifen und das völlig verschreckte, sichtlich überhitzte Tier mit beiden Händen packen und hinausziehen.

Als Celiska den Affen an sich drückte, schlang dieser beide Arme um sie.

Sie hastete durch den Raum, griff im Vorbeirennen mit der Linken nach dem Buch, das wie durch ein Wunder von den Flammen verschont geblieben war. Sie steckte es schnell unter ihren Gürtel. Ein Husten schüttelte ihren Körper, die Lunge protestierte, wollte nicht mehr atmen.

Doch Celiska lief weiter, mit Tränen in den Augen und schmerzenden Beinen, die jeden Moment unter ihr wegzuknicken drohten. Da der Affe sich an ihr festklammerte, hatte sie beide Hände frei, um den keilförmigen Fels hinaufzuklettern. Mehrmals fand sie keinen Halt auf der relativ glatten Steinoberfläche, geriet ins Rutschen und fing sich erst im letzten Moment wieder. Immer mehr klare, kühlende Luft wehte heran, obwohl über ihr nur lichtlose Schwärze war. Sie gab nicht auf, kämpfte ums Überleben. Das Tier presste sich mit seinen dünnen Ärmchen so fest an sie, dass es ihr zusätzlich die Luft raubte.

Und dann, endlich, spürte sie unter ihren schweißnassen Händen die feuchte Walderde. Noch ein letzter Ruck, und sie hatte die brennende Höhle hinter sich gelassen.

Keuchend und nach Luft schnappend fiel sie auf den Rücken in das weiche Moos, noch immer fest umarmt von dem zitternden Tier.

Entkommen!

Die bebenden Lungen füllten sich mit der klaren Waldluft. Sie brannten und schmerzten, doch sie taten ihren Dienst.

Am liebsten hätte Celiska ewig hier gelegen und einfach nur geatmet und sich des Lebens gefreut, doch es blieb ihr keine Zeit. Jeden Moment konnte der Boden unter ihr wegbrechen und sie beide würden zurück in ihr loderndes Gefängnis stürzen. Oder die Eiskönige, die sich so erbarmungslos über ihren Tod gefreut hatten, würden sie hier entdecken.

Es galt also, ein Stück weit in den Wald zu fliehen und sich dort zu verstecken.

Mühsam rappelte Celiska sich wieder auf. Der Affe, der die ganze Zeit über totenstill gewesen war, gab ein leises Wimmern von sich, das klang wie das Jammern eines Kindes. Liebevoll legte sie die Arme um den kleinen Körper: »Keine Angst«, flüsterte sie dem Tier mit belegter Stimme zu. »Ich passe schon auf dich auf.«

Dann stolperte sie auf wackligen Beinen davon, in die Dunkelheit. Eine weite Strecke musste sie noch zurücklegen, bis sie sich einigermaßen sicher fühlte. Ihr müder, gequälter Körper wollte einige Male aufgeben und einfach zusammenbrechen; nur der eiserne Wille hielt sie aufrecht.

Wie es ihr gelungen war, den Baum zu erklettern, in dessen Astgabel sie sich bei Anbruch der Abenddämmerung aus tiefem Schlaf erwachend wiederfand, war ihr ein Rätsel.

Ihr Blick fiel sogleich auf das rötlich-gelbe Licht, das in einiger Entfernung zwischen den Bäumen hervorschimmerte. Ein schwacher Geruch nach Rauch lag in der Luft. Das Feuer war also noch nicht erloschen, der Unterschlupf brannte noch immer. Doch der Brand war so weit entfernt, dass er keine unmittelbare Gefahr mehr für sie darstellte.

Beruhigend war, dass all die Entsetzlichkeiten, auf die sie in der unterirdischen Höhle gestoßen war, ohne Zweifel ein Raub der Flammen geworden waren.

Der kleine Affe lag friedlich schlummernd auf ihrer Brust, sie spürte jeden seiner Atemzüge.

Vorsichtig tastete sie in der Hosentasche nach ihrem Amulett und fand es wieder. Dabei streiften ihre Finger den Rücken des Buches, das in ihrem Gürtel steckte.

Sie zog es hervor, um es sich genauer anzusehen.

Unabsichtlich weckte sie dabei das schlafende Äffchen. Es schlug die großen, braunen Augen auf und blickte ihr direkt ins Gesicht. Celiska zog die Nase kraus, denn erst jetzt bemerkte sie, dass das Tier gewaltig nach Affenscheiße stank.

»He, du«, sagte sie. »Ich weiß einen Namen für dich.« Sie schenkte ihm ein schiefes Grinsen, legte die Hand auf das haarige Köpfchen. »Ab heute sollst du Gordon heißen, mein Freund.«

Ihr Weg führte sie zunächst zurück zum Feuer. Am liebsten wäre sie vor all den erlebten Schrecken davongelaufen, doch etwas hinderte sie daran. Es war der Gedanke an den fetten Jänak, den sie so oft verflucht, aber am Ende in ihr Herz geschlossen hatte. War sein Weg in die Ewiggrüne Ebene gesichert? War seine sterbliche Hülle den Flammen preisgegeben? Celiska stellte sehr schnell fest, dass sich das Feuer im Wald ausgebreitet hatte und mit verzehrendem

Hunger immer mehr Raum gewann. Der Ort, an dem Gordon seinen letzten Kampf gekämpft hatte, stand in Flammen, war dadurch unerreichbar für sie.

Und damit war Gordons Geist gerettet.

Mit feuchten Augen blickte Celiska aus einiger Entfernung ins Feuer, während ihr die Hitze ins Gesicht schlug.

»Wir sehen uns wieder«, murmelte sie und drückte den Affen an sich. »In einer anderen Welt.«

Bei Jonau

Jonau hob den Kopf, als ihre Nichte mit dem kleinen Affen auf dem Arm den Raum betrat und schenkte ihr ein freundliches Lächeln. Celiskas Tante zählte etwas mehr als vierzig Winter und hatte wohl eine hohe Stellung bei den Kriegern der Jänak.

Doch Celiska hatte genug von Kampf und Krieg. Es war ihr kaum möglich gewesen, Jonau bei deren Redefluss an ihrem Ankunftstag in Norburg zuzuhören. Sie hatte sich so müde und erschöpft gefühlt wie noch nie in ihrem Leben. Den gesamten Weg aus dem tiefen Bornwald bis zu der Jänak-Stadt hatte Celiska mit dem kleinen Gordon auf dem Arm zu Fuß zurückgelegt. Zwei Wölfe aus dem ihr bekannten Rudel waren ihr unentwegt bis zu den Mauern der Stadt gefolgt und hatten Celiska ein begrenztes Gefühl der Sicherheit vermittelt. Doch keiner Reisegruppe, keinem Wagenführer hatte sie sich und ihren neuen Freund mehr anvertraut. Hin und wieder hatte sie nach dem Weg fragen müssen, aber auch diese Notwendigkeit hätte sie am liebsten vermieden.

Wer wusste schon, welch finstere Geheimnisse die Menschen mit sich herumtrugen, die ihr begegneten? Niemandem sah man seine wirklichen Absichten an. Jeder Jänak konnte hinter einer freundlichen Fassade eine verdorbene Seele mit sich führen. Wie sehnte sich Celiska nach Menschen ihres eigenen Volkes! Wie sehr verlangte es ihr nach der Geborgenheit ihrer Familie!

Der Anblick der Stadt hatte ihr nach dem langen Marsch den Atem geraubt: Wie steinerne Riesen glotzten Türme und Mauern aus hohlen Augen auf sie herab, der Lärm von Wagenrädern auf dem holprigen Straßenpflaster war kaum fassbar. In den Gassen stank es nach Urin und die Stimmen der Menschen waren böse und grob.

Viele Tage hatte es gedauert, an diesem lauten, schmutzigen und ungastlichen Ort ihre Tante zu finden. Auf hartem Stein hatte Celiska geschlafen, schmutzige Stiefel hatten nach ihr getreten, Männer und Frauen sie angebrüllt.

Für Essen musste man hier mit blinkenden Talern bezahlen, sodass Celiskas Magen bald erbärmlich knurrte und der kleine Affe begann, nach Abfällen zu betteln, die er dann mit seiner Freundin teilte.

Celiska hatte überall nach ihrer Tante gefragt und oft nur Hohn geerntet.

Welch eine Erlösung war es gewesen, endlich auf jemanden zu treffen, der den Namen ›Jonau‹ kannte und sich an eine rothaarige Nivesin erinnerte, eine Soldatin. Man hatte ihr den Weg zum Haus ihrer Tante gewiesen. Das schmuddelige, ausgehungerte Häufchen Elend, das Celiska zu diesem Zeitpunkt war, hatte eine warme Aufnahme und gute Pflege im Steinzelt der Verwandten gefunden.

Die Nachricht über den Tod des gesamten Stammes hatte Tante Jonau sichtlich erschreckt. Doch als echte Kriegerin hatte sie versucht Haltung zu bewahren und sich äußerlich recht schnell wieder von der furchtbaren Nachricht erholt.

»Jonau«, sagte Celiska, »du hast gestern gesagt, dass du die Geschichte meines Amulettes kennst. Wirst du sie mir erzählen?«

Die Tante nickte und winkte Celiska mit der Hand zu sich heran. Das Mädchen setzte sich auf einen der hölzernen Stühle, die so viel unbequemer waren als die weichen Felle, auf denen sich Nivesen in ihren Jurten niederließen. Überhaupt war hier mit Ausnahme des Klimas alles unbequemer und kälter als in Celiskas Heimat.

Sie verstand nicht, wie Jonau es all die Jahre in dieser lauten und unfreundlichen Stadt ausgehalten hatte und sich noch immer an diesen unangenehmen Ort klammerte.

»Damals«, begann Jonau und blickte ihre Nichte über den Tisch hinweg aus blauen, kühl wirkenden Augen an, »als die Urgroßmutter unserer Urgroßmutter noch lebte, hat sich eine erstaunliche Geschichte zugetragen.«

Celiska hatte die Erzähllust ihrer Tante bereits kennen gelernt. Sie lehnte sich in ihren unbequemen Stuhl zurück und hörte aufmerksam zu.

»Unsere Ur-Ur-Urgroßmutter lebte vor vielen Jahren mit ihrem Stamm im Land der Eisebenen«, erzählte Jonau weiter. »Sie hieß Ylista, genau wie deine Mutter. Sie verließ das Dorf auf der Suche nach zwei kleinen Zwillingskitzen, die sich wohl auf den Weg in die gefährliche, weite Welt gemacht hatten. Ylista war ganz allein unterwegs. Mit ihrer Keule am Gürtel und dem Bogen um die Schulter fühlte sie sich stets sicher. Sie war ein bisschen wie dein Vater, Celiska, und wie nach deinen Erzählungen auch dein Bruder gewesen ist, mit seinem kämpferischen Mut und seiner Liebe zur Jagd. Und man sagt, sie hatte dasselbe helle Haar wie du. Wie goldenes Feuer.«

Der kleine Gordon nahm, als habe er die Worte verstanden, die Gelegenheit wahr, eine Strähne von Celiskas Haar zu ergreifen und daran zu ziehen. Celiska wehrte ihn sanft ab und gab ihm einen leichten Klaps auf die empfindliche Schnauze, sodass er augenblicklich Ruhe gab.

»Ylista schien an diesem Tag kein Glück zu haben. Das Lager des Stammes befand sich sehr hoch im Norden. So weit nördlich ziehen die Lieska-Makukju heute gar nicht mehr, die Gegend ist unberechenbar und gefährlich. Wie aus dem Nichts braute sich über Ylistas Kopf ein Sturm zusammen, der so überraschend kam, dass sie nicht einmal mehr Zeit hatte, Schutz zu suchen.

Gegen die heftige Naturgewalt konnten weder Keule noch Pfeil und Bogen etwas ausrichten. Der Sturm zerrte heftig an ihrem schutzlosen Körper, wirbelte eiskalte Schneewolken auf und warf mit scharfen, kalten Splittern nach ihr. Ylista fiel nichts besseres ein, als sich mit dem Bauch auf die Erde zu pressen und den Hinterkopf mit den Händen zu bedecken. So musste sie verharren und abwarten. Doch sie fühlte, wie die Kraft langsam aus ihren Gliedern wich und die klirrende Kälte das Blut in ihren

Adern gefrieren ließ. Der Sturm heulte unerbittlich um sie herum und drohte, sie zu Eis zu gefrieren.

Dann gesellten sich andere Geräusche zum Heulen des Windes. Wolfsgeheul – und ein ohrenbetäubendes Stampfen, als bahne sich ein mächtiger Riese ganz in der Nähe seinen Weg durch den Sturm. Ylista hob den Kopf und gleich darauf brannten ihre Augen von den Eissplittern, die der Sturm ihr ins Gesicht warf. Doch sie hielt die Augen weiter geöffnet, denn sie wollte sehen, was um sie herum geschah.

Die Konturen eines gewaltigen Ungeheuers waren hinter all dem wirbelnden Schnee auszumachen. Erschreckt über die Größe der unwirklichen Erscheinung, wollte Ylista auf die bereits tauben Füße springen, um zu fliehen. Doch ihre Beine trugen sie nicht mehr, knickten unter ihr ein. So lag sie gleich darauf auf Knien und musste dem riesenhaften Wesen hilflos entgegenblicken, das sich langsam aus dem Sturm herausschälte.

Recht bald war ihr klar, dass sie Zeuge eines Kampfes wurde. Zwei gewaltige Wölfe, viel, viel größer, als du sie kennst, rangen mit einem Giganten, dessen Kopf in den Himmel ragte.«

Celiska lehnte sich wieder im Stuhl vor, öffnete den Mund zu einer Frage.

»Du willst wissen, was ein Gigant ist«, sagte Jonau mit einem leichten Lächeln. »Es ist ein riesiges, starkes Wesen, das von Urzeiten der Welt an existiert. Es ist viel größer und stärker als ein Firunsbär.«

Celiska nickte leicht.

»Die Wölfe schienen den Kampf zu verlieren, denn sie waren in arger Bedrängnis«, fuhr die Tante fort. »Einen hatte der Gigant schon mit seiner mächtigen Hand gepackt, um ihn zu zerquetschen. Da sammelte Ylista all ihre noch verbliebenen Kräfte, riss die Keule aus ihrem Gürtel und schleuderte sie gegen die Stirn des Giganten. Der Riese war einen Moment lang völlig verwirrt, wusste nicht, woher der plötzliche Schlag gegen seinen Kopf kam. In seiner Verwirrung lockerte er den Griff, der Wolf konnte sich befreien, und gemeinsam mit seinem Gefährten gelang es ihm, den Giganten niederzustrecken und ihm die Kehle zu zerreißen.

Der Sturm legte sich, als der Lebenssaft aus dem Körper des Giganten sickerte. Die Wolken verzogen sich, der Himmel wurde wieder blau.

Ylista hatte ein wirklich gutes Werk vollbracht, denn sie erkannte im Licht der wieder erstrahlenden Sonne zwei der Himmelswölfe, die mildtätige Liska und den tapferen Reißgram. Ein himmlisches Licht umstrahlte die beiden, als sie sich Ylista näherten.

›Wir haben Dir unser Leben zu verdanken‹, sagte Liska zu unserer Ur-Ur-Urgroßmutter und schenkte ihr zum Dank ein glitzerndes Stück echtes Madamal-Silber. Mit dem kostbaren Geschenk in der Hand verlor Ylista das Bewusstsein.

Ylista wurde von einem ihrer Brüder krank und fiebernd im Schnee aufgefunden. Fest umklammert in der Linken hielt sie das kleine Silberstück. Noch im Fieber berichtete sie ihrem Stamm, was sie gesehen hatte. Das Madamal-Silber wurde in eine Fassung aus Bein gesetzt und hing seitdem als Amulett um Ur-Ur-Urgroßmutters Hals. Sie wurde niemals krank und hatte ein sehr langes Leben.

Ylista gab das Amulett noch vor ihrem Tod an ihre Tochter weiter, die ebenfalls ein langes und von allen Krankheiten verschontes Leben hatte. So gelangte es irgendwann an deine Großmutter. Doch in dem grausamen Winter, als unter vielen anderen unseres Stammes auch dein Vater starb, verlor auch deine Großmutter ihr Leben. Sie starb bei der Bärenjagd, wie du ja bereits weißt. Sie wollte Fleisch für den von Hunger geplagten Stamm herbeischaffen und ließ dabei ihr eigenes Leben. Der Bär lebte weiter, er hatte sich mit Mut und Kraft verteidigt. Und so bekam der hungernde Stamm wieder nichts zu essen.

Eigentlich hätte das Amulett nun an ihre älteste Tochter, nämlich mich, gehen müssen. Doch mich trieb die Hungersnot fort in das Land der Jänak und so verzichtete ich auf das Erbe. Also erhielt meine Schwester Ylista, deine Mutter, als zweitälteste Tochter das Amulett.

Celiska, dein eigener Name erinnert an die Begegnung der Ur-Ur-Urgroßmutter mit den großen Himmelswölfen. Celiska bedeutet ›Liskas Geschenk‹, das weißt du. Und Liskas Geschenk gebührt nun dir, so wie Ylista es in ihrem Segen bestimmt hat.«

Celiska entfuhr ein gequältes Stöhnen. Jonau blickte sie fragend und ein wenig besorgt an.

»Sie hat ...«, brachte Celiska gequält hervor, stockte kurz und fuhr dann fort: »... sie hat es gewusst, nicht wahr? Sie hat es mir gegeben, damit ich lebe. Und sie hat sich selbst das Leben genommen, damit ich es ihr nicht zurückgeben kann ...«

»Cel ...«, sagte Jonau und fasste die Hand ihrer Nichte. Ihre blauen Augen blickten ernst. »Sie hat dich geliebt wie nur eine Mutter lieben kann. Es gab nichts für sie, was selbstverständlicher gewesen wäre, als ihr Leben für dich zu geben.«

Celiskas Augen füllten sich mit Tränen. Sie entzog sich Jonaus Berührung und presste beide Hände vor das Gesicht.

Kleine Affenfinger fuhren liebkosend durch ihr Haar, während der Schmerz ihren Körper schüttelte.

»HÜTE ES GUT«, waren die letzten Worte der Mutter gewesen. In Wahrheit hatte sie sagen wollen: »HÜTE DICH, CELISKA, DAMIT DU WEITERLEBEN KANNST.«

Erst an ihrem letzten Abend in Norburg wagte es Celiska, ihrer Tante zum zweiten Mal das Buch zu übergeben, das sie aus Radran Helis' Unterschlupf mitgenommen hatte und das die privaten Aufzeichnungen ihres ehemaligen Reisegefährten beinhaltete. Sie selbst war des Lesens nicht kundig. Es war eine ausgesprochene Jänak-Fertigkeit, die im Eisland niemandem nützlich schien. Doch Tante Jonau konnte lesen, sie hatte Celiska die ersten beiden Seite bereits zwei Tage nach deren Ankunft in Norburg vorgelesen. Doch um sich der dritten Seite zu stellen, hatte dem Mädchen zu jener Zeit noch der Mut und die Kraft gefehlt. Auch jetzt wusste Celiska nicht, was es in ihrem Inneren bewirken würde, abermals den vergangenen Schrecken zu begegnen.

Doch ihr war klar, dass sie der Wahrheit nicht würde entfliehen können, denn das Buch ungelesen fortzuwerfen, brachte sie nicht über sich. Seite an Seite ließen sich die beiden in einer Ecke des Raumes auf dem Boden nieder. Hier lag ein offensichtlich schon sehr altes Karenfell, ein abgenutztes Relikt aus Jonaus Vergangenheit. Das Fell war Celiskas Lieblingsplatz in der steinernen Jurte der älteren Verwandten.

Jonau begann zu lesen, während Celiskas Augen auf die für sie unentzifferbare Handschrift gerichtete waren.

Ich fühle mich betäubt, all meines Lebens beraubt.

Meine kleinen Mädchen haben keine Augen mehr, mit denen sie mich anblicken können. Sie liegen stumm und kalt da und werden nie mehr die Arme nach ihrem Vater ausstrecken.

Nichts auf Deres weitem Boden ist mir nun mehr etwas wert.

Zum Namenlosen mit meiner verfluchten Arbeit!

Nichts wird mir jemals meine Frau und meine Kinder wiederbringen.

Aldor untersuchte die Spuren im Staub der Trümmer meines Hauses. Es war nicht schwer, in ihnen zu lesen. Er hob den Kopf, blickte mich mit dunklen Augen an.

»Schwarzpelze«, sagte er tonlos. »Sie haben das Dorf überrannt.«

Dies war der Moment, in dem meine Beine mich nicht mehr zu tragen vermochten. Mitten in der Ruine meines Lebens sackte mein Körper in sich zusammen.

Celiska starrte auf die Zeichnung, die unter dem Text mit schnellen, aber recht gekonnten Strichen hingeworfen war. Schwelende Trümmer waren darauf zu sehen, keine Menschen, nur dieses Bild der Zerstörung.

Sie wurde schmerzhaft an ihren eigenen Verlust erinnert. Ihre Gedanken weilten bei Adjok, der jetzt den großen Bären in der Ewiggrünen Ebene jagte. Und sie dachte mit Schmerzen an den Geist ihrer Mutter, der in Deres Sphären gebunden war, solange man ihren Körper nicht den Flammen übergeben hatte.

24. Mond nach Elens Tod.

Meine Gedanken werden von der Frage beherrscht, wie ich es den schwarzpelzigen Ungeheuern heimzahlen kann. Ich habe mich von meinen Freunden zurückgezogen, grübelte viele Wochen lang.

Der Hass in meinem Herzen ist zu einem alles verzehrenden Feuer angewachsen.

Aldor, der doch all diese Schrecken selbst mit angesehen hat, bringt mir nichts als Unverständnis entgegen. Er bezeichnete mich in einem heftigen Streit als ›fanatisch‹. Wie, frage ich mich, kann es fanatisch sein, den grausamen Tod meiner geliebten Familie rächen zu wollen? Rache ist nicht nur mein gutes Recht, sie ist sogar meine verdammte Pflicht!

Auch Nehemi wandte mir den Rücken zu, als ich bei der Ausführung meiner heranreifenden Pläne ihre Hilfe in Anspruch nehmen wollte. Ich habe beschlossen, mit den mir gegebenen Waffen zu kämpfen. Ich bin kein Mann des Schwertes, sondern nur ein kleiner, unbedeutender Magus. Aber ich bin ein guter und erfolgreicher Alchemist. Ich kenne mich mit allen Stoffen aus, die man aus Deres umfangreichen Sortiment gewinnen oder zusammensetzen kann, mögen diese nun Heilung, Krankheit oder den Tod bringen.

In diesem Fall ist zum ersten Mal der Tod dasjenige Ergebnis, auf das meine Aufmerksamkeit gerichtet ist. Und er soll jedes einzelne dieser götterverfluchten, herzlosen Ungeheuer treffen, die Frauen und Kinder grausam niedermetzeln und sinnlos und brutal Leben zerstören! Kein einziger verdammter Schwarzpelz soll jemals wieder die Möglichkeit bekommen, eine solche Bluttat anzurichten!

Mit Nehemis Feigheit habe ich nicht gerechnet. Kaum, dass sie von meinen Plänen hörte, packte sie ihre Sachen und ließ mich allein zurück.

Weder Aldor noch Nehemi haben im Dorf eine Familie gehabt. Die beiden haben keine Toten zu betrauern. Ihr einziger Verlust liegt in den bescheidenen Häusern, die sie sich mit eigenen Händen errichtet und die von den Schwarzpelzen niedergebrannt worden waren.

Und Häuser kann man wieder aufbauen.

Es ist mir ein Gräuel zu sehen, auf welche Art von Freunden ich mich verlassen habe. Habe ich nie daran gedacht, mir Verbündete zu suchen, die von Feigheit und Ignoranz frei sind und notfalls mit mir durchs Feuer gehen?

Und gute Verbündete brauche ich dringend in diesem unbarmherzigen Spiel!

Es ist kein Leichtes, eine Möglichkeit zu finden, Dere von den schwarzpelzigen Ungeheuern zu befreien. Ich kann nicht umherlaufen und jeden Einzelnen von ihnen vergiften. Ich brauche etwas, das sich von einem auf den anderen überträgt. Etwas, das diese unwürdigen Kreaturen leiden lässt, wie meine Familie gelitten hat, und sie schließlich ausnahmslos dahinrafft. Ich muss etwas finden, das ähnlich einer Seuche ist.

Sämtliche Völker Deres sollen von der Todeswelle verschont bleiben, außer den Orks. Nur sie allein soll das Unheil treffen, mit aller nur erdenklichen Härte.

38. Mond nach Elens Tod.

Ich habe dem engen Kreis der Gelehrten, die über Jahre ständig mit mir zusammengearbeitet haben, meine Idee unterbreitet. Elvon Destorans blaue Augen funkelten mich böse an, als er unter zustimmendem Gemurmel aller anderen Anwesenden mit verächtlicher Stimme sagte: »Sieh erst mal zu, dass dein Kopf wieder klar wird.«

Diese blinden Narren! Mein Kopf ist klarer denn je!

Ich habe erfahren, dass auch auf diese Menschen, in die ich jahrelang mein Vertrauen gesetzt habe, im Ernstfall kein Verlass ist. Jeder Einzelne von ihnen jagt nur seinem eigenen Begehr nach.

Ich sagte ihnen, aufgrund ihrer Ignoranz wünschte ich, dass ihren Familien dasselbe Schicksal zuteil würde wie meiner eigenen. Da wurden sie zornig und warfen mich hinaus.

Ich rief die Götter um Hilfe an in meiner Angelegenheit. Doch ich erhielt keine Antwort. Dies ist für mich auch kein Anlass zur Verwunderung, haben sie es doch zugelassen, dass mir alles genommen wurde, was mir lieb und wert war.

45. Mond nach Elens Tod.

Mir ist bei meiner Suche ein Buch in die Hände gefallen, das mir den Weg weist zu einer Verbündeten, deren Möglichkeiten nicht durch überflüssige Skrupel eingeschränkt sind. Und deren Macht die eines gewöhnlichen Menschen bei weitem übersteigt. Ich musste hierzu allerdings zuerst mit einem alten Bekannten Kontakt aufnehmen, von dem ich wusste, dass er der schwarzen Magie mächtig ist. Es gab einmal Zeiten, da ich glaubte, ein wirklich guter Magus werden zu können und aus eben dieser Zeit stammt jene Bekanntschaft.

Gegen wahrhaft fürstliche Bezahlung erhalte ich nun Einblicke in jene Bereiche der Magie, die mir nützlich sein werden, um meine Verbündete zu beschwören. Ich habe mich verpflichtet, den Namen des Magiers nirgends zu erwähnen, der mir Anleitung gibt. So wird er auch in diesem Buch nicht genannt werden.

181. Mond nach Elens Tod

Und so rief ich sie zu mir, die Herrin der Pestilenzen. Sie drückte mir ihr Mal auf und von da an gehörte ich ihr an und sie mir.

Die Unsterblichkeit meiner Seele ist mir egal. Es gibt nur noch ein Ziel, das ich verfolge und dieses ist endlich in greifbare Nähe gerückt.

»Und so rief ich sie zu mir ...«, murmelte Celiska vor sich hin. Die lapidar hingeschriebenen Worte spiegelten die innere Leere wieder, die Eljum, dessen wirklicher Name Radran Helis war, zu diesem Zeitpunkt bereits beherrscht hatte. Es war ein wahres Wunder, wie oft Celiskas Augen einen Blick auf seine wahre Persönlichkeit hatte erhaschen können.

Die beiden Mädchen, seine Töchter, waren sie in Celiskas Alter gewesen? Hatten sie das Sterben der eigenen Mutter mit ansehen müssen, bevor man sie selbst ermordet hatte?

Auf den folgenden Seiten erfuhren Celiska und Jonau vom weiteren seelischen Verfall des Alchimisten Radran Helis und seiner immer weiter fortschreitenden Hingabe an den von ihm gerufenen Dämon. Das Mal war eine eitrige Wunde an seinem Kopf, die ihm durch einen nicht vergehenden, ziehenden Schmerz ständig in Erinnerung rief, wem er sein Leben zu Füßen gelegt hatte.

In Käfige gesperrte Tiere mussten qualvolle Versuche über sich ergehen lassen auf seiner Suche nach einer Waffe, die seine Rachgier befriedigen konnte.

1 Winter und 57 Monde nach Elens Tod.

... nach der Beendigung meiner ersten Experimente in Lowangen.

Die unterirdische Höhle im Bornwald, die mir meine mächtige Verbündete zugewiesen hat, bietet den dringend benötigten Schutz. Die Kirche des Praios ist bereits auf mich aufmerksam geworden. Irgendeiner meiner so genannten alten Freunde hat sich wohl als Spion betätigt und mich verraten.

So ist der Umzug dringend nötig, um mit aller erforderlichen Geheimhaltung in die zweite Phase einsteigen zu können: die Erprobung unserer Seuche an frei lebenden Wesen.

Celiska schluckte hart.

Die Zeichnung auf der nächsten Seite ließ sie erstarren: Spitz ragte ein Ansammlung nivesischer Jurten in den kalten Himmel des Nordlandes. Wieder waren keine Menschen zu sehen, das Dorf schien verlassen.

Doch Celiska erinnerte es mit unvorbereiteter Härte an ihr verlorenes Glück, an die geliebte Heimat. Tante Jonau fuhr ihr tröstend mit der Hand durch das Haar, doch auch in ihren Augen glitzerten mühsam zurückgehaltene Tränen.

Es dauerte eine Weile, bis sie in der Lage waren, weiterzulesen.

2 Winter und 56 Monde nach Elens Tod.

... wie sich die entwickelte Krankheit auf menschliche Wesen auswirkt. Können Menschen überhaupt daran erkranken? Überträgt sie sich seuchenartig von einer Person auf die nächste?

Und falls sie tatsächlich menschliche Wesen befällt: Wie viele Personen bleiben verschont und welche innere Beschaffenheit schützt sie vor der Krankheit?

Anhand dieses Versuches ist zu klären, wie und ob Menschen von der Krankheit ausgeschlossen werden können. Dies ist in Erfahrung zu bringen, bevor irgendein weiterer Schritt erfolgen kann.

Ungläubig starrte Celiska auf die Buchseiten.

Wie konnte ein so grausamer Inhalt in derart nüchterne Worte gefasst werden?

Sie selber hatte das Resultat dieser eiskalten Überlegungen erfahren! Und Eljum selbst war doch auch einmal fähig gewesen zu lieben, hatte mit ganzem Herzen an seiner Familie gehangen!

Auf der folgenden Seite fanden sie die Skizze der verzerrten Grimasse eines wahrhaftigen Ungeheuers: Glimmende Augen schienen ihnen aus hassverzerrtem Gesicht direkt in die Seele zu starren.

Schnell griff Celiska nach dem Buch und schlug die Seite um, da sie den Anblick eines so furchtbaren Wesens nicht länger ertragen konnte.

Keine Frage: Es war möglich, von einer solchen Kreatur auf direktem Weg in den Wahnsinn getrieben zu werden!

Wichtig für die Auswahl ist, dass die Menschen isoliert von der Außenwelt leben, damit das Experiment nicht außer Kontrolle gerät. Die Nivesenstämme haben oft über Monate hinweg keine Kontakte zu Menschen außerhalb ihres Stammes.

Die Symphonyna extremensis sind winzige, kaum sichtbare Lebewesen, die sich hervorragend als Überträger der Seuche eignen. Die Kälte, die dort oben im Norden herrscht, bewirkt, dass die Symphonyna nicht lange überdauern und absterben, wobei die Krankheit wirkungslos wird. Bereits tote Körper werden also bei entsprechend niedriger Temperatur nur etwa ein bis zwei Tage lang die Krankheit weiter übertragen können. Auf diese Weise kann die Seuche nicht außer Kontrolle geraten, sondern wird sich auf den ausgesuchten Stamm beschränken.

Celiska dachte zurück an ihre Reise mit dem Kräutersammler Eljum in Richtung der Jänak-Lande. Es fiel ihr schwer, Eljum mit dem kühl berechnenden, grausamen Radran Helis in Verbindung zu bringen, von dem sie in seinem Notizbuch lesen musste.

Doch das Ende ihrer Reise mitten im Bornwald hatte sie gelehrt, dass nach dem Fallen aller Masken ungeahnt Schreckliches zum Vorschein kommen konnte.

3 Winter und 11 Monde nach Elens Tod.

... die auf kurze Zeit vom restlichen Stamm getrennten beiden Personen als am einfachsten zu treffendes Ziel ausgemacht. Als sie dem Kitz in die Höhle gefolgt sind, habe ich die Gelegenheit ergriffen, eines der Gläser auf dem Weg zu zerschmettern, den sie gekommen sind und der auch ihr wahrscheinlichster Rückweg war. Mein Unternehmen war von Erfolg gekrönt. Der Junge trat in die im Schnee kaum sichtbaren Scherben und fügte sich dabei eine Wunde zu, die der Symphonyna extremensis das Eindringen ermöglichte.

Sobald die Symphonyna im Körper des Jungen die Krankheit freigegeben haben, kann ich mit Übertragung durch bloße Berührung rechnen. Sollte die Seuche in den nächsten Tagen allerdings nicht ausbrechen, muss ich ein zweites Experiment bei einem anderen Stamm durchführen, um bezüglich der Widerstandsfähigkeit bei Menschen sicher zu gehen.

Auf diese Zeilen folgte diejenige Zeichnung, die Adjoks Gesicht zeigte und die sie in der Höhle auf das Buch aufmerksam gemacht hatte.

Eljum hatte ihn beobachtet, studiert und gezeichnet. In seinen Augen war er nicht mehr gewesen als eines der Äffchen oder anderen armen Geschöpfe in seinem unterirdischen Labor.

Wie verblendet, fragte Celiska sich, konnte ein Mensch nur sein?

3 Winter und 20 Monde nach Elens Tod.

... dieses Mädchen ist die Einzige, die übrig geblieben ist. Was ist es, das sie vor der Seuche schützt? Ich muss sie mit in mein Labor nehmen und es herausfinden. Ich brauche sie lebendig. Am angenehmsten wäre es, wenn sie freiwillig mitkäme. Eine Gefangene mit sich herumzuschleppen ist immer riskant, besonders, wenn ich wieder in besiedelte Gebiete gelange.

Das Kind hat sich auf den Weg gemacht in Richtung Bornland. Ich weiß nicht, was sie treibt und wohin sie will. Doch ich werde sie ansprechen und es herausfinden. Vielleicht kann ich ihr ›behilflich‹ sein.

Eine Zeit lang hatte Celiska Eljum tatsächlich für eine Art Freund gehalten. Nun wollte sie lieber nicht darüber nachdenken, wie dieser ›Freund‹ mit ihr verfahren wäre, wenn es ihm gelungen wäre, ihr Vertrauen bis zum Erreichen seines Unterschlupfes zu behalten.

Mit einigem Zaudern bat Celiska Jonau, zur ersten Seite des Buches zurückzublättern. Die bereits vor einigen Tagen gelesenen Zeilen riefen in ihr die Erinnerung wach an einen Menschen, der bis zu einem gewissen Grad ihr eigenes Schicksal geteilt hatte.

... ist das Treffen in Yrramis sehr erfolgreich gewesen. Der Austausch unserer Forschungsergebnisse im kleinen, aber hochkarätigen Kreis brachte jeden von uns in seiner Arbeit ein gutes Stück weiter.

Die Entwicklung des Elixiers zur Heilung der Zorganpocken hat viele Jahre meines Lebens in Anspruch genommen, doch nun sehe ich die Lösung bereits in greifbarer Nähe. Wie vielen Menschen kann in Zukunft auf einfache Weise das Leben gerettet werden! (...)

Frohen Mutes trat ich mit meinem guten Freund Aldor und meiner Assistentin Nehemi den Heimweg an. Mein Kopf und mein Notizbuch waren gefüllt mit tausend hoffnungsvollen Ideen, die auch in anderen Bereichen meiner Arbeit von Nutzen sein würden.

Nehehmi schwärmte unterwegs ununterbrochen von den schönen, blauen Augen des begabten, jungen Alchemisten Elvon Destoran. Ihre kindliche Unbefangenheit und mein eigener froher Mut stimmten mich sehr glücklich. Während mein Pferd mich zurück zu meinem Haus, meinen Kindern und meiner geliebten Frau trug, stimmte ich in das Geplauder und Gelächter meiner Begleiter ein.

Dies waren, rückblickend, die letzten glücklichen Augenblicke meines Lebens. Und mein Herz sagt mir, es wird nie wieder solche Zeiten für mich geben.

Unser Lachen fand ein jähes Ende, als wir unser Dorf von weitem erspähten: Rauchende Ruinen zeichneten sich am Horizont ab.

Mein Herz setzte einen Schlag aus.

Dann gab ich dem Pferd die Sporen, trieb es in den Galopp.

Meine beiden Begleiter taten es mir gleich, folgten mir auf den Fersen. Schlimmer als der schlimmste Albtraum war das, was uns in den nächsten Momenten erwartete. Kein Stein befand sich mehr auf dem anderen. Wo einmal beschauliche Bauernhäuser gestanden hatten, waren nun nur noch Trümmer zu finden. Die Gärten waren zertrampelt, auf den Straßen türmten sich die Kadaver abgeschlachteten Viehs.

Und über allem lag eine grausame Totenstille. Das fröhliche Lachen der Kinder war verstummt. Niemand hob grüßend und lächelnd den Hut, rief den Heimkehrern ein freundliches ›Willkommen‹ entgegen. Keine Menschenseele weit und breit.

Der grässliche Gestank nach verkohltem Fleisch und Verwesung lastete auf uns.

Ich konnte an nichts mehr denken als an meine Elen. Und an meine beiden kleinen Mädchen mit ihren braunen Locken und den lieben, strahlenden Augen.

»Wo seid ihr?«, flüsterte ich voll düsterer Vorahnungen in den Wind, der mir entgegenschlug.

In meinem Inneren hatte sich ein drückender, schmerzender Knoten gebildet. Meine Kehle war wie zugeschnürt, ich konnte kaum mehr schlucken.

Stumm flehte ich zu den Göttern, dass meine Familie verschont geblieben sein möge. Bitte, bitte nicht meine lieben, kleinen Mädchen! Sie waren so unschuldig!

Nehemis Schrei gellte mir in den Ohren, als sie vom Pferd sprang und mit schreckensbleichem Gesicht auf die schwelenden Trümmer starrte, die von meinem Haus übrig geblieben waren.

Ich will und kann nicht beschreiben, was ich im nächsten Augenblick zu sehen bekam. Dieses Bild vor meinem inneren Auge zerreißt mir noch immer die Seele. Ich würde sterben, wollte ich es in Worte fassen.

Man hatte meine Elen abgeschlachtet, wie es nur Wesen tun können, die nicht die Spur eines fühlenden Herzens besitzen.

Ich kniete vor meiner geliebten Frau in der Asche nieder und hob die Hände gen Himmel. Meiner Kehle entwich ein Laut des Schmerzes, der von der Pein meiner Seele kündete.

In der Ferne grollte der Donner.

Epilog

Celiska hatte Jonau nicht überreden können, ihr zurück in die Heimat zu folgen. Und Jonau ihrerseits hatte Celiska nicht davon überzeugen können, im Land der Jänak zu bleiben und eine Kriegerin wie sie zu werden, mit einer ›soliden Ausbildung‹ in einer fremden Stadt namens Festum.

»Ich habe genug von den Jänak gesehen«, hatte Celiska gesagt. »Jetzt ist es Zeit, zurückzugehen.«

Sie war enttäuscht von ihrer Tante, dass die Geister der Verstorbenen sie so wenig scherten. Es schien ihr, als glaube Jonau nicht mehr wirklich daran, dass das Verbrennen der Körper den Geistern den Zugang zur Ewiggrünen Ebene sicherte.

Das völlig abstruse Gedankengut der Jänak mit solchen Gestalten wie dem grausamen Gott Praios hatte bereits auf sie abgefärbt.

So musste Celiska sich allein mit dem kleinen Gordon auf den Rückweg machen.

Doch sie würden nicht zu zweit bleiben, das wusste sie.

Vor den Toren der Jänak-Stadt Norburg hatte sie die beiden Wölfe hinter sich gelassen, die ihr vom Wald bis hierher gefolgt waren.

Sie waren zurückgeblieben mit dem Versprechen, auf sie zu warten und sie anschließend zum Rudel zu bringen, das ihr auf den Weg in die Heimat folgen würde.

Und bei dem Wolfsrudel wartete ihr treuer Freund, der Kleine Wolf, auf sie! Sie sehnte sich nach dem morgendlichen Stups seiner sanften Schnauze und seinen stürmischen Spielen.

Der Abschied von Jonau fiel ihr nicht schwer.

Diese Frau war ihr fremder, als sie je geglaubt hatte, dass eine Angehörige ihres eigenen Stammes sein konnte.

Soldatin im Lande der Jänak – nie und nimmer!

Soldatin sein bedeutete, menschliches Leben auszulöschen. Celiska aber wollte, wie es schon von klein auf ihr Traum gewesen war, lernen, das Leben zu hüten und zu schützen vor Krankheit und Tod. Sie würde sich auf die Suche nach einem Lehrer machen, der so viel Wissen in sich trug wie die verstorbene alte Kisa.

Doch vorher musste sie Kontakt zu anderen Nivesen aufnehmen, die ihr helfen konnten, die vielen Körper zu verbrennen, die schutzlos im Totendorf lagen. Dies würde ein weiterer schmerzhafter, aber befreiender Schritt werden.

Als Hundegebell an Celiskas Ohren drang, hob sie den Kopf. Der Kleine Wolf kam ihr mit wehenden Ohren über die grüne Wiese entgegengelaufen. Für einen Augenblick vergaß das Mädchen all die grausamen Erfahrungen der letzten Zeit. Das Kind, das sie eigentlich noch war und das noch immer in ihrem Herzen lebte, wurde wieder lebendig. Sie warf das Buch beiseite und schloss lachend den treuen Freund fest in die Arme, wälzte sich mit ihm auf den Boden, drückte ihn fest an sich und ließ sich von der warmen Zunge das Gesicht lecken.

Der kleine Gordon hüpfte derweil neben ihnen kreischend und gackernd auf und nieder und bekundete damit seine Eifersucht.

Aus der Ferne beobachteten die Wölfe das fröhliche Treiben und warteten darauf, das Wolfskind in ihrer Mitte aufzunehmen.

Glossar allgemeiner Begriffe

Die Götter und Monate des Zwölfgötterglaubens

Gottheit	Aspekte	Symbol	Monat
Praios	Sonne, Gesetz, Herrschaft, Hierarchie, Recht, Ordnung	Greif	Juli
Rondra	Krieg, Ehre, Zweikampf, Tapferkeit, Sturm, Donner	Löwin	Aug.
Efferd	Wasser, Meer, Luft, Regen, Fischfang, Schifffahrt	Delphin	Sept.
Travia	Gastfreundschaft, Heimat, Herdfeuer, Treue, Milde, Ehe, Moral, Friedfertigkeit	Gans	Okt.
Boron	Tod, Schlaf, Vergessen, Schweigen, Dunkelheit	Rabe	Nov.
Hesinde	Gelehrsamkeit, Wissen, Wissenschaft, Magie	Schlange	Dez.
Firun	Winter, Jagd, Eis, Natur, Selbstbeherrschung, Askese	Eisbär	Jan.
Tsa	Wandel, Schöpfung, Beginn, Geburt, Freiheit	Eidechse	Febr.
Phex	Handel, Diebe, Nacht, Nebel, List, Glück, Humor	Fuchs	März
Peraine	Fruchtbarkeit, Ackerbau Selbstlosigkeit, Arbeit, Ackerbau, Pflanzen, Erde	Storch	April
Ingerimm	Handwerk, Schmiede, Beständigkeit, Härte, Feuer, Zorn, Fleiß	Hammer und Amboss	Mai
Rahja	Liebe, Lust, Rausch, Wein, Ekstase, Harmonie	Stute	Juni

Die Zwölfe = die Gesamtheit der Götter
Der Namenlose = der Widersacher der Zwölfe (auch als Dreizehnter bezeichnet)

Wichtige Maße und Münzen

Meile	= 1 km
Schritt	= 1 m
Spann	= 20 cm
Finger	= 2 cm
Dukat (Goldstück)	= 10 Silbertaler
Silbertaler	= 10 Heller
Heller	= 10 Kreuzer
Dublone	= südl. Goldmünze = 2 Dukaten
Oreal	= südl. Silbermünze = 1 Silbertaler
Kleiner Oreal	= südl. Silbermünze = 5 Heller
Dirham	= südl. Kupfermünze = 1 Kreuzer

Zeitrechnung

BF = seit dem Untergang der Stadt Bosparan (›Bosparans Fall‹)

Hal = (nur im Mittelreich benutzt) seit der Krönung des Kaiser Hal von Gareth; das Jahr 0 Hal entspricht dem Jahr 993 BF

Blutulme: besonders prächtige Ulmenart, die immer einzeln wächst. Ihr Harz ist blutrot und duftet wie Lotos. Gilt als der Göttin Hesinde heilig, ihr Holz wird von Magiern gerne als Material für Zauberstäbe benutzt. Vielen Blutulmen werden in lokalen Sagen besondere Geheimnisse angedichtet, die oft mit dem Tod von Helden und Heldinnen zu tun haben.

Bornwald: großes, zusammenhängendes Waldgebiet im Bornland, vom Born durchflossen. Wird vom Riesen Milzenis gehütet, der auf Menschen und andere Zweibeiner nicht gut zu sprechen ist. Da der Riese an einer üblen Hautkrankheit leidet und nur an einer Quelle im Waldzentrum Linderung findet, erklärt sich die kreisrunde Form des Bornwalds aus der Wegstrecke, die der Riese im Laufe eines halben Tages bewältigen kann.

Ewiggrüne Ebene: das ›Jenseits‹ in der nivesischen Glaubenswelt.

Festum: Hauptstadt des Bornlands, Küstenstadt am Perlenmeer. Seine Stellung als wichtige Handelsstadt hat Festum zu einem großen Teil eingebüßt, da es zwischen mehreren dämonischen Reichen eingekeilt ist und der Fernhandel nur noch unter sehr erschwerten Bedingungen möglich ist. Sitz der Adelsversammlung, in der alle bornischen Adligen unter Leitung der Adelsmarschallin die Geschicke des Landes leiten.

Firunsbär: größte und zäheste Bärenart, die dem Jagdgott Firun heilig ist. Lebt nur im hohen Norden, sein Fell ist gelblichweiß, bei jungen Exemplaren auch reinweiß, ausgewachsene Männchen erreichen aufgerichtet eine Höhe von vier Schritt.

Garethi: verbreitetste Sprache der Menschen, benannt nach der Hauptstadt des größten Reiches, Gareth. Es gibt zahlreiche unterschiedliche Dialekte (zum Beispiel das

Bornländische). Nivesen sprechen im Gegensatz dazu *Nujuka*, Norbarden *Alaani*.

Himmelswölfe: göttliche Wesen der nivesischen Mythen. In Frühzeiten lebten Menschen und Wölfe friedlich Seite an Seite, bis der Nivese Mada aus Eifersucht die beiden Welpen der Liska erschlug und damit den Zorn der Himmelswölfe auf die Welt herabbeschwor. Dennoch pflegen auch heutige Nivesenstämme intensive Kontakte mit Wolfsrudeln.

Jänak: nivesischer Begriff für Menschen aus dem Süden, also eigentlich allen Menschen außer Nivesen und Norbarden.

Jurte: großes transportables Zelt aus Karenfellen und Wolldecken, die über Holzgestelle gelegt werden. Rauchabzug in der Dachmitte, um im Zeltinnern Feuer entzünden zu können.

Juttu: Häuptling, der an der Spitze eines nivesischen Stammes steht. Damit steht er auch den Lathis vor, den Führern der einzelnen Sippen, aus denen sich der Stamm zusammensetzt.

Karen: nordaventurische Verwandte der Rehe mit kurzem Geweih und vorspringenden Eckzähnen. Ziehen in riesigen Herden durch die Ebenen, sind Hauptnahrungsquelle der Nivesen. In Gefangenschaft geborene Karene lassen sich zu Last- und Zugtieren ausbilden.

Kaskju (männlich *Kasnuk*, Plural *Kaskjua*): nivesische Schamaninnen, die für ihren Stamm Kontakt mit den Himmelswölfen oder ihren diesseitigen Dienern, den Rauwölfen und Geistern, aufnehmen.

Kulisker Lamellar: traditionelles, aber heute kaum noch benutztes Rüstungsteil, besteht aus dünnen, waagerecht verlaufenden Metallstreifen, die an ledernen Tragegurten aufgehängt sind.

Lathi: nivesischer Sippenführer

Liebliches Feld: Landschaft an der aventurischen Westküste mit der größten Bevölkerungsdichte und der weitest

entwickelten Technologie. Bildet mit einigen umliegenden Provinzen gemeinsam das Horasreich, das von Amene-Horas regiert wird.
Liska: eine Himmelswölfin. Nachdem Mada ihre beiden Welpen erschlagen hatte, rief sie ihre Verwandten, die die Welt verwüsteten. Liska hatte dann jedoch Mitleid mit den Menschen und gilt heute als wichtige Mittlerin zwischen Nivesen und Himmelswölfen.
Morion: hohe Helmform mit Krempe. Oft mit birnenförmiger Spitze oder in einem Kamm auslaufend. Vor allem im Horasreich und in Al'Anfa verbreitet.
Nivesen: nomadisches Volk, das zu den aventurischen Ureinwohnern gezählt werden muss. Ziehen im Gefolge der großen Karenherden durch die Weiten des Nordens, und folgen dabei dem Glauben an die Himmelswölfe.
Norbarden: Händlervolk des Nordens, allerdings mit deutlich südländischem Einschlag. Ziehen zumeist in matriarchalisch organisierten Sippen aus 30 bis 50 Leuten über das Land. Anführerin ist die Muhme, die oft von einer zauberfähigen Zibilja unterstützt wird.
Premer Feuer: thorwalsche Spezialität, ein hochprozentiger, klarer Schnaps. Erkennbar an der typischen hellroten Flamme, mit der er verbrennt.
Reißgram: Himmelswolf, gilt als geschickter Jäger und wird deswegen von Nivesen um Jagdglück gebeten.
Schneelaurer: dämonisches Raubtier von etwa einem Schritt Länge und schneeweißem Fell. Lauert in verschneiten Gebieten auf seine Beute, wird im Kampf immer gefährlicher, je mehr Verletzungen es erleiden musste.
Schwarzpelz: abfälliger Ausdruck für Orks wegen ihrer struppigen, schwarzen Körperbehaarung.
Thorwaler: Volk von großen Menschen an der aventurischen Nordostküste. Ihr Glaube dreht sich vor allem um den Gottwal Swafnir, der im ewigen Kampf gegen die Seeschlange Hrangar liegt. Thorwaler sind dafür bekannt, mit ihren Drachenbooten die aventurischen Meere zu befah-

ren. In den endlosen Winternächten lauschen sie gerne den endlosen Sagas ihrer Skalden.

Tralloper Riesen: größte Pferderasse Aventuriens. Ruhige Kaltblüter, die große Lasten tragen oder ziehen können. Werden aufgrund ihrer Kraft und Ruhe gerne von Rittern als Streitrösser benutzt.

Wolfskind: Nivese mit der Fähigkeit, sich in einen Wolf zu verwandeln. Von Südländern wird diese Fähigkeit oft mit Lykanthropie (Werwolfskrankheit) verwechselt. Viele Wolfskinder werden zu Kaskjua ausgebildet.

Bei Fanpro erschienen / erscheinen folgende Titel:

ISBN 3-89064-

Das Schwarze Auge

Thronräuber	Alexander Lohmann	Roman	512-7
Rabengeflüster	Wichert/Jäcke/Wolf	Roman	515-1
Kompanie der Verdammten	Manuel Krainer	Roman	562-3
Das Dämonenschiff	Harald Evers	Roman	568-2
Der Tag des Zorns	Daniela Knor	Roman	573-9
Den Göttern versprochen	Charlotte Engmann	Roman	579-8
Der Schandfleck	Andre Helfers	Roman	582-8
Unsterblicher Traum	Patricia Renau	Roman	588-7
Blaues Licht	Daniela Knor	Roman	589-5
Spielsteine der Götter	Heike Wolf	Roman	591-7
Todeswanderer	Yvonne Gees	Roman	518-6

Shadowrun

Chromscherben	M. A. Stackpole	Coll.	550-X
Wiener Blei	Leo Lukas	Roman	555-0
Nachtstreife	Björn Lippold	Roman	558-5
Auf dem Sprung	Harri Aßmann	Roman	567-7
Töne der Unendlichkeit	Harri Aßmann	Roman	569-0
Elementares Wissen	Harri Aßmann	Roman	570-4
Die Anfänger	Ivan Nedic	Roman	572-0
ASH	Lara Möller	Roman	574-7
Pesadillas	Maike Hallmann	Roman	575-5
Shelley	André Wiesler	Roman	580-1
Vertigo	Maike Hallmann	Roman	581-X
Hand am Hort	Sebastian Schaefer	Roman	583-6
Flynns Weg	Lara Möller	Roman	585-2
Matrixfeuer	Hrsg. Beck/ Hallmann	Anth.	587-9
Born to Run	Stephen Kenson	Roman	564-X
Im Namen des Herrn	André Wiesler	Roman	594-1

BattleTech

Schrapnell	Hrsg. M. Immig	Anth.	551-8
Väterchen Frost	Stephen Kenson	Roman	559-3
Triumphgebrüll	Blaine L. Pardoe	Roman	560-7
Blutsverrat	Pardoe & Odom	Roman	561-5
Feuertaufe	Robert N. Charette	Roman	576-3
Wahnsinn & Methode	Michael Diehl	Roman	592-5
Clangründer: Abkehr	Randall N. Bills	Roman	596-8
Clangründer: Traum	Randall N. Bills	Roman	i. V.

Hardcover

Sturm über Windhaven	GRR Martin & Lisa Tuttle	Roman	531-3
Die Flamme erlischt	George R. R. Martin	Roman	530-5
Die »Eis und Feuer«-Saga:			
Eisenthron	George R. R. Martin	Roman	532-1
Königsfehde	George R. R. Martin	Roman	533-X
Schwertgewitter	George R. R. Martin	Roman	i. V.

Weitere Titel

Der große Heliumkrieg	M.A. Stackpole u.A.	Anth.	563-1
Liverollenspiel-Handbuch	Evers und Schiele		557-7
Lexikon der Horror-Literatur	Hrsg. Alpers / Fuchs / Hahn		556-9
Lexikon der Fantasy-Literatur	Hrsg. Alpers u. A.		566-6

Es handelt sich um eine Bibliographie und nicht um ein Verzeichnis lieferbarer Titel. Es ist leider nicht möglich, alle Titel vorrätig zu halten.
Sollten Sie Fragen haben, kontaktieren Sie uns bitte unter

Fantasy Productions GmbH
Postfach 1517
40675 Erkrath
www.fanpro.com